Nicola Förg

Glück ist nichts für Feiglinge

NICOLA FÖRG

Glück ist nichts für Feiglinge

Roman

Piper München Zürich

Mehr über unsere Autoren und Bücher:
www.piper.de

FSC
www.fsc.org
MIX
Papier aus verantwortungsvollen Quellen
FSC® C083411

ISBN 978-3-492-06015-8

Satz: Satz für Satz. Barbara Reischmann, Leutkirch
Gesetzt aus der Adobe Caslon
Papier: Danube extra white FSC, Salzer/St. Pölten, Austria
Druck und Bindung: CPI books GmbH, Leck
Printed in Germany

Für die Schnudel.

God knows what is hiding,
In this world of little consequence.
Behind the tears, inside the lies,
A thousand slowly dying sunsets.

Birdy, People Help the People, 2011

PROLOG

Da saß sie nun also wieder in dem Auto, einer Art Kreuzung aus Möbelwagen und Mülleimer. Die Frau neben ihr fuhr wie Sebastian Vettel auf Drogen. Noch immer hörte sie ihr zu, obwohl sie unmöglich war, sie ständig beleidigte. Der Frau gelang es, die Finger so spitz in alle Wunden zu bohren, dass ihr die Luft wegblieb.

Noch immer schepperte der Wagen über diese Insel, auf der ein einziger Tag alle Wetter kannte. Sonne, Regen, Sturm, Wolkengebäude wie Hochhäuser, Regenbogen zum Heulen schön. Eine Insel, auf der Menschen und Tiere Verbündete des Wassers und des Eises sein mussten. Wo Gedanken mit dem Wind fliegen konnten.

Sie hatte Dinge getan, die so weit außerhalb ihres bisherigen Lebens lagen, dass ihr die Luft weggeblieben war. Sie hatte allen Ernstes mit Elfen geredet oder besser: Sie hatte sie beschimpft. Sie hatte sich in einer Talkshow zum Affen gemacht. Sie hatte eine Menge seltsamer Menschen kennengelernt. Eine Frau in einer historischen französischen Schwesterntracht. Einen Mann, der im Sommer mit dem Skidoo himmelhohe Sprünge wagte. Und dann war da dieser Wikinger, der ihre Gefühle durcheinanderwirbelte wie der Sturm die losen Flechten – ein starker Bodybuilder, geschickter Glímakämpfer, sensibler Pferdezüchter und filigraner Künstler zugleich.

All diese Menschen kreisten wie Satelliten um die unmögliche Frau. Dennoch war sie auf dieser seltsamen Insel geblieben, die so gewaltig und gewalttätig war. Das alles war nur passiert, weil sie so neugierig und verzweifelt gewesen war. Und natürlich wegen Lady Goggo …

1

Mering, Bayerisch-Schwaben

Vorsichtig nahm Sonja die Speicherkarte aus dem Aufnahmegerät und steckte sie in ihren Laptop. Dann kochte sie sich einen Tee und setzte sich. Inzwischen war es ihr zur lieb gewonnenen Gewohnheit geworden, sich jeden Abend ihre ganz persönliche Soap anzuschauen – so wie andere ihre Vorabendserien sahen und in die Leben der TV-Helden eintauchten, als wäre es ihr eigenes. Nicht jede Folge war gleichermaßen spannend, doch das konnte man von TV-Serien auch nicht behaupten. Im Gegensatz zum Fernsehen war Sonjas Reality-Soap aber nie vorhersagbar.

Die Bilder von heute waren besonders wacklig. Sattes Grün flog vorbei, es wurde dunkel, dann wieder hell. Dann kehrte Ruhe ein. Die Kamerafrau saß wahrscheinlich gerade unter einem Busch. Vieles war aus einer Perspektive zwanzig Zentimeter über dem Boden aufgenommen. In Blickrichtung der Kamera war eine Gestalt auszumachen, die im Bikini auf einem Badehandtuch im Gras lag. Sonjas Nachbarin Lorelai Münzinger. Wie konnte man sich in diesem Alter nur Lorelai nennen?, fragte sich Sonja. Lore wäre passender gewesen. Die Erklärung lautete, dass die Nachbarin ein großer Fan der »Gilmore Girls« war. Lorelai Münzinger hatte ursprünglich Ursula geheißen.

Den neuen Namen hatte sie allen Ernstes offiziell eintragen lassen. Wenn Post mit dem Namen Ursula Münzinger kam, schickte sie diese als unzustellbar retour.

Das alles wusste Sonja von Max' und Idas Mutter. Die Zwillinge besuchten die Hortgruppe, in der Sonja bisweilen aushelfen durfte. Die Mutter von Max und Ida war eine ganz normale Schwäbin und fand Kinder, die Kevin (»kein Name, sondern eine Diagnose«) oder Chayenne hießen (»ist das nicht ein Pfeffer?«), ganz grauenvoll. Sonja auch, aber damit musste sie in ihrem Job natürlich hinterm Berg halten. Außer Max und Ida trug in der Pumuckl-Gruppe nur Franziska einen eher klassischen Namen. Ansonsten gab es drei Amelies, eine Alissa und eine Elisa. Bei den Jungen häuften sich die Namen auf L: Louis, Luca, Leon und Leo.

Bei den Hortkindern, die nach der Schule kamen und gegen fünf abgeholt wurden, half Sonja aber wie gesagt nur aus. Eigentlich war sie im Gebrüder-Grimm-Haus eingesetzt, wo es jedoch alles andere als märchenhaft zuging. Die Bezeichnung »Heilpädagogisches Kinderheim« war wohl auch ironisch gemeint. Ihre Chefin war eine Hexe aus dem ehemaligen Osten, mehr Gefängniswärterin denn Pädagogin. Und Heim? Erziehungsanstalt traf es viel eher.

Immer wenn Sonja zur Arbeit fuhr, nahmen ihre Magenschmerzen proportional zur Fahrstrecke zu. Aber kündigen? Dann hätten die armen Kinder ja gar niemanden mehr gehabt. Die kleine Elena zum Beispiel, deren montenegrinische Mutter ihr als Baby Wodka in die Flasche gegeben hatte, damit sie endlich einschlief. Es hatte lange gedauert, bis das Jugendamt eingeschritten war. Erst als die Kleine bei scharfen Minusgraden nur mit einem Hemdchen bekleidet barfuß durchs Dorf geirrt war und die Polizei die Kleine aufgegriffen und ins Krankenhaus gebracht hatte – erst da war im Amt jemand aufgewacht. Elena war ins Heim gekommen. Die Mutter lebte inzwischen die meiste Zeit wieder in Montenegro, der russische Kindsvater in Österreich. Elena war ein stilles Mädchen, das Vertrauen zu Sonja gefasst hatte. Sonja war auch die Einzige, mit der sie ganze Sätze sprach.

Das Bild flackerte. Wieder war verwackeltes Grün und Grau zu sehen, es folgte ein kurzer Blick in den blauen Himmel. Dann hörte die Bewegung auf. Vermutlich lag die Kamerafrau gut versteckt unter einem anderen Busch. Die Nachbarin drehte ihren dünnen Körper von der Bauchlage auf den Rücken. Dabei sprangen die Brüste wie zwei Plastikbälle nach oben. Da musste einiges an Silikon verbaut worden sein.

Sonja schätzte Lorelai Münzinger auf weit über fünfzig. Früher war sie mal mausbraun oder aschblond gewesen, nun trug sie glänzendes Lorelai-Brünett. Dazu gab es neuerdings Schlauchbootlippen, und außerdem hatte man ihr das Gesicht nach hinten getackert. In einer dieser Absaugekliniken hatte sie mindestens zwei Kleidergrößen verloren und konnte mittlerweile in der Kinderabteilung einkaufen. Dafür waren ihre Möpse überdimensional geworden. Wenn man sie von hinten auf ihren hohen Stiefeln daherstöckeln sah, hätte man sie für einen heißen Feger halten können. Was ein paar Bauarbeitern kürzlich auch passiert war. Sie hatten ihr aufs Heftigste hinterhergepfiffen und sich dann, als Frau Lorelai ihnen ihre Vorderfront präsentiert hatte, ganz schnell auf den Mund geschlagen.

Nun – wegen Sonja pfiff sowieso keiner, das wusste sie. Dafür hatte sie den Jungs immer Kaffee gemacht, die hatten sich wirklich gefreut. Immerhin.

Sonja traf ihre Nachbarin ab und zu beim Einkaufen im nahen Supermarkt. Lorelai hatte immer nur Gemüse, Sojadrinks und Prosecco auf dem Band, während Sonja sich Käse mit fünfzig Prozent Fettanteil aufwärts und Kekse auflud. Und Teebeutel. Alkohol trank sie nämlich nicht. Zu viele der traumatisierten Kinder im Heim hatten Eltern, die Alkoholiker waren.

Immer wenn sich Lorelai zu ihr umdrehte und grüßte, hätte Sonja sich am liebsten unter das Band zu den Plastiktüten verkrochen. Wie konnte eine Frau ihr Gesicht so verunstalten? Sonja wusste, dass Lorelai früher, als sie noch Ursula hieß, gemodelt hatte. War man gefährdeter, wenn man aus einer Welt kam, in der nur die Schönheit regierte?

Für Sonja war das alles so weit weg wie Timbuktu. Sie hatte als kleines Mädchen nie den Wunsch gehegt, Model oder Schauspielerin zu werden. Stattdessen hatte sie Reitlehrerin werden wollen. Jetzt war sie Erzieherin, immerhin. In die Welt der Schönheit würde sie auch nie Eingang finden – zu viele Kekse, zu viel Kuchenbacken mit den Kindern. Sie war zu dick zum Modeln und hatte dünne Haare. Zu klein war sie außerdem.

Warum konnte diese Ursula-Lorelai sich nicht einfach über ihren früheren Modelerfolg freuen und einer geruhsamen Rentenzeit entgegensehen? Einmal hätte Sonja sie beinahe gefragt, warum sie denn unbedingt jung bleiben wolle. Aber das war an einem Tag gewesen, als sie sich offenbar gerade die kleinen Fältchen um die Lippen hatte wegspritzen lassen. Anscheinend hatte sie allergisch reagiert, denn sie hatte lauter kleine rote Pünktchen rund um den Mund gehabt. Kleine fiese Pusteln waren das gewesen. Natürlich hatte Sonja doch nicht nachgefragt und im Supermarkt nur ganz schnell zur Begrüßung genickt. Dann war sie zum Marmeladenregal gegangen und hatte so getan, als studiere sie die Etiketten.

Zweimal hatte sie bei Lorelai angeklingelt, als sie mal wieder auf der Suche nach ihrer Katze gewesen war. Sie hatte ihre Nachbarin gebeten, mal im Keller und im Gartenhaus nachzusehen. Lorelai hatte es ihr versprochen, hereingelassen hatte sie Sonja jedoch nicht. Dabei hätte sie viel lieber selbst nachgesehen. Aber voranpreschend war sie noch nie gewesen.

Das Bild wackelte, bevor es wieder zum Stillstand kam. Sonja brauchte einige Sekunden, um das einzuordnen, was sie da vor sich sah. Lorelai hatte ihr winziges Bikinihöschen ausgezogen und rasierte sich. Untenrum. Sonja sah weg und dann wieder hin. Wieder weg, wieder hin. Schließlich wandte sie den Blick ab und griff hastig nach ihrer Teetasse. Als sie wieder hinsah, war die Ansicht völlig verschwommen. Lorelais Bikinizone war verschwunden. Dafür gab es ein Getümmel. Federn flogen durchs Bild. Die Kamerafrau hatte einen Vogel gefangen.

Seit ihre Katze diese Catcam um den Hals hatte, konnte sie nicht auch noch ein Glöckchen tragen, dabei wäre das durchaus sinnvoll gewesen. Die Katze war eine begnadete Jägerin. Sie schleppte nicht nur Vögel an, sondern auch andere Lebewesen wie Frösche, Eidechsen und Blindschleichen. Kürzlich hatte sie mal eine ganze Lyoner durch die Katzenklappe gezerrt. Vermutlich hatte sie die irgendwo geklaut. Dass die Katze eines Tages zur Killerin mutieren würde, hatte sich so gar nicht angedeutet, als sie im zarten Alter von zwölf Wochen zu Sonja gekommen war.

Das erste halbe Jahr hatte sie die Katze im Haus gehalten und das drollige kleine Wesen mit einer Katzenangel und Bällchen bespaßt. Das waren herrliche Zeiten gewesen, und die Katze hatte auch nie Anstalten gemacht, sich für eine Welt außerhalb der Haustür zu interessieren. Doch eines schönen Tages war Sonja nachts von gar schauerlichen Geräuschen geweckt worden. Die Katze wand sich, rubbelte mit ihrem Po über den Boden und wehklagte. Immer wieder fiel sie dramatisch zur Seite. Sie musste ungeheure Schmerzen haben. Die Stunden, bis die Praxis der Tierärztin um acht öffnete, waren kaum auszuhalten.

Sonja hatte mit der Katze im Transportkorb schon eine Weile vor der Tür gestanden, als Nicole, die Tierarzthelferin, die mit Sonja eine Weile in der Grundschule gewesen war, endlich den Türsummer betätigte. Nicole und ihre Chefin waren wirklich sehr rücksichtsvoll und gaben sich größte Mühe, sich das Lachen zu verkneifen. Die Katze sei rollig, erklärte die Tierärztin. Und zwar so was von rollig. Die reinste Hormonexplosion. Und sie gehöre bald mal kastriert.

Nach drei Tagen wurde aus dem Tier wieder die nette, eher zurückhaltende Katze, und wenig später wurde der

OP-Termin anberaumt. Sonja war am Tag des Eingriffs völlig durch den Wind, und als nachmittags der Anruf kam, sie könne die Katze doch erst morgen abholen, stand ihr die schlimmste Nacht ihres Lebens bevor. Sie musste drei Packungen Schokocrossies essen und diese auch bald wieder von sich geben. Bestimmt war die Katze verstorben.

Zum Glück war es nicht so. Sonja verstand nicht ganz, was ihr in der Praxis über Komplikationen und verdrehte Eierstöcke erzählt wurde. Die Katze sah zickig aus, sie hätte sicher Besseres zu tun gehabt, als die Nacht bei der Tierärztin zu verbringen. Kaum war sie wieder zu Hause, zog sie sich alle OP-Fäden selbst. Sonja stürmte wieder die Praxis, wo die Katze Klammern in die Naht bekam und einen Bauchverband. Doch kaum war die erste Wicklung angelegt, fiel das Tier zur Seite. Die Ärztin wickelte weiter und richtete die Katzendame auf dem Untersuchungstisch wieder auf. Sie stürzte erneut. Nicole runzelte die Stirn und probierte, die Katze auf den Boden zu setzen. Doch auch dort fiel sie wieder um. Sie hatte eindeutig eine Hinterhandlähmung. Hochdramatisch stürzte sie unter den Heizkörper. Doch kaum hatte die Tierärztin den Verband wieder abgewickelt, konnte die Katze wieder laufen. Sofort probierte sie, die Klammern herauszuoperieren. Also ein neuer Verband – und die Show ging wieder los. Drama pur! Dazu diese Augen! Oscarreif.

Die Katze musste noch eine Nacht in der Praxis bleiben. Am nächsten Morgen konnte sie trotz des neuen Verbands nun doch wieder laufen. Sie hatte wohl eingesehen, dass ihre Show nicht zum gewünschten Ergebnis geführt hatte.

Zu Hause behielt sie tatsächlich zwei lange Tage den

Verband an. Nicht zuletzt weil sie eine Halskrause tragen musste, der sie aussehen ließ wie eine Außerirdische. Sie blieb am Türrahmen hängen, heulte vor dem Futternapf, über den sie diese dumme Tüte einfach nicht stülpen konnte. Sonja litt unendlich. Am vierten Tag durften Verband und Krause endlich weichen.

Nun stand fest: Sonja hatte sich eine Nachwuchsdiva ins Haus geholt, die schon bald in die große weite Welt hinauswollte. Zwei Seelen schlugen in Sonjas Brust und lieferten sich große Gefechte. Eine Katze muss hinaus, das Haus allein ist nicht artgerecht, flüsterte die eine Stimme. Aber das Haus ist doch groß genug, andere Katzen leben in einer Zwei-Zimmer-Wohnung, während dieses Tier ein ganzes Haus zur Verfügung hat!, wisperte die andere Stimme. Und draußen wird sie überfahren … Die Waagschalen schwankten hin und her, dass Sonja ganz schwindlig wurde. Schließlich entschied die Katze den Seelenkampf auf ihre Weise: Sie entwich über den Balkon und einen Baum. Nun war sie eine Freigängerin – ein Freigeist war sie wohl immer schon gewesen.

Die Katze war seinerzeit auf Umwegen zu Sonja gekommen. Bei der Tierärztin hatte ein Zettel gehangen, den Sonja eher zufällig gelesen hatte, als sie mit ihren beiden Kaninchen Bommelmann und Nasenbär zum Krallenschneiden gewesen war. Sonja hätte das auch selbst machen können, aber sie hatte Bommelmann einmal die Krallen so kurz geschnitten, dass es geblutet hatte. Seitdem traute sie sich nicht mehr, selbst Hand anzulegen. Deshalb war sie in die Praxis gegangen, wo sie auf den Zettel und das Bild an der Pinnwand gestoßen war.

»Kleine Katze, weiblich, scheu, circa 12 Wochen, geimpft, entwurmt, sucht liebevolles Zuhause.«

Die Katze hatte eine sonderbare Farbe. Schildpatt nannte man das wohl, die Farben verliefen ineinander, und mitten im Gesicht saß ein rosa Näschen. Dazu diese riesigen Kulleraugen. Während sich die beiden Karnickelmänner widerwillig von Tierarzthelferin Nicole die Krallen kürzen ließen, erkundigte sich Sonja zögernd nach der kleinen Katze. Und Nicole, die schon in der Schule für ihre phantasievollen Geschichten bekannt gewesen war, erzählte voll gestenreicher Dramatik die traurige Geschichte von den drei Kätzchen Heureka, Paul und der namenlosen Kleinen.

»Zwei mussten eingeschläfert werden. Aber die Kleine hat überlebt. Ich wünsche ihr wirklich einen guten Platz. Auf dem Bauernhof, wo die Katzen so traurig dahinvegetiert sind, gab es in der Tenne, wo die Katzen eingesperrt waren, ein altes Auto, ein Goggomobil. Die Katzenmutter hat sie auf dem zerrissenen Sitz geboren. Traurig, wenn Tiere so leben müssen, oder?«

Die Blicke von Sonja und Nicole trafen sich.

»Könntest du sie denn nicht nehmen? Du hast doch das kleine Häuschen in der verkehrsberuhigten Straße. Du hast Zeit für so ein Viecherl. Deine komischen Dienstzeiten und Nachtschichten sind kein Problem für die Katze. Dafür bist du viel zu Hause. Und du hast keinen Mann, keine Kinder. Und mit den Hasen gibt's kein Problem. Die arrangieren sich. Schau dir die Kleine doch mal an. Sie sitzt in der Katzenstation der Tierhilfe.«

Sonja schluckte. Ja, sie hatte häufig Nachtschichten und

Wochenenddienste, die von Freitag um vierzehn Uhr bis Samstag um sechzehn Uhr dauerten, wo sie alleine war mit ihrer bohrenden Angst zu versagen. Außerdem hatte sie immer dann Dienst, wenn es darum ging, eine Weihnachtsfeier oder eine Grillparty vorzubereiten. Sie stand auf den Leitern und dekorierte. Sie kaufte ein, denn ihre Chefin hatte Besseres zu tun. Genau wie die Kollegen. Das Argument war immer dasselbe. Alle anderen hatten Familie. Sie hingegen hatte tatsächlich weder Mann noch Kinder. Dabei ging sie schon auf die dreißig zu. Die biologische Uhr tickte. Sie würde vielleicht nicht gerade als alte Jungfer enden, aber sie würde allein sein. Obwohl man bei Kindern ja auch keine Garantie hatte, dass die einen einmal pflegen würden.

Dafür hatte Sonja ein Häuschen. Sie hatte es von der Oma geerbt. Eigentlich hatte sie es verkaufen wollen, denn ursprünglich hatte sie gar nicht vorgehabt, selbst dort einzuziehen. Aber damals hatte sie noch ihren Freund Marc gehabt. Marc war Polizist und ein anbetungswürdiger Typ. Sonja hatte ihn auch tatsächlich angebetet und ihm jeden Wunsch von den Augen abgelesen. Sie war dankbar gewesen, dass so ein Typ ausgerechnet sie erwählt hatte – sie, das hässliche langweilige Entlein. Nach eineinhalb Jahren hatte Sonja angefangen, darüber nachzudenken, ob sie nicht lieber kündigen und das Terrorregime ihrer Chefin hinter sich lassen sollte. Es kämen ja eigene Kinder, die Sonja brauchen würden. Das familienfreundliche und schuldenfreie Häuschen mit Garten wäre ideal für eine mehrköpfige Familie. Ein guter Plan, hatte Sonja gefunden. Nur leider hatte Marc ganz andere Pläne verfolgt. Er hatte ziemlich Knall auf Fall – und ohne das je mit Sonja abzusprechen – seinen Job gekündigt und war nach Australien abgehauen. Um sich zu finden, hatte er gesagt. Seine Selbstfindung hieß Laura und wollte in Byron Bay in einer Surfschule anheuern. Inzwischen war Laura längst out, genau wie Byron Bay. Marc war zum Studieren in Bochum gelandet. Und Sonja saß in ihrem Häuschen mit fünf kleinen Zimmern und einem riesigen Grundstück. Eigentlich ein Katzenparadies.

Weil Sonja beim Einkaufen in der Nähe der Katzenauffangstation vorbeigekommen war, hatte sie angeklingelt. Sie wurde von einer resoluten älteren Frau empfangen, die ihr die Vorzüge von Katzengesellschaft nahegebracht hatte. »Katzen sind Männern immer vorzuziehen«, hatte sie gesagt. »Man ist nie allein. Katzen behalten im Gegensatz zu Männern ihr üppiges Haar. Katzen mutieren bei einem kleinen Schnupfen nicht gleich zu Totalinvaliden. Katzen sehen sehr gerne Tiersendungen und Soaps. Und Katzen werfen keine verschwitzten T-Shirts auf den Badezimmerboden.« Sonja war sich nicht ganz sicher, ob das witzig sein sollte.

Ganz oben auf dem Kratzbaum saß die kleine Katze, die sie ja schon vom Foto kannte. Sie war winzig. Viel zu klein für drei Monate. Und sie sah nachdenklich aus. Es wäre gelogen, dass die kleine Katze sich Sonja als Frauchen ausgesucht hätte. Dagegen attackierten zwei kleine Kater Sonjas Schnürbänder, einer schnurrte sie begeistert an. Jede andere hätte einen der Kater genommen. Die kleine Katze mit der rosa Nase hingegen schaute nur. Sie sah Sonja in die Augen. Und mitten ins Herz. Sie zeigte keine emotionalen Ausbrüche. Sie vollführte keinen Affentanz und schnurrte kein Bewerbungsschnurren. Sie saß einfach nur da, still, konzentriert und nachdenklich. Sie war wie Sonja selbst. Und wurde Lady Goggo getauft.

Vor einiger Zeit war Sonja beim Zappen in einer Tiersendung hängen geblieben, wo es um eine Katze in den USA gegangen war, die allen Ernstes nachts in den Nachbargärten Handtücher und Badehosen geklaut hatte. Die Nachbarn hatten lange Zeit die Katzenbesitzerin verdächtigt. Um sich zu rehabilitieren, hatte das Frauchen für die Katze eine Kamera gekauft, die nun minuziös aufzeichnete, wie die Katze ihre Beutestücke durch die Hecken zerrte.

Sonja war sofort fasziniert gewesen und hatte im Internet recherchiert. Dabei fand sie einen Anbieter, der sie erst mal fragte, ob sie womöglich ihren Ehemann ausspionieren wolle. Er riet ihr zu einem CatTraQ, einem kleinen Gerät, das Signale verschiedener GPS-Satelliten empfing und damit die aktuelle Position aufzeichnete. Es funktioniere sogar im Wald oder in Häuserschluchten, und nach der Rückkehr würden die aufgezeichneten Positionsdaten über USB-Schnittstelle auf den PC übertragen, erklärte er. Dabei ließ er offen, wo am Ehemann das Gerät angebracht werden solle, bei der Katze sitze es jedenfalls im Nacken, erzählte er.

Aber Sonja wollte nichts dermaßen Kompliziertes. Sie wollte eine Kamera. Auch die gab es. Voller Begeisterung schilderte der Mann eine kleine Digitalkamera, ein wahres Wunderwerk, das am Halsband der Katze angebracht werde. Sie verfüge über eine benutzerprogrammierbare Zeitfunktion. Basierend auf der eingestellten Intervallzeit würden automatisch Bilder oder Filme aufgenommen. Das Gerät sei natürlich gegen Stöße, Schmutz und Feuchtigkeit geschützt. Man kenne ja den Lebensstil von Katzen! Sobald die Mieze von ihrem Streifzug zurückgekehrt sei, könne man sich die Aufzeichnungen über eine SD-Karte im heimischen PC ansehen. Sonja ließ sich überzeugen und kaufte ihrer Katze eine solche Catcam. Eigentlich half sie ihr wenig bei ihrem Kontrollwahn, denn ohne die Katze kam die Kamera logischerweise nicht zu ihr zurück.

Der Verkäufer erklärte Sonja, dass er auch schon an einer Livecam arbeite. Seinen Ausführungen zu Antennen und Satelliten konnte Sonja nicht folgen. Was sie verstand, war, dass auch das Live-System noch nicht zuverlässig sei. Und teuer. Sonja bestellte sich nach ein wenig Bedenkzeit eine Catcam. Abends holte sie die Speicherkarte aus der Kamera und steckte sie in ihren Laptop. Irgendwie beruhigte es sie zu wissen, wo Lady Goggo sich tagsüber aufhielt und was sie so alles erlebte.

Und so durfte auch Sonja wohl oder übel an Lorelais Intimrasur teilhaben …

2

Mering, Bayerisch-Schwaben

Dank der Catcam erfuhr Sonja, dass Lady Goggo von einer anderen Nachbarin mit Leberwurst gefüttert wurde. Deshalb also war sie so gut genährt, obwohl sie bei Sonja wirklich wenig fraß. Nur bestimmte Beutelchen, und das auch nur an Tagen, an denen die Katzendame gnädig gestimmt war. Klar, wenn man alternativ fette Leberwurst schnabulieren konnte. Aber wie sollte Sonja der alten Habersetzer denn klarmachen, dass sie die Katze nicht füttern dürfe, weil das ungesund für ihre Katze sei. Schließlich konnte sie ihr gegenüber wohl kaum erwähnen, dass Lady Goggo ihre Snackbesuche im Hause Habersetzer filmte! Und leider konnte sie auch nicht damit kontern, dass Frau Habersetzers eigene Gewohnheiten ebenfalls sehr ungesund seien: Die Dame bewahrte nämlich Drei-Liter-Weinpacks im Kühlschrank auf. Dank ihrer filmenden Spionin wusste Sonja, wie oft die alte Dame vorbeischlurfte und aus dem kleinen Hahn etwas in ein Marmeladenglas laufen ließ, das sie sofort austrank.

Bei Sonja hatte sich inzwischen eine andere Art der Abhängigkeit eingestellt. Sie konnte auf die Filme ihrer Katze einfach nicht mehr verzichten. Zwar hatte sie sich den Inhalt der Speicherkarte probeweise ein paar Tage mal nicht angesehen. Dennoch brachte sie es nicht fertig, der Katze die Cam abzunehmen. Sonja war ein Mensch, der viel nachdachte und sich immer selber die Schuld gab. Und in ihrem tiefsten Inneren ahnte sie, dass ihr Wissen ihr Macht verlieh – und sie das Leben besser meistern ließ.

Die alte Habersetzer zum Beispiel war eine absolute Giftspritze. Sie hatte schon mehrfach Büsche abgeschnitten, die von Sonjas Garten über den Zaun hinübergewachsen waren. Dabei hatte sie die Zweige sehr weit zu Sonja hin gestutzt ... Im Winter hatte sie Sonja öfter die Polizei auf den Hals gehetzt, weil sie angeblich ihrer Räumpflicht nicht nachgekommen war. Sie war ein böses zänkisches Weib, und das Einzige, was für sie sprach, war die Tatsache, dass sie Katzen zu mögen schien. Wenn die alte Habersetzer dann wieder an ihrer Tür stand und zu irgendwelchen Schimpftiraden anhob, blieb Sonja neuerdings rundum gelassen.

»Fräulein Sonja, Sie wissen schon, dass in Ihrem Garten Springkraut wächst?«

Ich weiß, dass du säufst, alte Hexe.

»Sie wissen schon, dass Sie das umgehend entfernen müssen. Und zwar bevor es springt. Sonst macht es alles andere tot, gell!«

Wenn du so weitersäufst, brauchst du zum Sterben kein Springkraut.

»Hören Sie mir überhaupt zu?«

»Sicher, Frau Habersetzer, ich mache das Springkraut weg.«

Man sieht es an deinen Äderchen und an deiner bläulichen Nase, dass du jeden Tag so einen Karton leerst.

»Ich mach es weg, ganz sicher«, sagte Sonja und lächelte zuckersüß.

Sonja genoss die Abende mit den Filmen ihrer Katze. Anders als in ihrem Berufsalltag saß sie ausnahmsweise am längeren Hebel. Sie verbrämte ihren Voyeurismus immer auch damit, dass sie so zumindest die Gewohnheiten von Lady Goggo besser kennenlernte. Und sie redete sich ein, dass sie die Katze dann auch schneller wiederfinden würde, wenn sie sich mal wieder irgendwo einsperren ließ. Das war nämlich schon mehrfach passiert. Das eine Mal hatte ihre Nachbarin Lorelai sie bei sich im Haus gefunden, was sie Sonja im Supermarkt brühwarm erzählt hatte. Ein anderes Mal war Lady Goggo beim Postboten Philipp im Wagen mitgefahren. Der hatte sie gottlob wiedererkannt und zurückgebracht. Der Postbote war irgendwie rührend, ziemlich verhuscht und verpeilt. Irgendetwas stimmte mit ihm nicht, aber er war Sonja sympathisch.

An diesem Abend erschien wieder der Garten des jungen Nachbarn zwei Häuser weiter im Bild. Inzwischen erkannte Sonja das schon anhand der ersten Wackeleinstellungen. Lady Goggo kam immer durch die Hecke, bevor sie sich ein Plätzchen auf der Terrasse von Sven Neidhardt suchte und sein Leben filmte. Heute stand die Tür zum Garten offen. Sven hatte irgendwelche Sachen auf dem Boden ausgebreitet, die er hochhob und dann wieder zur Seite legte. Was mochten das nur für Dinge sein? Sonja kniff die Augen zusammen. Gerade hielt er einen durchsichtigen Slip ans Licht und dann eine Korsage. Die Brüste waren mit Nieten gespickt und erinnerten an einen wehrhaften Panzer. Prüfend ließ er die Finger darübergleiten, dann griff er wieder zu den anderen Utensilien, die ziemlich merkwürdig geformt waren. Nur langsam begriff Sonja: Das waren Dildos. Wie ekelhaft! Offenbar war Sven Neidhardt ein Fetischist oder so was. Wie grauenvoll. Was spielte sich nur alles hinter den Fassaden ihrer beschaulichen kleinen Straße ab?

An diesem Tag hatte ihre Katze anschließend noch Elmar Steiger besucht, dessen Grundstück am Ende direkt an Sonjas grenzte. Auch er war einer dieser fanatischen Gärtner. Mehrfach hatte er sich beschwert, dass Sonja den Löwenzahn nicht ordentlich aussteche, weshalb diese heimtückischen Fallschirme zu ihm herüberflögen und alles verseuchten. Bei Elmar Steiger saß die Lady gerne am Klofenster. Sein stilles Örtchen lag wie bei all den anderen Siedlungshäuschen direkt neben der Eingangstür. Schräg unter seinem Klofenster stand ein Pflanztisch, den Lady Goggo nutzte, um aufs Fensterbrett zu springen. Von dort oben hatte sie gute Sicht auf Steiger. Er schien es nicht sonderlich zu schätzen, bei seinen Toilettenbesuchen Publikum zu haben. Selbst wenn die Zuschauerin nur eine Katze war. Einmal hatte er sogar eine Klorolle nach Lady Goggo geworfen. Diese Attacke hatte sie natürlich auch gefilmt.

Katzen haben bekanntlich ein ungeheures Beharrungsvermögen. Mehrfach hatte die Katze nun schon die Toilettenbesuche von Elmar Steiger gefilmt. Aus dem starken Wackeln der Aufnahmen folgerte Sonja, dass ihre Katze den Fenstersitz wohl dazu nutzte, sich zu putzen. Man weiß ja, wie lange Katzen sich putzen. In den Pausen filmte sie Steiger, der immer zwischen zwanzig und dreißig Minuten auf seinem Thron verbrachte. Er saß dort mit der Zeitung und ab und zu mit Pornoheften. Zwischendurch legte er die Postillen weg und drückte sich in die Brille wie ein Berserker. Sein Gesicht wurde zu einer faltigen Pressfratze.

Waren denn alle ihre männlichen Nachbarn so pervers gepolt? Der eine mit Dildos, der andere mit Schmuddelheftchen? Auch Marc hatte sie mal dabei ertappt, wie er einschlägige Bilder im Internet angesehen hatte. Sie hatte nichts dazu gesagt und sein Verhalten auf sich bezogen: Klar, sie war wohl einfach nicht sexy genug …

Auch Steiger beschwerte sich gern bei Sonja. Wenn er herantrampelte, bebte der Boden. Er läutete nie, sondern hieb mit seinen Pranken auf die Tür ein.

»Wenn Sie diesen Löwenzahn nicht ausstechen, dann schütte ich Ihnen demnächst Salzsäure in den Garten!«

Du alter Sack, ich weiß ganz genau, dass du auf dicke Titten stehst.

»Sie haben die Verpflichtung, sich an die Gewohnheiten bei uns in der Siedlung anzupassen. Gott hab Ihre Großmutter selig! Die wusste, was sich gehört.«

Du leidest unter Stuhlverhaltung, du alter Depp! Hol dir lieber mal ein Mittelchen gegen Verstopfung aus der Apotheke.

»Hat Ihre Großmutter Ihnen denn gar nichts beigebracht? Da vererbt sie ihr Haus an eine Schlampine wie Sie!«

Und an der Prostata hast du es sicher auch, du Tröpfler!

»Ich stech sie ja aus, Herr Steiger«, flötete Sonja. »Gleich nachher.«

Ja, dank der Catcam wusste sie, was für niedrige Wichte

ihre Nachbarn waren. Nur so ließ sich diese Mischpoke ertragen. Seit sie hinter die Fassaden blicken konnte, ging es ihr viel besser. Deshalb mochte sie auf den Informationsvorteil nicht mehr verzichten. Und irgendetwas in ihr liebte diese Soap. Sie war ihr persönlicher Rausch. Und ihre stille Auflehnung gegen ein Leben, das so sehr an ihr zehrte.

Gestern erst war Elena völlig übermüdet aus der Schule gekommen und beim Mittagessen fast eingeschlafen. Ihre Chefin hatte einen Löffel nach dem Mädchen geworfen und darauf bestanden, dass die Hausaufgabenzeit trotzdem nach der Stechuhr einzuhalten sei. Dabei hätte Elena einfach jemanden zum Kuscheln gebraucht und einen Mittagsschlaf. In solchen Situationen sagte Sonja gar nichts. Sie blickte wie durch einen Schmierfilm auf das Treiben ihrer Chefin und ihrer Kolleginnen. Sie konnte einfach nicht argumentieren, ihr Mund war wie zugepappt. Allein der Blick ihrer Chefin machte sie zu einem stummen Fisch.

Im Berufsalltag erlebte sie ständig ein Gefühl der Ohnmacht. Umso mehr genoss sie die Macht, die ihr das Wissen um die dunklen Seiten ihrer Nachbarn verlieh. Dabei hatte sie, die langweilige Sonja, auch ihre Geheimnisse. Und zwar nicht nur die Catcam, die ihr immer neue Informationen lieferte. Eines Abends, als ihr nach der Arbeit besonders schlecht gewesen war, war sie auf ihre Terrasse getreten, um frische Luft zu schnappen. Auf einmal hatte sie die Lust überkommen, durch die Gärten zu schleichen. Sie war erst durch ihren eigenen Garten getapst und dann durch den von Frau Habersetzer.

Einige Tage später hatte sie ihren Streifzug wiederholt. Schon bald hatte sie ihr Gebiet erweitert. Sie wollte mehr sehen. Mehr Einblicke bekommen. Weniger wacklige Bilder. Sie wollte Klarheit. Die Häuschen in der Siedlung sahen von außen ziemlich ähnlich aus, und die Anordnung der Zimmer war absolut identisch. Es war wie ein Rausch. Sie bekam bei ihren nächtlichen Ausflügen Herzklopfen, und ihr Atem erinnerte an eine Dampflok. Jedes Mal, wenn sie auf Ästchen trat, zuckte sie zusammen. Dabei saßen ihre Nachbarn doch im erleuchteten Haus und konnten gar nicht sehen, wer sich da durch die Nacht pirschte. Bei Frau Habersetzer lief der Fernseher so laut, dass sie es gar nicht hörte, als Sonja einmal über einen Blumentopf fiel, der scheppernd seinen Inhalt über die Terrasse ergoss. Vor Schreck war Sonja zur Salzsäule erstarrt. Sie war wirklich nicht zur Beschatterin geboren.

Trotzdem liebte sie es, in die Welten ihrer Kontrahenten einzutauchen. Welten aus purer Geschmacksverirrung. Bei der alten Habersetzer lagen überall gestickte Decken und Läufer. Über den Armlehnen, über den Rückenlehnen, unter den Blumenvasen und in Bilderrahmen hinter Glas. Eine Orgie in Stick! Die alte Habersetzer stand alle zwanzig Minuten auf und füllte ihr Marmeladenglas neu. Einfacher wäre es gewesen, den Weinkarton einfach auf den hässlichen Couchtisch mit der Resopalplatte zu stellen. Aber so waren Alkoholiker eben …

Bei Elmar Steiger konnte man auf der Terrasse beim besten Willen nichts umwerfen, alles war akkurat verräumt. Auch sein Haus war so ordentlich, dass es an ein Musterhaus erinnerte. Die Schrankwand in Gelsenkirchener Barock erschlug einen Großteil des Wohnzimmers. Die moosgrüne Couch füllte den Rest aus. Steiger trank jeden Abend genau zwei Flaschen Bier und aß sieben kleine Pumpernickel-Wurstbrote. Das Brotzeitbrett richtete er rechtwinklig zur Tischkante aus und rückte es ständig neu zurecht. Jedes Brot war mit exakt drei Scheiben der immer gleichen Zervelatwurst belegt, die denselben Durchmesser wie der runde Pumpernickel hatte. Die Bierflasche und das Glas mussten auf derselben Höhe stehen. Daneben befand sich ein Glas mit Gurken, die er immer in vier gleich große Schnitze zerteilte. Eine Orgie der Zwanghaftigkeit. Nach dem Essen ging er aufs stille Örtchen. Das war der Moment, an dem Sonja davonschlich. Man wusste ja, wie lange das bei ihm dauerte …

Bei ihrer Nachbarin Lorelai musste sie beim Spannen besonders gut achtgeben. Lorelai rauchte nämlich und trat gern mal unvermutet in den Garten. Das machte die Sache natürlich auch spannender. Als Sonja bei einem ihrer nächtlichen Streifzüge von einem Seitenfenster aus in Lorelais Wohnzimmer schaute, war sie überrascht gewesen. Sie hätte Designermöbel aus Stahl erwartet und eine weiße Ledercouch. Doch Lorelais in die Jahre gekommene Einrichtung sah eher nach Ikea aus. Außerdem hingen überall kitschige Engel. Bilder von dicken Engeln, Skulpturen von Engeln, Schutzengelchen, Wandsticker in Engelchenform.

Als Sonja einmal unter Lorelais Fenster kauerte, strich ihr plötzlich etwas Weiches um die Beine. Der Schrei, den Sonja ausstieß, zerschnitt die stille Siedlungsnacht. Lady Goggo machte vor Schreck einen gewaltigen Satz zur Seite. Dabei hatte sie sich so gefreut, ihr Frauchen auch mal nachts in den Gärten zu treffen. Lorelais Terrassentür war aufgegangen. Eine Stimme rief in die Dunkelheit: »Ist da wer?« Anscheinend hatte sie nun die Katze entdeckt. »Machst du so einen Krach? Kloppst du dich mit anderen Katzen oder wie? Husch, weg da! Ksch, ksch, ksch!« Sonjas Puls schnellte in unglaubliche Höhen, während sie sich langsam auf ihr eigenes Grundstück zurückzog.

Immer wieder trieb es Sonja hinaus in die Nacht. Als größte Mutprobe hatte sie sich den Garten des Lustmolchs auserkoren. Während sie in Richtung Terrasse schlich, wurde es auf einmal taghell, und sie hörte hinter sich eine laute Stimme, die sie anherrschte: »Was machen Sie da?«

Sonja fuhr herum. Vor ihr stand Sven, der anscheinend gerade aus seinem Gartenhaus gekommen war. Offenbar hatte sie mit ihrem Herumschleichen einen Bewegungsmelder ausgelöst, woraufhin das helle Licht angegangen war.

Ihr Nachbar hielt eine Kiste unterm Arm, aus der einer dieser Dildos ragte. Seltsam geriffelt und neongrün. Er machte keine Anstalten, den Gegenstand zu verbergen, und sah Sonja nur sehr genervt an.

»Ich … äh … suche meine Katze. Die ist … äh … seit zwei Tagen weg. Sonst kommt sie abends immer zu mir zurück …« Sonja traten Tränen in die Augen. Vor lauter Angst.

»In meinem Garten suchen Sie?« Er klang eigentlich sehr nett.

»Ich weiß, ich hätte läuten sollen, aber es war schon so

spät. Da habe ich mir gedacht … Tut mir leid, Herr Neidhardt …«

»Sven, bitte. Und du bist …?«

»Sonja … Sonja Weber. Aus der Fünf. Zwei Häuser weiter.«

Er nickte. »Du fährst so ein kleines blaues Auto, das du immer abwürgst?«

»Ja … ich …«

»Und die Katze ist diese kleine Bunte, oder?«

»Ja, genau. Lady Goggo ist wahnsinnig neugierig. Sie lässt sich ständig irgendwo einsperren.«

Er sah sie an, als wäre sie ein bisschen gaga, was im Grunde ja auch zutraf. Schließlich stand sie gerade im Garten ihres perversen Nachbarn und redete Müll. Dabei sah dieser Sven unverwackelt sehr sympathisch aus. Er hatte nette braune Augen, eigentlich ein Durchschnittstyp. Aber waren das nicht die Gefährlichsten? Sie war ja auch ein Durchschnittstyp – und sie spannte! In diesem Moment strich etwas um ihre Beine. Lady Goggo!

»Da ist sie ja«, jubelte Sonja. Alle Anspannung entlud sich in diesem kleinen Satz.

»Was für eine Freude!«, kommentierte Sven sarkastisch. »Gute Nacht, die Damen. Wenn die Frau Gagga … äh … Goggo wieder bei mir herumtigert, werd ich sie heimschicken.«

Sonja stolperte mit einem »Danke … entschuldigen Sie … äh … entschuldige du« von dannen. Lady Goggo protestierte, sowie Sonja sie sich unter den Arm geklemmt hatte, aber sie ließ nicht los, sondern verfrachtete die Katze ins Haus und verriegelte die Katzenklappe. Dann begann sie zu heulen. Diese Nachtwanderungen mussten wirklich aufhören.

Einige Nächte blieb Sonja tatsächlich zu Hause. Stattdessen sah sie sich die neuesten Werke ihrer Kamerafrau an. Denn Lady Goggo filmte weiter. Herr Steiger hatte mal wieder einen Maulwurf erschlagen und mit der Schrotflinte eine Taube vom Himmel geballert. Die Katze war in den offenen Keller der Habersetzer gelaufen und hatte ein ganzes Depot von australischen Weinkartons gefilmt, die sich dort wie Ziegelsteine stapelten. Und Sven Neidhardt hatte Dildos auf eine Wäscheleine aufgefädelt. Wie krank war das denn? Am nächsten Tag hatte er eine hübsche junge Frau auf seiner Couch gevögelt. Die Katze hielt die Kamera lange sehr still, alles war gut zu sehen. Alles. Sie hockte oben. Sonja sah weg und wieder hin. Lange.

Manchmal verließ Lady Goggo die Siedlung und zog ein paar Straßen weiter mit einem roten Kater um die Häuser. Der Kollege schien ihr gute Drehorte zu empfehlen, zum Beispiel die Wohnung der Familie Marx. Melanie Marx und ihr Sohn Philipp saßen nachts am Fenster, hielten sich an Rotweingläsern fest und heulten. Lady Goggos Filme waren tonlos, aber das Geheul hatte Sonja schon mehrfach live gehört. Ein schauerliches Geheul war das, wie von Wölfen. Aber die gab es hier doch gar nicht? Sonja glaubte zu wissen, dass die frechen Stadtfüchse, die sie manchmal sah, zu solchen Geräuschen nicht fähig waren.

Für den Locationscout und die Filmemacherin musste die Familie Marx ungeheuer anziehend sein. Lady Goggo hielt fest, wie die Mutter und der Sohn den Wolf anheulten. Die Mutter war Heilpraktikerin, das wusste Sonja. Und der Sohn war der verhuschte Postbote. Wenn man schon seit Kindesbeinen mit der Mama zusammen den Wolf machen musste, dann musste doch was hängen bleiben! Darum also war der Mann so merkwürdig gewesen. Philipp Marx tat Sonja leid. Um dessen Haus würde sie niemals schleichen, der war ja ärmer dran als sie selbst.

Im Heim war ein Sommerfest anberaumt. Sonja hatte Dekokisten geschleppt und Luftballons aufgeblasen. Sie hatte Kaffee und Tee gekocht und die Tische eingedeckt und mit Blumengestecken geschmückt. Da sich das Gebrüder-Grimm-Haus anders als städtische Einrichtungen hauptsächlich über private Spenden finanzierte, waren der Chefin diese kleinen Details besonders wichtig.

Zu Anlässen wie dem Sommerfest kamen nämlich die reichen Gönner und Societyladys, die für die armen Kinder Geld lockermachten. Meistens erschien auch der sogenannte Prinz, ein Adliger, der in einschlägigen Magazinen für sein soziales Engagement gerühmt wurde. Man müsse jenen helfen, denen das Leben schlechte Startchancen mitgegeben habe, ließ er sich zitieren. Auf den Zeitungsfotos grinste er dem Leser feist entgegen und hielt mal einen Scheck in der Hand, mal ein Kind an der Hand. Auf den Festen war der Prinz nach kurzer Zeit sturzbetrunken und wurde dann von seinem »Chauffeur«, der sicher auch andere Funktionen im Leben und Bett des Prinzen innehatte, von dannen gezogen.

Wenn wieder einmal ein Seht-her-wie-schön-wir-dasmachen-Fest für die Gönner anstand, fraß die Chefin vorher Kreide. Sie machte eine richtig gute Figur und konnte sogar ihren schauerlichen Dialekt unterdrücken.

Die zweieinhalbjährige Lisa Marie hatte am Tag des Festes unbedingt ein Kleid anziehen wollen, die Chefin aber hatte sie in eine Hose gezwungen und ihr dabei den Arm nach hinten gedreht. Weil die Kleine so sehr weinte, hatte die Chefin sie auf ein hohes Fensterbrett in einem Nebenraum gesetzt. Dort hatte Sonja sie eher zufällig gefunden. Was, wenn sie heruntergefallen wäre? Aber sie war nur in Tränen aufgelöst und in Todesangst gewesen.

Als Sonja abends nach Hause kam, war sie komplett ausgelaugt. Sie beschloss, sich den neuen Film erst am Tag darauf anzusehen. In dieser Nacht schlief sie schlecht, denn sie träumte von Kleinkindern, die aus Häusern stürzten.

Am nächsten Morgen steckte sie nach einem Tee und einem Marmeladenbrot die Speicherkarte in den Laptop. Lady Goggo war nicht untätig gewesen. Offenbar hatte sie wieder den Garten von diesem Sven besucht. Die Kamerafrau kam wie immer durch die Hecke und schlenderte dann zum Gartenteich. Wasserpflanzen sirrten vorbei, verwischtes Grün, Lichtreflexe. Gewackel. Nun lief sie zur Terrassentür und filmte wieder ins Leben von Sven hinein. Hatte er heute wieder Damenbesuch? Eine andere als letztes Mal?

Auf dem Boden lag eine Frau. Ein Sessel verdeckte ihren Oberkörper, aber schlanke nackte Beine und ein Kopf waren zu sehen. Hatte sie langes blondes Haar? Die Kamerafrau schien durch irgendetwas abgelenkt zu sein.

Ihr Blick streifte die Gartenmöbel und kehrte dann wieder ins Zimmer zurück.

Da war Sven Neidhardt. Anscheinend saß er auf der Brust der Frau oder weiter hinten. Sonja schluckte. Ihr Mund wurde trocken. Hatte er es so eilig, dass er auf dem Fußboden …? Sonja war in sexuellen Dingen nie sonderlich experimentierfreudig gewesen, Marc aber auch nicht: rein, raus, gut.

Sven hatte sich vornübergebeugt, doch was tat er? Küsste er sie? Nein, er hielt etwas in der Hand. Einen Gürtel? Eine Krawatte? Ein Seil? Lady Goggo hatte schon wieder sehr unsauber gefilmt. Eher künstlerisch. Mit Bewegungsunschärfe. Hamilton-Effekt.

Aufgeregt rückte Sonja näher an den Bildschirm und kniff die Augen zusammen. Sven hatte dieses Etwas um den Hals der Frau gewickelt. Eindeutig. Manche standen ja angeblich auf so was. Jetzt zog er zu, immer weiter. In diesem Moment änderte sich der Blickwinkel in Richtung Garten, dann drehte sich die Kamerafrau wieder um. Nun war die Frau zu sehen, die leblos dalag, die Haare auf dem Boden ausgebreitet. Sven war aus dem Bild verschwunden. Auf einmal sah Sonja nur noch grau. Die Jalousie war herabgelassen.

Sonja zitterte. Sie starrte in dieses Grau. Ihr Nachbar hatte eine Frau erdrosselt. Sie hatte einen Mord beobachtet. Lady Goggo hatte einen Mord gefilmt!

3

Mering, Bayerisch-Schwaben

Sonja starrte auf die starre graue Wand, die ihr Laptop zuletzt gezeigt hatte. Kurz darauf kam wieder Bewegung ins Bild, grünes und braunes Flirren, Blätter, Zweige, wie verwischte Farborgien in einem abstrakten Bild. Lady Goggo war längst weitergezogen zu einem neuen Abenteuer.

Sonja rannte in die Küche und schenkte sich ein Glas Wasser ein. Sie keuchte wie nach einer Bergtour, hätte sie denn Bergtouren unternommen. Schwer atmend ließ sie sich aufs Sofa fallen und versuchte nicht mehr auf den Laptop zu blicken. Als könne man das Gesehene ungeschehen machen, wenn man einfach wegschaute. Aber das Bild hatte sich in ihren Kopf eingebrannt: eine Frau, die reglos auf dem Boden lag.

Als Lady Goggo auf ihren Schoß sprang, schrie Sonja vor lauter Schreck auf. Entsetzt hüpfte die Katze wieder hinunter.

»Was hast du mich erschreckt, Lady! Komm schon zurück.«

Die Katze warf ihrem Frauchen einen strafenden Blick zu und machte es sich zum zweiten Mal bequem – diesmal ohne dass sie fast einen Hörsturz bekommen hätte. Sie begann zu treteln, und dann setzte ihr Schnurren ein, zuerst ganz leise und immer lauter, bis es an das Gurren einer Taube erinnerte. Anschließend verwandelte es sich in ein Geräusch, als bliese jemand in eine rostige Gießkanne. Dann war Lady Goggo wieder still. Sonja kannte keine Katze, die es so übertrieb mit den Lauten des Wohlbefindens.

Sie hatte kein Zeitgefühl, sie ahnte nicht, wie lange sie dagesessen hatte, aber irgendwann hob sie die Katze hoch und setzte sie vorsichtig auf die Seite. Mit klopfendem Herzen näherte sie sich dem Laptop, zog die Karte heraus und steckte sie kurzerhand wieder in die Catcam, die Lady Goggo um den Hals trug.

Der Katze war das Ganze wohl zu viel, jedenfalls sprang sie mit einem beleidigten Blick von der Couch und verschwand. Sonja hörte das Öffnen und Schließen der Katzenklappe. Auf dem Laptop lief als Bildschirmschoner eine Fotoserie von Lady Goggo, als sie noch ganz klein und süß gewesen war. Lange bevor sie diese Catcam um den Hals getragen hatte.

Denk nach, und atme ganz tief durch, versuchte sich Sonja zu beruhigen. Doch die tote Frau drängte sich immer wieder in ihre Gedanken. War sie denn überhaupt tot gewesen? So leicht konnte man doch keine Frau erwürgen, oder? Hatte sie sich gewehrt? So schwer und kräftig war dieser Sven doch gar nicht. War das nicht einfach ein sexuelles Spiel gewesen? Schließlich hantierte dieser Sven doch dauernd mit Dildos und Gummimösen, Domina-BHs und all solchen Spielzeugen herum. Und bevor es richtig zur Sache ging, hatte er die Jalousie geschlossen. So einfach war das. Oder doch nicht? Wieder bewegten sich die Waagschalen auf und ab wie bei einer Wippe am Kinderspielplatz.

Auf: Ein Mord, du musst zur Polizei!

Ab: Was für ein Unsinn, der Nachbar hat eben etwas ungewöhnliche Sexpraktiken, damit hat die Polizei doch nichts zu tun! Wenn die jedes Mal gerufen würde, nur weil einer auf Sadomaso steht …

Auf: Wenn er ein Serienmörder war, dann wird er weitere Frauen töten. Du musst unbedingt zur Polizei.

Ab: Du bist einfach nur hysterisch und spießig. Man weiß doch aus dem Fernsehen und aus einschlägigen Büchern, dass SM im Moment ziemlich angesagt ist. Wer wird dir glauben? Du hast ja nicht mal mehr die Karte. Warum nur hast du die SD-Karte nicht einbehalten? Oder die Aufzeichnungen auf dem PC gespeichert?

Aber die Karte steckte nun mal in der Catcam, und die war mitsamt der Katze weg. Lady Goggo würde erst wiederkommen, wenn es dämmerte. Sonja beschloss, sich abends die Aufzeichnungen auf der Karte noch mal in Ruhe anzusehen. Dann würde sie feststellen, dass dieser Sven einfach merkwürdige Sexpraktiken hatte. Mehr nicht. Oder war die Frau vielleicht doch tot?

Für einen ganz kurzen Moment wünschte sie sich, dass die Katze nicht mehr heimkäme. Sie wollte die Wahrheit gar nicht kennen. Die Wahrheit war oft so schmutzig. Sonja begann einen Gugelhupf zu backen. Dabei aß sie viel Teig, was ihrem Magen nicht guttat. Vom fertigen lauwarmen Kuchen, der besonders viel Schokostreusel abbekommen hatte, aß sie drei Stücke. Was ihrem Magen erst recht nicht bekam. Sie setzte sich vor den Fernseher und zappte hin und her. Sie sah Detektive im Einsatz. Sie sah Frauen, die fünfhundert Euro unter dem Motto »Sei die Schönste an der Strandbar« vershoppen mussten. Auf Malle schrien sich Familien an, in Essen im Ruhrpott hatten schöne Tänzer Probleme mit Tablettensucht. Es wurde später und später, und Sonja aß noch ein Stück Kuchen.

Es war schon dunkel, als sie auf die Terrasse ging und die Katze zum ersten Mal rief. Es war Mitternacht, als sie zum zehnten Mal draußen war. Doch die Lady blieb verschwunden. Es war ein Uhr, als Sonja sich übergab, es war zwei Uhr, als sie versuchte die Tränen niederzuringen.

Sie hat sich bestimmt nur verspätet, redete sie sich ein. Es ist so eine laue Sommernacht. Vielleicht ist sie ja mit ihrem Katerfreund unterwegs. Schlaf ein wenig, morgen früh ist sie da.

Sonja weinte sich in den Schlaf. Es war halb sieben, als sie aufwachte. Es hatte zu regnen begonnen. Bestimmt war die Katze jetzt da. Lady Goggo hasste nämlich Regen. Sonja lief ins Wohnzimmer, doch auf dem gewohnten Platz auf der Couch lag keine Katze. Sonja stürzte zur Terrassentür, rief hinaus ins Regengeplätscher, horchte. Aber nichts. Dieser verdammte Regen, dachte sie, da konnte man ja gar nichts hören. Vielleicht saß Lady Goggo irgendwo und miaute? Vielleicht hatte sie sich verletzt und maunzte um Hilfe. Sonjas Tränen mischten sich mit dem Regen, ihre Rufe überschlugen sich. »Goggo, Goggo! Bitte, Goggo, komm doch heim!«

Sie machte sich Vorwürfe: Hatte sie sich nicht insgeheim gewünscht, dass die Katze nicht mehr käme? Sie war schuld, sie hatte das Grauenvolle heraufbeschworen. Lady Goggo war weg. Sonja zog sich einen Regenmantel und Turnschuhe an und stürzte hinaus. Sie rief, sie schrie, sie rannte in die Gärten der Nachbarn, die sie von ihren nächtlichen Spionageausflügen kannte. Jetzt war ihr alles egal.

Bei Sven Neidhardt stutzte sie. Die Jalousie war immer noch heruntergelassen. Das Haus sah verlassen aus. Entsorgte er die Leiche? Oder war er einfach nur zur Arbeit gefahren? Sonja huschte über die Terrasse, rannte zu dem Gartenhaus und versuchte in die kleine Hütte hineinzusehen. Da standen stapelweise Kartons, aber eine Katze war nicht zu sehen. Sonja lief gebückt an der Hecke entlang. Sie rief und lockte und wurde immer panischer. Warum war sie so allein? Warum half ihr denn keiner?

Der Regen prasselte herab, und es wehte immer stärker. Sonja konnte kaum noch etwas hören außer den Regentropfen und dem heulenden Wind. Wertvolle Zeit verstrich, während ihre Katze irgendwo im Sterben lag. Sie war doch noch so jung! Sie sollte doch leben!

Da waren keine Stimmen mehr, die beschwichtigten, Sonjas ganzes Inneres flatterte davon. Als sie nach drei Stunden heimkam, war sie klatschnass. Bestimmt war die Katze jetzt da! Doch Lady Goggo war noch immer nicht aufgetaucht. Sonja glitt zu Boden und weinte ein ganzes Meer voller heißer Tränen.

Nach zwei Stunden trieb es Sonja wieder hinaus. Sie läutete bei Frau Habersetzer, die die ganze Aufregung nicht verstand.

»Nun kommen Sie, es ist Sommer, da streunen Katzen halt herum. Ich hatte als Kind mal einen Kater, der ist nach zwei Monaten quietschlebendig und nudelfett wieder aufgetaucht.«

Als Sonja zu Herrn Steiger ging, stieg dieser widerwillig in seinen Keller hinab und öffnete sogar sein Gartenhaus. Dann meinte er: »Stellen Sie sich nicht so an, das ist doch bloß ein Viech, kein Kind.«

Aber Lady Goggo war nicht »bloß ein Viech«, und sie streunte auch nicht herum. Die Katze hatte ganz klare Rhythmen. Gegen vier Uhr morgens verließ sie das Haus und war um neun Uhr zurück. Frühstück. Schlaf bis nachmittags. Essensaufnahme. Abendrunde bis etwa zweiundzwanzig Uhr. Mitternachtssnack daheim. Schlaf mit Frauchen, dann wieder raus. Doch nun war sie weg. Tot. Überfahren. Aufgefressen.

Es wurde wieder Abend und Nacht und Morgen. Keine Lady. Die ermordete Frau war in Sonjas Gedanken verblasst, alles verblasste. Der Gedanke, zur Polizei zu gehen, war in diesem Meer aus Tränen ertrunken.

Sonja machte sich Vorwürfe. Natürlich hätte sie ihre Nachbarn nicht bespitzeln dürfen. Aber warum wurde sie so grausam bestraft? Alles außer der Katze war zur Nebensache verkommen.

Inzwischen war wieder Montag, Sonja hätte Nachmittagsdienst gehabt. Etwas in ihr lebte noch, und sie ging zur Praxis ihres Hausarztes, der sie kannte, seit sie ein kleines Mädchen gewesen war. Er sah sie an, fragte nach, und schließlich gelang es ihm, aus der großen Tränenflut die Geschichte der verlorenen Katze herauszuhören. Er schrieb Sonja krank.

Genau genommen war sie auch krank. Sie zitterte, sie

weinte nur noch. Sie hatte Fieber, ihr Körper wehrte sich. Zu viel Trauer erträgt kein Mensch. Der Arzt verschrieb ihr ein pflanzliches Beruhigungsmittel, und er schickte Sonja zur Tierarzthelferin Nicole, die seine Nichte war.

»Sonja, Sie müssen jetzt strukturiert vorgehen. Nicole kennt sich mit so was aus. Unser Hund war auch mal zwei Wochen weg. Nicole findet alle Tiere wieder. Sie müssen etwas tun! Nicht nur trauern!«, gab er ihr noch mit auf den Weg.

Und Sonja ging zur Tierarztpraxis. Nicole rief Polizei, Tierheime, Kliniken und Tierärzte an, während Sonja Plakate der Tierregistrierung Tasso ausdruckte und in der Siedlung aushängte. Nicole stellte sogar den Kontakt zu einer professionellen Viecherlfahnderin in München her.

Der Dame gelang es immerhin, Sonja Hoffnung zu machen. Sie erzählte von einer Katze, die in Frankreich in einen Umzugswagen geraten war, der das Hab und Gut einer Familie aus der Nähe von Versailles zum neuen Wohnort in den Taunus brachte und dann nach Kirchheim bei München weiterfuhr, wo die Katze dem Spediteur in die Arme hüpfte. Dank der Beharrlichkeit der Fahnderin konnten die Besitzer ausfindig gemacht werden, woraufhin der Familienvater vierhundert Kilometer bis München gerast war, um seine Katze abzuholen. Die den Rückweg komplett verschlief!

»Sie dürfen einfach nicht aufgeben«, hatte die Frau gesagt. »Verbannen Sie Gedanken an Katzenhasser und Tierfänger aus Ihrem Kopf. Die Gründe für das Verschwinden von Tieren sind meist sehr viel weniger kriminell, als man gemeinhin denkt.«

Sonja ging nun zu den Nachbarn in der weiteren Umgebung. Bei Familie Marx mischte ihr die Heilpraktikerin extra einen Beruhigungstee. Bei ihrer Suche lernte sie jede Menge neuer Menschen kennen, die fast ausnahmslos sehr freundlich waren. Immer wieder wurde sie in Gespräche über ihre Oma verwickelt, die so beliebt gewesen war. Die alte Habersetzer bot ihr sogar was von ihrem Aussie-Riesling an. All diese Menschen versprachen, ihre Häuser und Nebengebäude zu durchsuchen. Lady Goggo gehörte nämlich nicht zu den Katzen, die sich lautstark bemerkbar machten, sondern eher zu den vorsichtig abwartenden, die trotz Befreiungsversuch und Rufen in Deckung blieben.

Sonja bat auch den Wolfsrufer-Postboten, die Augen offen zu halten, und mit jedem Tag, an dem sein gelbes Auto vorfuhr und er traurig den Kopf schüttelte, zerbrach etwas in Sonja.

Auch bei Sven Neidhardt klingelte Sonja an, mehrfach sogar, aber keiner öffnete. Der Mörder war geflüchtet. Was, wenn ihre Katze nun in seiner Wohnung saß, die er anscheinend aufgegeben hatte? Wenn sie darin elend verhungerte und verdurstete? Sonja umschlich Svens Haus, flehte, lockte und rief an allen Fenstern nach der Katze, doch vergeblich.

Mittlerweile waren seit dem Verschwinden der Katze sechs Tage vergangen. Durch ihren Kopf wirbelten Bilder von Katzenhassern, Bilder von Käfigen in einem Versuchslabor, Bilder von ihrem plattgefahrenen Liebling in einer Blutlache. Es war draußen heiß – sicher war Lady Goggo längst irgendwo verdurstet …

Nicole hatte das Verschwinden der Katze auch auf Facebook gepostet und war bass erstaunt gewesen, dass Sonja nicht auf Facebook war. Aber was hätte Sonja denn posten sollen? Hobbys: Katze und Kaninchen. Familienleben: Katze und Kaninchen. Partys: Keine. Und wer hätte ihre Beiträge kommentieren und »Gefällt mir« drücken sollen? Sie hatte doch nur die Lady und die beiden Karnickelmänner, die sie mit Tränen übertropft und schier zu Tode gekrault hatte. Sie waren die Letzten, die ihr noch geblieben waren.

Es war Wochenende, als Lorelai an ihrer Tür läutete.

»Ich wollte mich erkundigen, ob die Katze wieder da ist. Die Leute sagen, Sie seien ja so verzweifelt«, sagte Lorelai, die heute eine Jeans mit Animalprint trug, ein lila Top mit Wasserfallkragen und einen grellorangen Lippenstift.

Sonja schüttelte den Kopf. Sie kämpfte schon wieder mit den Tränen.

»Und Sie haben wirklich alles abgesucht?«

»Ja, ich war einfach überall. Polizei, Tierheime, Tierärzte, Tasso, alle sind informiert. Sie wurde auch nicht überfahren, also zumindest sagt die Straßenmeisterei …« Die Tränen erstickten den Rest des Satzes.

»Ich will Ihnen ja nicht wehtun, aber es könnte ja auch ein Fuchs oder ein anderes Tier … Ich habe mal gehört, dass Fähen, wenn sie Jungtiere haben, schon mal eine Katze … Also nicht, dass ich…«

Sonja zitterte. »Wissen Sie, es ist diese Ungewissheit. Wenn ich wüsste, dass sie tot ist, dann wäre das besser als diese furchtbare Ungewissheit.« Lorelai nickte und verzog den Mund. Viele kleine Fältchen zerknitterten das Orange in Plisseeform. »Also von einer Freundin von mir ist die Katze mal bis Holland gefahren. Sie ist in einen Umzugswagen gesprungen. Stellen Sie sich das mal vor! Und am Ende wurde sie ja doch noch gefunden.«

»Ich höre dauernd solche Geschichten«, meinte Sonja schluchzend. »Hier ist aber niemand umgezogen! Ich habe die Anwohner ja auch gefragt, wohin sie am fraglichen Tag gefahren sind. Aber die Nachbarn waren nur beim Einkaufen oder bei der Arbeit.« Sonja schniefte und versuchte die Tränen endlich niederzuringen. »Nur bei Sven Neidhardt war keiner zu Hause.« Sie versuchte das Bild von der toten Frau beiseitezuschieben, das sich gerade wieder aufdrängte. Die Idee, einen Mord gesehen zu haben, kam ihr heute so absurd vor. Außerdem hatte sie Wichtigeres zu tun. Sie musste ihre Katze finden.

»Richtig, der Sven! Das könnte es sein! Der Sven ist an dem Tag, an dem Ihre Katze verschwunden ist, mit seinem VW-Bus aufgebrochen. Er hat zwei große Kartons eingeladen und hatte eine Reisetasche dabei. Der ist bestimmt verreist. Vielleicht ist Ihre Mieze da mitgefahren.«

Sonjas Magen, der die letzten Tage immer wieder versagt hatte, spie Saures nach oben bis in die Speiseröhre. Große Kartons? Hatte Sven die Frau zerstückelt und in zwei Kartons gepackt? Und was, wenn ihre Katze wirklich ins Auto gesprungen war? Ein Frauenmörder würde bei einer kleinen Katze wohl kaum lange fackeln.

»Wie furchtbar«, entfuhr es Sonja.

»Warum? Das wäre doch eine heiße Spur«, triumphierte Lorelai. »Jetzt müssen Sie nur noch herausfinden, wo er hingefahren ist!«

»Wie soll ich das denn machen? Ich kenne ihn doch gar nicht näher«, entgegnete Sonja. Dabei kannte sie ihn besser als jeder andere in der Nachbarschaft. Besser als Lorelai. Sie kannte seine Sexpraktiken. Sie kannte seine Vorlieben. Er war ein Perverser, der Dildos in rauen Mengen besaß. Und vielleicht war er eben doch ein Mörder?

»Soll ich das für Sie herausfinden?«, bot Lorelai an.

»Ja … nein … also … Wie wollen Sie das denn herausbekommen?«

»Der Sohn einer Freundin ist mit Sven Neidhardt bekannt. Da könnte ich mal nachfragen. Ich selbst kenne ihn ja auch nicht näher. Lebt ja sehr zurückgezogen, der junge Mann. Und dabei ist das so ein Hübscher. Würde ich nicht von der Bettkante stoßen. Dass der gar keine Freundin hat. Vielleicht ist er schwul? Leider sind ja gerade die Hübschen oft schwul. Gut, dann rufe ich mal eben bei meiner Freundin an und rede mal mit ihrem Sohn! Bin gleich wieder da!«, rief sie und stöckelte von dannen.

Sonja grübelte verzweifelt herum. Sie musste zur Polizei gehen, jetzt wo der Mörder auch noch die Leiche entsorgte. Aber würde die Polizei ihr glauben? Sie hatte diese Speicherkarte ja nicht mehr. Die war mit der Lady verschwunden. Und was, wenn Sven Neidhardt die Katze tatsächlich in seinem Bus entdeckt hatte? Mitsamt der Catcam? Und was, wenn er sich die Karte mal angesehen und dann eins und eins zusammengezählt hatte? Als Besitzerin von Lady Goggo war sie in höchster Gefahr. Sie musste zur Polizei, sie brauchte Personenschutz.

Lauter wirre Gedanken wirbelten durch Sonjas Kopf. Schade, dass sie keinen Alkohol vertrug. Sie hätte dringend irgendeine Art von Betäubung gebraucht. Die Beruhigungstabletten waren alle, und die Johanniskrautpastillen würden nicht helfen. Ein so tiefer Schmerz brauchte mehr als Johanniskraut.

Es läutete erneut. Sonja zuckte zusammen. Lorelai stand erneut vor der Tür. »Er ist nach Island gefahren!«, rief sie.

»Wohin?«

»Island. Sie wissen schon, die kalte Insel am Polarkreis. Der Sohn meiner Freundin sagt, Sven hätte da irgendwie beruflich zu tun und wolle das Ganze wohl noch mit etwas Urlaub verbinden. Offenbar ist er mit dem Bus nach Dänemark gefahren, dann mit der Fähre auf die Färöer und von dort nach Island. Er musste wohl Material mitnehmen, darum der Bus, sagt der Sohn von meiner Freundin.«

Material – was für eine schöne Umschreibung für einen Leichentransport, dachte Sonja. Diese ganze Geschichte hatte Sven doch sicher nur für seinen Kumpel erfunden.

»Wie will man denn wissen, dass er tatsächlich in Island ist?«, sagte Sonja.

Die Nachbarin sah sie entgeistert an. »Was ist das denn für eine Frage? Warum soll er denn nicht in Island sein? Der Sohn meiner Freundin hat gestern mit ihm telefoniert.«

»Na ja, wenn Sven Neidhardt mit dem Handy telefoniert hat, könnte er doch auch ganz woanders sein.«

»Meine Liebe, sind Sie nicht etwas wahnhaft? Oder sind Sie bei der Polizei? Ist das ein Verhör?«, fragte Lorelai.

»Nein, ich bin … äh … Erzieherin. Ich meine doch nur, wenn meine Katze wirklich im VW-Bus mitgefahren ist, dann würde ich gern ganz sicher wissen, ob er auch wirklich in Island ist, verstehen Sie?«

Lorelai zog wieder eine Knitterschnute und nahm ein pinkfarbenes Smartphone heraus. Sie trat etwas zur Seite, redete eine Weile und kam dann wieder zurück. »Sven Neidhardt wohnt in der Pension Njáll in der Nähe von Reykjavík. Robin, das ist der Sohn meiner Freundin, hat ihn dort auf dem Festnetz angerufen, weil er ihn über Handy nicht erreicht hat. Robin soll nämlich Svens Pflanzen gießen, deshalb sind sie in Kontakt ...« Ein Schweinchenquieken war zu hören. »Ah, da ist sie schon. Robin wollte mir die Nummer der Pension und die Handynummer von Sven simsen. Da sind sie schon. Haben Sie was zum Schreiben?«

Sonja holte einen Zettel und einen Stift und schrieb wie in Trance mit.

»So, Miss Marple, machen Sie was draus! Ich habe Robin natürlich gebeten, dass er Sven fragt, ob eventuell eine Katze bei ihm mitgefahren ist. Geben Sie mir bitte auch Ihre Nummer? Dann gebe ich sie an Robin weiter.«

Sonja beschrieb einen kleinen Zettel, den Lorelai einsteckte.

»Na also! Los geht's und viel Glück. Wiedersehen!«

Und schon wackelte sie davon. Sonja konnte nur noch ein »Danke« hinterherrufen.

Dann machte sie sich einen Tee, in den sie vier Löffel Zucker warf. Eine Pension in Island! Sie konnte doch nicht einfach dort anrufen und nach Sven fragen! Sonja googelte ein bisschen im Internet herum, und tatsächlich fand sie auf einer Unterkunftsliste diese Pension in Hafnarfjörður. Die Karte zeigte ihr, dass der Ort tatsächlich ganz in der Nähe der Hauptstadt Reykjavík lag. Die Telefonnummer im Internet war identisch mit der, die Lorelai ihr gegeben hatte.

Und plötzlich stürzte Sonja zum Telefon und wählte die angegebene Nummer. Es läutete, bis eine Stimme in einer fremden Sprache etwas sagte. »Äh … äh … I am Sonja. I search for …« In diesem Moment wechselte die Stimme ins Englische. »We are not in right now. Please leave a message after the beep.«

Ein Anrufbeantworter also. Sonja drückte zitternd die rote Taste an ihrem Telefon. Sollte sie noch mal anrufen und auf den AB sprechen? Im nächsten Moment hatte sie Skrupel. Was, wenn Sven die Kamera an ihrer Katze entdeckt hatte? Was, wenn er die Karte herausgenommen und in seinen Computer gesteckt hatte? Ihm würde sofort klar werden, dass er in Lady Goggo eine Mitwisserin hatte. Bestimmt hatte er die Katze getötet. Oder in seinem Gartenweiher ertränkt.

Und wenn sie doch in den Bus eingestiegen war?

Sonjas Kopf schmerzte, diese Gedanken sprengten ihn, sie wollten hinaus. Aber Sonja wollte doch nicht mehr denken. Denken war die größte Pein des Lebens. Sie nahm fünf von den Johanniskrauttabletten auf einmal und schlief dann doch auf der Couch ein.

Am nächsten Vormittag läutete es. Vor ihr stand der Postbote Philipp Marx, der immer aussah, als gebe es keinen Kamm und als laste alles Elend dieser Welt auf seinen Schultern.

»Katze immer noch nicht da?«, fragte er.

»Nein.« Sonja presste die Lippen zusammen und versuchte die Tränen wegzudrücken.

»Die kommt schon wieder, bestimmt«, sagte der Postbote, dessen dürre haarige Beine heute von einer Postbermuda umschlabbert wurden. »Ich hab ein wattiertes Kuvert für Sie, das hat nicht in den Schlitz gepasst«, sagte er dann, gab Sonja den Umschlag und fuhr in seinem Postauto weiter.

Sonja nickte nur. Schon wieder tobten die Bilder der toten Katze über die Leinwand ihres inneren Kinos.

Während der Postbote wieder in sein Auto stieg, sah sie sich den Umschlag genauer an. Er war aus Island!

Zitternd öffnete sie die Lasche. Ob Sven ihr nun eine Pfote der Katze schickte? Als Drohung, damit sie ja nicht zur Polizei ging? So was sah man doch in Filmen. Oder war das ein Erpressungsschreiben?

Vorsichtig leerte Sonja das Kuvert. Lady Goggos Halsband mit der Catcam kullerte heraus. Sonjas Puls war sicher noch bei Frau Habersetzer zu hören. Ihre Finger zitterten, als sie die kleine Klappe des Aufzeichnungsgeräts öffnete. Die Speicherkarte war weg.

Sonja zog noch einen kleinen Brief aus dem Umschlag.

Dear unknown foreigner!
My name is Torunn Jónasdóttir. My daughter found that in the waste. I was wondering why a collar with an address in Germany got into a waste basket in my backyard in Iceland? You may miss it.
Kind regards
Torunn

Sonjas Finger zitterten. Sie warf das Kuvert auf den Küchentisch, als könne sie sich daran verbrennen, und begann zu schluchzen. Warum war sie so allein? Das waren eindeutig das Halsband und die Kamera von Lady Goggo. Der Umschlag kam aus Island, also war Lady Goggo wirklich mit Sven Neidhardt mitgefahren. Oder nicht?

Die Waagschalen begannen wieder zu wippen, auf und ab, immer schneller. Es konnte doch auch sein, dass er die Katze schon zu Hause getötet hatte und ihr als Warnung nun das Halsband zuschickte? Oder er hatte sie in Island getötet und dann das Halsband und die Catcam versendet? Vielleicht gab es in Wahrheit gar keine Torunn? Schließlich fehlte die SD-Karte – und das war doch ein untrügliches Zeichen!

Sonjas Kopf pochte immer schlimmer. Sie hatte das Gefühl, als habe sie Watte im Schädel. Kam das von den Tabletten? Eine neue Tränenflut drohte hochzuschwappen. Sie griff zum Telefon und rief Nicole an, die wenig später vor der Tür stand. Nicole verstand die Situation sofort und übernahm das Zepter. Sie kochte erst mal eine Nudelsuppe und zwang Sonja, einen Teller davon zu essen.

Dann hörte sie sich die Geschichte des Nachbarn an, der nach Island gefahren war. Das mit dem Frauenmörder verschwieg Sonja ihr lieber. Womöglich hätte Nicole sofort Europol, die GSG 9 und die Bundeskanzlerin angerufen. Und Gauck und Obama gleich dazu.

Nicole dachte ein bisschen nach und folgerte dann, dass die Katze wohl in den Bus geraten sei und sich dort versteckt habe. Erst in Island sei die Katze ausgebüxt. Dabei habe sie das Halsband verloren. Wenn Nicole sprach, klang alles so plausibel und vernünftig. Sonja hätte viel darum gegeben, so wie Nicole zu sein.

»Aber warum fehlt die Karte?«, fragte Sonja.

»Weil die jemand rausgenommen hat. Ein Kind beim Spielen vielleicht. Aber das ist doch jetzt unwichtig!«, bügelte Nicole den Einwand nieder. »Sonja, du musst nach Island fliegen!«

»Was?«, sagte Sonja ängstlich.

»Ich würde ja mitkommen, aber ich krieg keinen Urlaub«, sagte Nicole und zog Sonjas Laptop heran. »Erst mal müssen wir diese Torunn googeln.«

Nicole suchte eine ganze Weile. Sie stieß auf mehrere Jónasdóttirs, doch nie in Kombination mit Torunn. Als Sonja erzählte, dass sie von Lorelai die Telefonnummer der Pension und auch die Handynummer ihres Nachbarn bekommen hatte, rief Nicole: »Warum sagst du das nicht gleich? Sonja, du bist echt verpeilt!«

Nicole wählte gleich beide Nummern. In der Pension lief noch immer der AB, und das Handy von Sven läutete durch. Während Sonja nur dasaß und mechanisch die Suppe löffelte, war Nicole in ihrem Element. Sie buchte einen Flug München-Reykjavík für den nächsten Abend.

An Sonja zog das alles vorbei wie ein Wirbelsturm, ihr Watteschädel begriff nichts davon. Erst als Nicole die beiden Kaninchenmänner in einen Transportkorb verlud und mitnahm, weil die beiden in der Abwesenheit ihres Frauchens versorgt werden mussten, wachte Sonja wieder auf. Nicole umarmte sie und klopfte ihr auf den Rücken.

»Das machst du schon!«

Nachdem sich Nicole verabschiedet hatte, war es unendlich still. Nicht einmal das Rascheln der Karnickel war zu hören.

Da tat Sonja etwas, was sie sonst nie tat: Sie öffnete eine Flasche Wein, die schon ewig herumstand, und trank zwei Gläser, die eklig schmeckten, aber ihre flatternden Gedanken besänftigten. Sie konnte Nicole definitiv nichts von ihrem Mordverdacht sagen, sie konnte auch nicht zur Polizei gehen. Sie musste erst diese Karte wiederbeschaffen. Aber sie würde fliegen. Sie musste. Sie musste Gewissheit haben, was aus Lady Goggo geworden war.

Wenn Sven sie ermorden wollte, dann sollte er das ruhig tun. Sie hatte ja sowieso niemanden. Keiner würde um sie trauern. Höchstens ein paar Kinder im Heim. Aber auch nur kurz. Es würde eine neue Erzieherin kommen, die bestimmt viel netter und hübscher wäre als sie. Die Hasenmänner könnten bei Nicole bleiben, wenn Sonja nicht mehr zurückkehrte.

Auf einmal fühlte Sonja sich heroisch.

Und entschlossen. So entschlossen, dass sie beim Hausarzt noch spätabends privat vorsprach und eine Verlängerung der Krankschreibung erwirkte. An die Arbeit schrieb sie eine E-Mail, und das ärztliche Attest wanderte in die Post. Nicole hatte einen Rückflug in zehn Tagen gebucht, weil das Ticket so billiger gewesen war als einfach. Aber im Prinzip war jetzt alles egal. Selbst wenn sie in Island durch die Hand des Frauenmörders sterben würde – Sonja war zu allem entschlossen.

Die Entschlossenheit wich langsam, als sie in Mering in den Zug stieg. Als sie in die S-Bahn zum Flughafen umstieg, war die Entschlossenheit schon völlig verschwunden. Und als sie im Flughafen die Rolltreppe hochfuhr, wäre Sonja beinahe wieder umgekehrt.

Leute eilten hin und her, sie geriet in eine indische Großfamilie, deren Mitglieder wild schrien und gestikulierten. Um nicht über einen der kleinen dicken Jungen zu fallen, wich sie aus und riss mit ihrem Rucksack versehentlich einen hohen Bücherständer nieder. Es schepperte derart, dass einige Sekunden lang alle Menschen in der großen Halle sie anstarrten. Eine stark geschminkte Buchverkäuferin, auf deren Namensschildchen passenderweise »Laura Lesemann« stand, kam wütend angestöckelt. Hätten Blicke töten können, hätte Sonja definitiv nicht überlebt. So aber stotterte sie verlegen vor sich hin und begann die Bücher wieder einzusortieren – in den Ständer, den ein hochgewachsener Mann in einem Burberrymantel mittlerweile wieder aufgestellt hatte. Er sagte in einem reizenden Schweizer Akzent: »Kann doch mal passieren.« Sonja war dem Heulen nahe. Mit Nettigkeiten kam sie noch schlechter zurecht als mit Bösartigkeiten. Letztere war sie einfach mehr gewöhnt, und dann sah der Mann auch noch aus, als gehöre ihm eine dieser Privatbanken mit Lage am Zürichsee.

Als sie endlich den Check-in-Schalter erreicht hatte, war sie schweißgebadet. Sie legte ihren Reisepass hin und holte das aus ihrer Tasche, was sie für den Ausdruck ihres Tickets hielt. Die Frau schaute Sonja an, als trüge sie Pest, Cholera und Fußpilz in sich, und belehrte sie, dass sie drüben am Computer hätte einchecken und sich gleich ihr Ticket hätte ausdrucken lassen müssen.

Sonja war erst ein einziges Mal geflogen – vor drei Jahren, und zwar mit Marc nach Malle. Da hatte ihr Freund alles für sie erledigt. Ansonsten war sie immer mit dem Zug unterwegs gewesen, und die Fahrkarten hatte sie am Schalter gekauft, ganz altmodisch. Schließlich war sie bei ihrer Oma aufgewachsen und hatte keine polyglotte Kosmopolitensozialisation durchgemacht. Außer einer Klassenfahrt nach Würzburg, einem Skilager am Oberjoch, einem Ausflug nach Kaltern zu Fabrikspeck und Kopfwehwein mit ein paar Freundinnen der Oma hatte sie nur wenig von der Welt gesehen.

Nun spürte sie den Schweiß in die Pofalte rinnen. Die Frau hinter dem Schalter versuchte es auf Englisch, aber Sonjas Sprechhemmung war nicht mehr zu durchbrechen. Die uniformierte Dame hackte irgendwas in den Computer und gab Sonja zu verstehen, dass sie ihren Rucksack aufs Band legen sollte. Dann gab sie ihr den Pass zurück und streckte ihr die Boardingkarte entgegen. »Boarding ist in einer halben Stunde, half an hour, you see? Gate C.« Dann machte sie eine wedelnde Handbewegung, als wolle sie einen ganzen Schwarm Schmeißfliegen verscheuchen, und als sich Sonja mit puterrotem Gesicht wegdrehte, hörte sie die Frau zur Kollegin am Nebenschalter sagen: »Heute ist mal wieder Deppentag!«

Das Lachen der beiden trieb Sonja voran bis zur Sicherheitsschleuse, wo sie die Schuhe ausziehen und sich dazu auf einen Schemel setzen sollte. Mit selbigem kippte sie zur Seite, direkt vor zwei hochglanzpolierte Herrenslipper, in denen die Füße des Schweizers steckten. Er half ihr auf und lächelte sie an. »Nicht Ihr Tag heute, junge Frau, oder?«

Sonja konnte gerade noch den Kopf schütteln. Nein, das war wirklich nicht ihr Tag heute. Warum nur hatte sie dieses Trampelgen?

Bestimmt die Hälfte der Flugzeit war vergangen, bis Sonjas Schweiß getrocknet war und ihr Puls sich normalisiert hatte. Sie las in ihrem Reiseführer über Island und war unendlich froh, dass der Platz neben ihr leer geblieben war.

4

Halbinsel Reykjanes, Island

Sie landete um 21.30 Uhr. Der Ausgang und die Gepäckausgabe waren zum Glück mit Symbolen ausgeschildert. Gerade als Sonja eintraf, begann das Band zu laufen. Ein schwarzer Rachen spie immer neue Koffer aus, nur nicht Sonjas Rucksack. Nach fünfzehn Minuten stand sie allein am Band. Das heißt, fast allein, denn eine weitere Mitreisende schien ebenfalls ihr Gepäck zu vermissen. Sie fluchte in wüstem Österreichisch und wandte sich dann an Sonja.

»Haben Sie auch kein Gepäck?«

Sonja schüttelte den Kopf, und die Österreicherin stampfte von dannen, nicht ohne vorher mit dem Fuß gegen den Gepäckwagen getreten zu haben, woraufhin dieser laut krachend umstürzte. Sonja folgte ihr bis zum Lost-and-Found-Schalter.

Als sie an der Reihe war, gab sie Farbe und Marke ihres Rucksacks an, doch als sie gefragt wurde, wo in Island sie denn wohne, kam die nächste Panikattacke. Sie wohnte – nirgends. Sie hatte kein Hotel gebucht. Es war mittlerweile 22.15 Uhr, und sie stand ohne Gepäck am Flughafen Keflavík. Sie war komplett verpeilt, daran bestand kein Zweifel.

Das Mädchen hinter dem Schalter, dessen dicke Zöpfe

in merkwürdigem Kontrast zu ihrer formalen Arbeitskleidung standen, erklärte ihr in ganz langsamem und akzentuiertem Englisch, dass sie morgen früh einfach anrufen solle und dass sie den Weg ihres Gepäcks bereits lokalisiert habe. Der Rucksack sei nach Oslo geflogen, werde aber am nächsten Morgen sicher da sein.

Sonja taumelte hinaus. Draußen war es hell, obwohl es mitten in der Nacht war. Sie hatte kein Quartier und kein Gepäck. Und sie konnte kaum zu dieser Pension Njáll fahren und dem Mörder in die Arme laufen.

Hallo, ich bin's, Herr Nachbar. Auch in Island? Haben Sie zufällig meine Katze dabei? Und eine zerstückelte Frauenleiche?

Unschlüssig ging sie hinaus vor das Flughafengebäude, wo das seltsame Licht auffällig lange Schatten erzeugte.

»Need accommodation?«, fragte plötzlich ein älterer Mann. Sie fuhr herum.

»You look a bit lost«, sagte er. »Oder verloren?«, schickte er hinterher.

»Sie sprechen Deutsch?«

»Ich bin Deutscher, lebe aber schon seit Langem hier. Und Sie, junge Frau? Haben Sie vergessen, die erste Nacht zu buchen? Und morgen geht es auf Hochlandtour? Klassischer Anfängerfehler, passiert den meisten Reitermädchen.«

Er wartete gar nicht auf ihre Reaktion oder Richtigstellung. Sollte er ruhig glauben, sie sei eine verplante Reittouristin. Verplant war sie ja auch!

»Meine Frau Sigrun und ich haben ein Guesthouse in Hafnarfjörður. Ich heiße Manfred Kaiser. Wir hätten noch Platz. Vierzig Euro die Nacht. Wollen Sie das Zimmer?«

Sonja nickte nur, sie war wie paralysiert. Dann stieß sie aus: »Mein Rucksack ist nicht gekommen. Ich habe keine Adresse, ich …«

Er nickte, reichte ihr ein Kärtchen mit den Daten seiner Pension. »Gehen Sie noch mal rein, und geben Sie unsere Telefonnummer und Adresse an. Ich warte solange.«

Sonja gab dem netten Zopfmädchen die Adresse und eilte wieder hinaus. Eigentlich war sie sich sicher gewesen, dass der Mann nun weg wäre. Er stand aber noch da und lächelte.

»Na, dann los!«, sagte er.

Während sie in sein Auto stieg, ergriff sie ein entsetzlicher Gedanke: Was, wenn dieser Manfred Kaiser auch ein Frauenmörder war? Er bog auf eine Straße ab, die schnurgerade ostwärts führte. Sie durchfuhren eine Mondlandschaft, eine schwarze Steinwüste, die sie auf einer langen Geraden durchschnitten. Sie kam sich vor wie in einem surrealen Roadmovie. Ein gewaltiger Himmel überspannte das Schwarz. Im Reiseführer war Island in den glühendsten Farben geschildert worden. Von »Mutter Erde« war die Rede gewesen, aber hätte das nicht Wärme und Liebe bedeutet? Die Mondlandschaft, die sie draußen sah, hatte ganz andere Seiten und scheute sich auch nicht, ihre Narben und Wunden offen zu zeigen. Sonja fand es bedrohlich.

Der Mann sah zu ihr herüber. »Sie finden es nicht sonderlich hübsch hier, oder?«

»Nein … doch … Ich hatte nur ganz andere Bilder im Kopf.«

»Die werden sich auch erfüllen, versprochen! Tiefblaues

Wasser vor Felsenküsten. Weiße Schneekappen. Lavaströme, die zu Skulpturen erkaltet sind. Brodelnde Erde, bläuliche Schwefellöcher, die Blasen werfen, kleine Kamine, aus denen ohrenbetäubend laut heißer Dampf zischt. Der Wind treibt ihn als Wolken über karge Hochebenen – Werden und Vergehen in einen Augenblick gebannt. Island macht alle süchtig: nach dem unvergleichlichen Licht des Nordens, nach den unwirklichen Farben, nach Fjordküsten, nach tosenden Wasserfällen, nach Geysiren und immer wieder nach der alles beherrschenden Natur. Warten Sie den Morgen ab. Warten Sie, bis Sie den Hauptstadtbereich verlassen haben.«

Sonja schwieg. Der Mann fand so opulente Worte, dass sie sich ganz dumm vorkam.

»Island lebt, brodelt, gibt Ruhe, meldet sich wieder zu Wort. Das ist ein Teil der Faszination, denn dieses Land ist noch immer im Entstehen, erst 1963 wurde durch eine submarine Explosion im Bereich der Vestmannaeyjar, zu Deutsch Westmännerinseln, eine neue Insel geboren, die den Namen Surtsey erhielt. Auf Island ist die Natur so gegenwärtig, dass das menschliche Streben, sie zu unterwerfen, aberwitziger als anderswo erscheint. Islands Natur gewährt seinen Besuchern die Gnade, Zuschauer zu sein«, fuhr er fort. Es schien ihn nicht zu stören, dass Sonja beharrlich schwieg.

Schließlich gelangten sie zu einem Hafen, an dem auch das Guesthouse lag. Befand sich in Hafnarfjörður nicht auch die Pension von Sven?

Es war halb zwölf, als die nette Sigrun ihr das Zimmer zeigte. Es war klein und spartanisch. Über dem Bett hingen drei Bilder von Islandpferden auf Klippen vor tosendem Wasser. Auf dem Nachttisch standen eine Wasserkaraffe und ein Glas.

Sonja stellte den kleinen Rucksack, ihr Handgepäck, ab und tauschte Jeans und Pulli gegen ein langes T-Shirt. Zum Glück hatte sie eine frische Unterhose und ein zweites T-Shirt ins Handgepäck getan. Dem Hello-Kitty-Alter war sie zwar längst entwachsen, aber das Riesenschlafshirt mit der japanischen Katze war ein Stück Heimat für sie. Als sie schließlich im Bett lag, weinte sie dicke Tränen – der Erschöpfung und der Verzweiflung. Was wollte sie eigentlich hier? Sie trank das Wasser und versuchte tief durchzuatmen. Erschöpft schlief sie irgendwann ein.

Sonja erwachte, als die Sonne ihr ins Gesicht schien. Einen Moment war sie völlig orientierungslos und donnerte mit den Beinen gegen die Wand. Zu Hause hätte die Schwungrichtung gepasst, hier bremste allerdings eine Wand ihren Elan. Sonja blinzelte und sah auf die Uhr, die 1.45 anzeigte. Es war noch mitten in der Nacht, dabei war es so hell. Sie zog sich an, schloss die Tür ihres Zimmers ab und schlich leise die Treppe hinunter.

Die Haustür war nicht abgeschlossen, und draußen stieg ihr kühle Luft in die Nase, die nach Meer, Salz und Fisch roch. Sie musste niesen und gleich noch mal. Azurblau und grasgrün gestrichene Boote und rostrote Kähne schaukelten im Hafenbecken, das Licht war weich, die Farben schimmerten, wie es kein Wasserfarbkasten hinbekommen hätte. Ein paar Fischer hantierten mit Netzen, ein Restaurantschiff dümpelte an einer Pier, die Plastikstühle an Deck waren achtlos umgekippt.

Sonja setzte sich auf einen Poller und fühlte auf einmal gar nichts mehr. Irgendwann lief sie los und fand sich vor dem Schifffahrtsmuseum wieder. Ein Jogger kam des Weges, eine Möwe schrie, bis sie mehrstimmig Antwort bekam.

In einer Seitenstraße mit unscheinbaren Häuschen hing ein Blechschild, »Njáll's Guesthouse«. Sonjas Puls beschleunigte sich. Hektisch sah sie sich um. Stand da irgendwo der Bus ihres Nachbarn? Es gab einen kleinen Parkplatz, der offenbar zum Guesthouse gehörte. Dort waren zwei Autos mit deutschen Kennzeichen geparkt, ein Däne, ein Franzose. Aber weit und breit kein VW-Bus. Vielleicht parkte er ja woanders? Sonja umrundete das Haus und trat aus Versehen eine blecherne Gießkanne um. Sie war und blieb ein Trampel. Das Scheppern würde sicher die ganze Küstenstadt aufwecken!

Doch ihre Befürchtung bestätigte sich nicht. Nur eine Frau steckte den Kopf aus einem Fenster im Erdgeschoss und fragte irgendetwas auf Isländisch. Als sie merkte, dass Sonja sie nicht verstand, schickte sie auf Englisch hinterher: »Can I help you?« Sie schien mit der frühen Morgenstunde kein Problem zu haben, auch nicht, dass eine junge Frau in ihrem Hinterhof herumlärmte. Irgendwie gelang es Sonja, nach Sven zu fragen und irgendetwas von einem »friend from the neighbourhood« zu faseln. Dabei war ihr perverser Nachbar etwa genauso sehr ihr Freund, wie sie Hannibal Lecter als Freund herbeigesehnt hätte.

Die Frau fand wohl immer noch nichts Ungewöhnliches an ihrem Ansinnen und erklärte Sonja, dass der nette junge Mann – sie sagte »handsome guy« – vor zwei

Tagen abgereist sei. In den Norden, glaubte sie. Er habe einige Tage geschäftlich in Reykjavík zu tun gehabt und habe nun noch in den Norden der Insel fahren müssen. Sie schien einer dieser unverdrossenen Morgenstund-hat-Gold-im-Mund-Typen zu sein, denn sie plauderte munter vor sich hin und bedauerte, dass Sonja ihren Nachbarn nun verpasst habe.

Sonja bedauerte das keineswegs, sondern bedankte sich, winkte der Frau nochmals zu, rannte wieder gegen die Gießkanne und schepperte zum zweiten Mal ganz Hafnarfjörður zusammen. Sie sah auf die Uhr. Es war sieben, und sie beschloss, wieder zum Hafen hinunterzugehen. Tatsächlich war dort inzwischen mehr los. Sonja fühlte sich, als würde sie auf Watte gehen. Ob es sich so anfühlte, wenn man auf Drogen war? Sie hatte den Eindruck, dass ihr alles entglitt. Noch immer war es so, als hätte eine außerirdische Macht von ihr Besitz ergriffen und sie nach Island gebeamt. Ohne ihr Zutun.

Eine Stimme hinter ihr ließ sie herumfahren. »Schon wach? Ich habe Ihnen gerade Brot gekauft«, sagte ihr Vermieter, der auf einem Fahrrad saß.

»Ja, die Sonne ist so hell, ich …«

»Stimmt, das ist am Anfang ungewohnt. Na, dann wird ein Frühstück sicher guttun.« Er lächelte und radelte davon.

Als Sonja wieder im Guesthouse eintraf, waren vier Tische gedeckt. Außer ihr schien noch niemand wach zu sein, und auch Manfred und seine Frau waren nicht zu sehen. Auf dem Tisch standen eine Thermoskanne mit Kaffee und jede Menge Tetrapaks. »Nýmjólk«, »Léttmjólk«,

»Súrmjólk«, »Undanrenna« und »Rjómi« stand darauf. Als Sonja gerade unschlüssig Súrmjólk in den Kaffee schütten wollte, rief eine Stimme: »Stopp!«

Zur Stimme gehörte eine Frau. Sie trug Jeans, einen Islandpullover, und ihre mittellangen lockigen karottenroten Haare waren zurückgesteckt. Sie war sicher über fünfzig und sah alt und jung zugleich aus. Sonja hatte das Gefühl, als wäre irgendetwas mit dem stillen Frühstücksraum passiert. Ihr wurde auf einmal warm, und der Boden schien ganz leicht zu beben. Die Veränderung ging von dieser Frau aus, sie war pure Energie und erfüllte den Raum mit etwas Unerklärlichem.

»Du wirst doch keinen Kefir in den Kaffee schütten, oder?«, fragte die Frau.

Sonja starrte auf die Packung.

»Pass auf: Nýmjólk ist Vollmilch, Léttmjólk ist fettarme Milch, Súrmjólk ist Sauermilch, das entspricht in etwa deutschem Kefir. Undanrenna ist Magermilch und Rjómi Kaffeesahne. Die Isländer haben einen Milchtick.« Die Frau wedelte mit den Händen und wies auf einige Tuben. »Das hier sind verschiedene Sorten Streichkäse. Schau dir immer die Abbildung auf der Tube an, dann weißt du, wie der Inhalt schmeckt. Sind Garnelen drauf, schmeckt der Käse eher fischig. Das hier ist ein Streichkäse mit Schinkengeschmack und kleinen Schinkenstückchen drin, und dieser hier hat den Geschmack einer Paprikasalami. Muss man nicht unbedingt mögen. Aber der eingelegte Hering zum Frühstück wird dir vielleicht auch nicht schmecken!«, meinte die Frau und lachte. Sie sprach sehr gut Deutsch mit einem leichten Akzent, der überaus charmant klang.

Sonja wusste nicht, was sie sagen sollte.

»Ich leg dir mal Käse und Kuchen auf den Teller«, meinte die Frau. »Das mögen die meisten Deutschen. Du bist doch Deutsche, oder?«

»Ja … äh … genau. Und danke für den Tipp mit dem Kefir.«

»Kein Problem.« In der Zwischenzeit hatte sich die Frau einen Becher schwarzen Kaffee eingeschenkt, den sie in einem Zug kippte. Sie nahm einen zweiten und setzte sich an den Tisch. Sonja goss normale Milch in ihren Kaffee, nahm den Teller und stand etwas unschlüssig da.

»Setz dich doch her!«

Sonja nahm gegenüber der Frau Platz. Irgendwas an ihren Augen irritierte sie. Auf einmal wusste sie, was es war: Eines der Augen war braun, das andere grünlich.

»Ich habe mich noch gar nicht vorgestellt. Ich heiße Katla und bin eine gute Freundin von Sigrun.«

»Sonja, angenehm«, sagte Sonja. Was klingt das dämlich, dachte sie im nächsten Augenblick.

Katla lachte laut heraus. »Ihr Deutschen seid lustig, weil ihr so ernst seid. Was machst du hier, Sonja? Eine Reittour?«

Warum dachten nur alle, sie sei eine Reittouristin? »Nein, nicht direkt, ich …«

»Tut mir leid, ich wollte dich nicht ausfragen. Es ist nur so, dass alleinreisende deutsche Frauen eigentlich immer eine Reittour machen. Das läuft dann unter Selbsterfahrung. Zwanzig Pferde zum Reiten und weitere vierzig, die frei mitlaufen. Diese Freiheit! Diese Schönheit der wehenden Mähnen! Diese Seelenprozesse! Diese Gruppendynamik! Einmal Grenzerfahrung und zurück. Einmal durchs

Hochland. Im Zelt schlafen. Stinken wie ein Pferd. Und doch beseelt vom Geist der Freiheit. Ganz nah dran an den alten Wikingergöttern.« Katla lachte schon wieder und fuhr fort: »Oder du bleibst länger und arbeitest in der Fischfabrik. Kotzt dir die Seele aus dem Leib. So eine Arbeit hält niemand lange aus, erst recht keine Deutsche – außer du kommst zufällig von der Küste und hast den Fischgeruch mit der Muttermilch aufgesogen. Am liebsten würdest du sofort abreisen, aber du hast zu Hause allen erzählt, dass du für länger weg bist. Da willst du dir nicht die Blöße geben und früher abreisen. Also bleibst du und verliebst dich in einen Isländer. Alle deutschen Frauen verlieben sich in einen Isländer.«

»Also … ich wollte eigentlich … ich …« Ja, was wollte sie eigentlich hier?

»Ich wette mit dir, du verfällst auch so einem knorrigen Typen. So einem Freiheit-und-Abenteuer-Mann. Das hat schon was, dieses Eintauchen in eine neue Welt, und genau das ist die Falle. Er hat nämlich eine Frau, und als seine Affäre wirst du nie Teil seiner Welt sein. In beängstigender Geschwindigkeit wechselt er die Ebenen: eben noch der wilde Wikinger-Lover, und im nächsten Moment siezt er dich und kennt dich nicht mehr. Aber du glaubst, dass du die Erste bist, der es gelingen wird, seine Bastion zu stürmen. Aber das haben auch schon die zehn anderen Frauen vor dir geglaubt und eine steile Lernkurve erleben müssen, um letztlich aus der Erniedrigung zu entfliehen.«

»Hilfe, Katla, erschreckst du schon wieder meine Gäste?«, rief Sonjas Vermieterin Sigrun und drohte Katla scherzhaft.

Dann wandte sie sich an Sonja. »Dein Rucksack ist gekommen. Ich hab ihn vor dein Zimmer gestellt. Glaub Katla bloß nicht! Sie ist eine Zynikerin, glaub ihr kein Wort. Eine Hochlandreittour ist nämlich wirklich ein großartiges Erlebnis.«

»Ja, und ein isländischer Lover auch!«, rief Katla.

Sonja nahm allen Mut zusammen. »Ich wollte weder eine Reittour machen noch einen Isländer … äh … aufreißen.«

»Wirklich?«, kam es wieder von Katla. »Isländische Männer sind doch so archaisch.«

»Jetzt hör aber auf!«, rief die Vermieterin. Und in Sonjas Richtung fuhr sie fort: »Katla ist furchtbar. Sie moderiert eine Sexsendung im isländischen Radio. Das hat sie fürs Leben und die Liebe verdorben. Katla hat den Männern abgeschworen. Stattdessen hat sie ihre Trolle und Elfen.«

Katla lächelte Sonja an. Für den Bruchteil einer Sekunde kam sie Sonja vor wie die Mutter, die sie nie gehabt hatte. Deshalb war sie bei ihrer Oma aufgewachsen. Nun wirkte Katla gar nicht mehr zynisch.

»Hör mal zu, Sonja. Ich glaube, Sigrun und ich, wir beiden alten Weiber, überfordern dich ein wenig. In der Tat habe ich eine wöchentliche Ratgebersendung zu Sex- und Beziehungsfragen im Radio. Und ich habe den Männern keineswegs abgeschworen, ich benutze immer noch ihre Körper, ich achte nur besser auf mein Herz. Und was die überirdischen Wesen betrifft: Dieser Tage gab es hier in Hafnarfjörður einen Elfenkongress. Der findet hier jedes Jahr statt. Wo auch sonst!«

Sonja schwirrte der Kopf. Sexratgeber. Fischfabrik. Elfenkongress. Offenbar sah man ihr die Orientierungslosigkeit an.

»Nun hast du sie noch mehr verwirrt«, sagte Sigrun. »Sonja, warst du noch nie auf Island?«

»Nein, wieso?«

»Pass auf. Wir Isländer kommen euch Mitteleuropäern ziemlich merkwürdig vor. Europa interessiert sich eigentlich erst für uns, seit unsere Banken sich etwas verkalkuliert haben. Wir haben sehr viele PCs und jede Menge Handys. Wir haben eine hohe Lebenserwartung und eine Buchproduktion von vierhundert bis fünfhundert Neuerscheinungen pro Jahr, was in Anbetracht unserer Einwohnerzahl phänomenal hoch ist. Wir sind sehr fortschrittlich und doch stark rückwärtsgewandt. Wir finden uns aber gar nicht so komisch. In einem Land mit langer Dunkelheit ist viel Raum für dunkle Geschichten. In einem Land, wo morgen die Erde aufbrechen kann, Landesteile unter Lava verschwinden und neue entstehen, gibt es wenig Sicherheit. Wir haben die Erfahrung gemacht, dass das Augenscheinliche oft nur ein Trugbild ist. Schau uns an. Mein Mann ist Computerspezialist, ich bin in der Kulturszene tätig, wir sind moderne Hauptstädter, könnte man sagen. Meine Mutter wohnt auf dem Land in den Ostfjorden, aber wir fahren nur selten hin. Als wir ein Gartenhaus bauen wollten, hätten wir fast einen gewaltigen Fehler gemacht. Dafür hätten wir nämlich einen Felsbrocken entfernen müssen, der ein Wohnsitz der Elfen ist. Wir haben woanders gebaut. Klar!«

Sonja sah die Frau an, die so handfest wirkte. Ein Gartenhaus musste dem Wohnsitz von Elfen weichen?

»Echt?«

»Wir sind so«, stimmte Katla zu. »Als die Ringstraße gebaut wurde, stand auch ein gewaltiger Felsen im Weg. Der Bautrupp versuchte zu sprengen. Doch vergeblich! Am Ende haben sie so viel Dynamit eingesetzt, dass eigentlich ganz Island hätte in die Luft fliegen müssen. Noch immer nichts! Der Fels stand, wo er stand. Ich wurde eingeschaltet, und mir war schon bald klar: Es war ein Elfenwohnsitz. Ich habe mit den Anderen verhandelt, und zum Glück waren sie bereit umzuziehen. Die Bauarbeiter haben ein weiteres Mal gesprengt, diesmal mit der normalen Menge Sprengstoff. Und diesmal ist der Felsen weggeflogen! Wumm!« Katla lachte.

Sonja sah von der einen zur anderen. »Und das glaubt ihr?«

»Das ist keine Frage des Glaubens. Elfen und Trolle gibt es nun mal. Aber Elf ist nicht einfach Elf und Troll nicht Troll. Geist ist nicht Geist – die Wesen der Anderwelt sind in gute und böse Mächte aufgeteilt. Die Bösen gilt es nicht zu reizen, die Guten ruft man zu Hilfe an.«

»Katla gehört zu den wenigen Menschen in Island, die offiziell zu Rate gezogen werden, auch von Behörden und so«, erklärte Sigrun. »Mit Elfen reden können viele, aber Katla hat die Überzeugungskraft, sie eben auch mal zum Umziehen zu bewegen. Katla hat viele Talente. Sie verhandelt mit den Anderen, und sie kann dir im Hier und Jetzt handfeste Sextipps geben. Das erfordert eine gewisse Bandbreite.« Sie lachte laut.

Die beiden Frauen sahen Sonja an, als erwarteten sie eine Reaktion von ihr. Sie kam sich vor wie in einem absurden Theater. Katla lächelte.

»Sonja, du Stille, wann musst du denn weiter?«

»Ich also, äh …«

»Ich entnehme deiner Rede, dass du keinen ganz klaren Zeitplan hast. Das ist gut, zieh dir eine Jacke an. Wir machen einen kurzen Ausflug!«

5

Hafnarfjörður, Island

Wenig später stolperte Sonja hinter Katla her, deren Schritt so zügig war, dass Sonja nach kurzer Zeit zu keuchen begann. Sie erreichten einen lauschigen Park, in dem wirre Büsche bizarre Lavaformationen überwucherten. Katla setzte sich auf einen Stein und klopfte neben sich.

»Setz dich. Die Seherin Erla Stefánsdóttir sagt, dass sich hier die größte Elfensiedlung Islands befindet. Im Touristenbüro gibt es die ›Hidden Worlds Map‹ zu kaufen, eine Karte aller Elfensiedlungen. Wir sitzen gerade auf einer.«

Sonja sprang auf.

»Keine Sorge, die Elfen beißen dich nicht in den Hintern!«, rief Katla lachend.

Am liebsten wäre Sonja einfach davongelaufen. Diese Katla forderte so viel Raum und war so präsent. Doch als habe sie Sonjas Gedanken gespürt, kippte ihre Stimme wieder ins Sanfte. »Du bist sehr leicht aus dem Gleichgewicht zu bringen, Sonja. Was ist los mit dir?«

Sonja konnte nicht antworten. Was hätte sie sagen sollen? Nichts ist los? Ich folge nur gerade einem Frauenmörder und einer Katze. Die wahrscheinlich tot ist.

»Das hier ist zwar eine Elfensiedlung, aber ich finde, man entzaubert das Ganze, wenn man eine Karte für Touristen anfertigt. Als könnte man einfach von Stein zu Stein laufen, und wenn man an Stein fünf vorbeikommt, führt die zuständige Elfe ein Tänzchen auf. Hör mal, Elfe Björk, heute bist du dran, die Touristen zu bespaßen! Ach nein, nicht schon wieder ich. Ich war doch erst gestern dran«, erfand Katla einen Elfendialog.

Sonja musste lächeln.

Katla war schon wieder auf den Beinen. »Ich habe eine Idee. Kannst du reiten?«

»Ich hatte früher mal ein Pflegepferd, aber jetzt nicht mehr, also …«

»Dann los!« Katla schien ständig neue Ideen zu haben und sie sofort umzusetzen. In ihrem Stechschritt marschierte sie unbeirrt durch den Ort, und Sonja keuchte hinterher, bis sie nach einer Viertelstunde an einem Stall ankamen, vor dem ein paar Islandpferde dösten.

Katla stieß einen ohrenbetäubenden Pfiff aus, woraufhin ein Mann in Gummistiefeln und Latzhose um die Ecke kam. Dass er unter der Hose fast nichts trug und gewaltige Muskeln hatte, machte Sonja beinahe etwas Angst. Katla redete eine Weile mit dem Typen, der ihr dann zwei Sättel und Zaumzeuge in die Hand drückte. Und wieder verschwand, ohne Sonja weiter beachtet zu haben.

»Komm!«, sagte Katla, warf Sonja einen Sattel zu und ging ins Paddock. Sie griff ein gescheccktes Pferd am Schopf, zog das Zaumzeug darüber und legte den Sattel auf. »Nimm du den Fuchs«, sagte sie.

Sonja starrte Katla an. »Müssen wir die Pferde nicht erst

putzen? Und die Hufe auskratzen? Gibt es keine Satteldecke?«

»Ach, ihr Deutschen wieder. Die Pferde haben Hufeisen drauf, da muss nichts geputzt werden. Magnus hat keine Satteldecken, das geht auch so. Wisch einfach kurz mit der Hand über die Sattellage.«

Der Fuchs war eine Stute, die Sonja kurz anschnoberte, ansonsten aber stoisch stehen blieb, während sie gesattelt und ihr das Zaumzeug angelegt wurde. Sonja und Katla führten die beiden Pferde hinaus. Dann schloss Katla das Tor wieder, kontrollierte Sonjas Sattelgurt und stellte ihr die Bügel ein.

»Die kommen mir aber sehr lang vor. Und ich bin ewig nicht mehr geritten, also …«

»Hör mal, Sonja, wir sind hier nicht beim Springreiten. Und Reiten verlernt man nicht. Verlass dich auf Frenja, die kriegt das schon hin. Frenja heißt übrigens freches Mädchen.«

Na, das war ja beruhigend. Sonja saß auf, ihre Knie zitterten, und sie fand es nicht gerade vertrauenerweckend, dass die eben noch so verschlafene Stute plötzlich Haltung annahm, ihr Körper sich straffte und ihr Hals nach hinten ruckte.

»Sie ist bereit. Bleib einfach nur sitzen. Frenja macht das schon!«

Katla ritt mit dem Schecken vom Hof, Sonja klapperte hinterher. Ein schmaler Pfad zog sich durch Felsen und struppige flache Vegetation. Am Horizont lag ein schwarzer Hügel, der an einen Dinosaurierrücken erinnerte. Die Luft war klar und prickelte in der Nase. Sonja nieste, und das Pferd schnaubte leicht. Es war faszinierend, wie schnell sie vorankamen. Nach fünf Minuten wandte sich Katla zu Sonja um.

»Siehst du? Isländer sind keine verpennten Kuschelponys! Jetzt legen wir mal einen Zahn zu!«

Die beiden Tiere wurden schneller und legten dabei einen merkwürdigen Gang ein. Sonja staunte, das war kein Trab, wie sie ihn kannte.

»Bleib einfach sitzen«, erklärte Katla. »Beine weg vom Pferd. Frenja ist ein sogenannter Naturtölter. Du könntest ein volles Glas Bier transportieren, so sanft läuft sie.«

Sonja war noch nie Tölt geritten, diese besondere vierte Gangart, die nur wenige Pferderassen beherrschten. Allmählich entspannte sie sich, und zum ersten Mal seit Langem lächelte sie von innen heraus. Die beiden Pferde tölteten eine lange Strecke immer geradeaus durch ein kleines Tal, über eine Holzbrücke und waren schließlich am Fuß eines Hügels angelangt, der von hier unten höher aussah als vom Stall.

»Go!«, rief Katla, und ihr Schecke sprengte davon. Frenja lief hinterher, in einem Galopp so weich wie ein Schaukelpferd. Es ging den Berg hinauf, über den ein paar Nebelschwaden zogen. In Sonjas Magen hüpfte irgendetwas und schlug einen Purzelbaum. Auf einmal war der bohrende Schmerz weg. Sie stellte sich in die Bügel, und mit der Aufwärtsbewegung wurde sie größer und fühlte sich plötzlich von ihrer Rüstung aus Angst befreit.

Die letzten Meter kletterten sie im Schritt über ein paar Felsplatten und standen schließlich oben. Von dort hatten sie einen weiten Blick bis zur Hauptstadt, übers Meer hinaus. Ein scharfer Wind trieb Sonja Tränen in die Augen. Sobald sie absprang, entspannte sich die Stute, senkte den Kopf und knabberte an dornigen Stengeln.

Katla lachte. »Sie ist ein kluges Tier. Power auf Abruf. Unterschätze nicht die Pferde des Feuers und des Eises. Auf der Koppel sehen sie aus, als würden sie dösen, aber wenn sie anfangen, übers Himmelszelt zu galoppieren, ist das Energie pur.«

Katla zauberte eine Wasserflasche und einen Schokoriegel heraus und reichte beides Sonja. Sie setzten sich auf ein paar Holzplanken, die offenbar von einer verfallenen Kate stammten. Der Wind frischte auf und nahm wieder ab. Eine feuchte Nebelschwade verdunkelte kurz den Blick, doch es wurde gleich wieder sonnenhell. Von irgendwoher kam Sprühregen und im nächsten Moment Licht. Über Hafnarfjörður spannte sich ein Regenbogen. Er begann im Hafenbecken und endete auf dem Hügel, auf dem sie saßen.

Sonjas pochendes Herz war ruhig geworden. Der Wind sang sein monotones Lied, und auf einmal lag der Weg ganz klar vor ihr: Sie würde Lady Goggo finden. Die Katze lebte. Ein Lächeln glitt über ihr Gesicht.

»Siehst du, du fühlst es auch«, sagte Katla, die eine ganze Weile geschwiegen hatte. »*Das* ist ein Elfensitz. Hierher führe ich die Ungläubigen. Wenn du hier nichts spürst, dann bist du tot. Bis eben warst du voller Angst, nun gefällst du mir etwas besser. Was ist los? Was treibt dich auf unsere wilde Insel? Liebeskummer?«

Sonja schluckte. Es war alles so viel schlimmer als Liebeskummer.

»Sigrun hat heute früh versucht, es zu erklären«, fuhr Katla fort. »Jeder Mensch macht auch eine spirituelle Entwicklung durch. Im zivilisierten Mitteleuropa wird Spiritualität eher kritisch gesehen. Eure Schulen sind Schulen des Auswendiglernens, und sie verfolgen die Kultur des Eintrichterns. Sie machen euch zu willfährigen guten Bürgern. Aber auch bei euch gibt es Menschen, die naturnah leben, die auch Dinge zwischen den Ebenen fühlen können. Hier in Island sind wir näher dran an diesem Fühlen. Das ist schon alles. Fast alle Menschen können feinfühlig und hellsichtig sein.«

Und auf einmal begann Sonja zu reden. Von Lady Goggo. Wie sie zur Spannerin geworden war. Dass sie die Nachbarn bespitzelt hatte. Dass die Katze vermutlich mit einem Nachbarn nach Island mitgefahren sei. Dass sie per Post ein Halsband mit der Kamera erhalten habe, aber ohne Speicherkarte. Dass der Nachbar zuerst in der Pension Njáll gewesen und von dort aus Richtung Norden weitergereist sei. Den Teil mit dem Frauenmord ließ sie weg. Wieder einmal.

Katla sagte lange nichts. »Du hast also die vage Vermutung, dass deine Katze in Island ist«, durchbrach sie schließlich die Stille. »Und bist einfach hergeflogen? Total planlos? Das ist ja nicht zu fassen!«

»Nicht ganz planlos. Ich … wir … also meine Bekannte Nicole und ich … Der Plan ist halt, die Katze zu finden.« Über ihre Wangen liefen salzige Tränen, die der Wind sofort trocknete. Für Minuten hatte sie sich gut gefühlt, und nun machte diese Katla alles wieder zunichte.

Katla sah Sonja prüfend an. »Okay, jetzt beruhige dich

wieder. Reden wir über Lady Goggo. Katzen sind klüger als wir. Ich habe selber fünf Katzen zu Hause. In den letzten Jahren habe ich mehrere verloren. Ich war jedes Mal untröstlich, weil es keinen Trost gibt und die Zeit eben nicht alle Wunden heilt. Mit dem Tod solcher Tiere weht ein unmerklicher Wind den Sternenstaub fort, der eine kurze Weile unser Menschenleben überzuckert hatte.«

Sonjas Tränen liefen weiter.

»Wir werden sie finden!«, sagte Katla aufmunternd.

»Wir?«

»Na, ich helfe dir natürlich. So ein Häschen wie du auf dieser Insel. Wie willst du da zurechtkommen? Da muss schon Tante Katla ran. Los, wir machen einen Plan. Einen echten Plan diesmal!«

Sonja nickte. Aber sie blieb skeptisch. Wie sollte Katla ihr schon helfen können?

Schweigend stiegen sie wieder auf die Pferde.

Während sie talwärts ritten, beobachtete Sonja die wippenden Ohren der Stute und Katlas Rücken. Wie konnte diese Frau nur so federleichte Sätze über Sternenstaub sagen und so fragile Worte finden, die etwas tief drinnen in ihr anrührten? Und wie konnte sie wenige Sekunden später ein distanzloser Trampel sein?

Sie lieferten die Pferde bei dem Mann mit den Gummistiefeln wieder ab. Die beiden Tiere warfen sich sofort wälzend in ein Schlammloch.

Katla setzte Sonja im Guesthouse ab und versprach, gleich wiederzukommen.

Dreißig Minuten später saßen die beiden Frauen im Frühstücksraum des Guesthouse vor einem dampfenden

Kaffee. Katla war in der Pension Njáll gewesen und hatte weitere Informationen bekommen. Die Pensionswirtin hatte erzählt, dass Sven lauter große Kisten umhergetragen habe. Mehrfach sei er nach Reykjavík gefahren und immer erst abends zurückgekommen. Bei der Verabschiedung hatte er offenbar gesagt, er müsse nun weiter nach Akureyri und werde von dort nach Seyðisfjörður an der Ostküste fahren und anschließend die Fähre zurück nach Dänemark nehmen.

Kisten, na klar. Sonja beschloss, nach irgendwelchen englischsprachigen Zeitungen für Touristen Ausschau zu halten. Ob es so etwas auf Island gab? Hoffentlich! Von einem Frauenmord auf Island würde doch wohl jemand berichten? Sven war ganz bestimmt ein Serienmörder. Aber das konnte und wollte sie Katla nicht sagen.

»Akureyri ist gut«, sagte Katla. »Ich wohne in Grindavík, das ist gar nicht weit weg. Wir fahren zu mir und treiben diesen Sven auf. Außerdem müssen wir diese Frau finden, die dir das Halsband geschickt hat. Wie heißt sie?«

»Torunn Jónasdóttir. Eine Freundin ... äh ... Bekannte von mir hat sie gegoogelt. Es gibt so viele Jónasdóttirs in Island. Aber keine Torunn.« Die Stärke, die sie vorhin auf dem Berg gespürt hatte, schwand in beängstigender Geschwindigkeit. »Und sie hat weder auf dem Umschlag noch in ihrem Brief eine Adresse genannt.«

»Island hat etwa dreihunderttausend Einwohner, das ist eine Kleinstadt bei euch. Jeder ist mit jedem bekannt und verwandt. Wir finden sie, vor allem weil wir sie nachher ausrufen.«

»Wir rufen sie aus? Stellst du dich mit dem Megafon auf

euren höchsten Berg, den Irgendwasjökull, und rufst sie aus? Oder rufen deine Elfen? Oder die Trolle machen Flüsterpost?« Sonja schloss den Mund, überrascht über sich selbst. Woher nur kamen diese Worte? Woher diese Aggression?

»Du lebst, sehe ich! Was schimpft, das lebt!« Katla lachte. »Aber du musst noch ein bisschen über Island lernen, damit du die Begriffe nicht durcheinanderbringst. Vorneweg: Ein Jökull ist nicht ein Berg, sondern Gletscher. Der Erste, der einen isländischen Gletscher bezwang, war der Engländer Lord Watts im Jahre 1875. Er hatte den isländischen Führer Páll Pálsson dabei und hielt so große Stücke auf den Mann, dass er später einen Berg nach ihm benannt hat, den Pálsfjall. Die ersten Isländer, die auf Gletscher stiegen, wurden sehr skeptisch beäugt. Denn sich freiwillig der Magie des Gletschers zu nähern, das bedeutet, die Götter herauszufordern. Jedenfalls ist der Vatnajökull Europas größter Gletscher, sein höchster Gipfel heißt Hvannadalshnúkur und ist 2119 Meter hoch. Der ganze Gletscher umfasst rund 8500 Quadratkilometer, hat eine Eisdicke von bis zu einem Kilometer und nimmt ein Zwölftel der Inselfläche ein. So, das merkst du dir jetzt!«

Sonja schwieg und runzelte die Stirn.

»Weiter im Text: Wir rufen also nicht von einem Gletscher hinunter, auch die Idee mit den Elfen ist gut, aber wir versuchen es moderner. Wir gehen ins Fernsehen.«

»Was?«

»Ich bin doch nicht umsonst Islands Sextante. Mein Radiostudio liegt direkt neben dem TV-Sender. Wir gehen heute zur Primetime ins Studio und starten einen Aufruf.

Einar, ein guter Freund von mir, ist schon Feuer und Flamme. Das ist doch eine großartige Geschichte. Junge deutsche Frau sucht Katze. Fliegt bis an den Polarkreis. Ein Rührstück, ein Quotenhit. Ich wette, diese Torunn ruft noch während der Sendung an. Und diesen Sven rufen wir auch noch aus!«

Sonja hatte das Gefühl, als schnürte sich ihr Hals wieder zusammen. Mühsam rief sie: »Nicht Sven!«

Katla machte ein fragendes Gesicht. »Aber wenn er das zufällig sieht, ist das doch wunderbar. Oder er wohnt in Akureyri auch in einer Pension, und die Pensionswirtin kennt seinen Namen. Oder ein Businesspartner. Das wäre doch perfekt. Du willst doch deine Katze finden.«

Das wollte sie. Aber wenn der Frauenmörder sie im Fernsehen sah, würde er sicher eine Falle wittern. Er würde denken, sie stecke mit der Polizei unter einer Decke. Er würde erst recht abtauchen. Und wenn er ein Mörder war, dann würde er kaum anrufen und sagen, dass er ihre Katze irgendwo in Island aus dem Auto gelassen hätte. Was hatte sie da nur in Bewegung gesetzt? Eine Lawine rollte auf sie zu. Sehenden Auges marschierte sie in den Tod. Und womöglich zog sie auch noch andere Menschen mit sich.

»Äh … also … ich meine nur, die Katze ist eher scheu. Sie ist vielleicht irgendwo unbemerkt aus dem VW-Bus gehüpft, ohne dass Sven es bemerkt hat. Und dann kommt er ins Fernsehen. Also, ich meine, das will ja nicht jeder. So viel Aufmerksamkeit, meine ich …«

»Du bist mir ein Rätsel! Willst du die Katze finden oder nicht?«, herrschte Katla sie an. »Ich reiß mir nicht den Hintern für dich auf, wenn du nicht weißt, was du willst!«

Wieder wäre es ein passender Moment gewesen, um die ganze Geschichte zu erzählen, doch der Moment ging wieder vorbei.

»Ich kann doch gar nicht Isländisch«, gab Sonja zu bedenken. »Mein Englisch ist auch nicht gut. Wie soll ich denn da was sagen im Fernsehen?«

»Ich gehe doch mit! Ich übersetze. Du musst nur ab und zu was Kurzes auf Deutsch sagen und tragisch blicken. Letzteres kannst du doch sowieso ganz gut.«

Sigrun war dazugekommen und war dem Gespräch gefolgt. »Katla, sei nicht immer so ätzend!«, sagte sie. Dann wandte sie sich an Sonja. »Das ist wirklich nicht schlimm. Es gibt bei der Sendung zwei Blöcke mit je einem Thema. Katla wendet sich auf Deutsch ein paarmal an dich und übersetzt dann auf Isländisch. Das wird ganz easy. Und dann ist bei uns Fernsehen eher wie ein Kaffeekränzchen. Da ist nichts Dramatisches dran. Ehrlich. Entspann dich.«

Leichter gesagt als getan, fand Sonja. Sie hätte gerne gefragt, was sie anziehen sollte, wobei sie ja nur wenig Auswahl hatte.

Also zog sie Jeans an, eine karierte Tunika, die den Hüftspeck umspielte, und eine dunkelblaue Fleecejacke. Die streckte etwas – hoffte Sonja. Katla hatte sich von Sonja ein Handyfoto der Katze schicken lassen. Und schon scheuchte sie Sonja in ihr Auto, begleitet von Sigruns guten Wünschen.

Sigrun sagte noch, sie werde natürlich einschalten. Das klang so begeistert, als würde Sonja nun eine einzigartige Fernsehkarriere starten. Dabei zog Sonja in den Krieg – oder aufs Schafott.

Sonja schwieg, während Katla gleichförmige Siedlungen durchfuhr. Irgendwann passierten sie den Ortseingang von Reykjavík und kamen wenig später an einem schimmernden Gebäude vorbei.

»Die Perle wird dieser Bau genannt, ziemlich berühmte Architektur. Drinnen gibt es ein Drehrestaurant und das Saga-Museum. Und davor einen Kunstgeysir für die Touristen, die es nicht zu einem echten Geysir schaffen.« Der Spott in Katlas Worten war nicht zu überhören.

Sonja schwieg weiter. Sie war wenig beeindruckt von der nördlichsten Kapitale. Urban kam ihr das nicht vor, dabei hatte sie im Airlinemagazin gelesen, dass die Clubs in Reykjavík zu den besten auf der Welt gehörten und die Gayszene legendär sei.

»Hallgrimskirche«, sagte Katla und deutete nach vorne, wo sich ein gewaltiger Turm auf einem Hügel erhob. »Der Architekt wollte mit den Betonpfeilern die Basalttürme nachempfinden, die es in der isländischen Natur so oft gibt. Vor der Kirche steht die Statue von Leif Eriksson, der als Erster Amerika entdeckt hat – nicht dieser Mittelmeermacho Kolumbus.«

Katla lachte und hielt gerade noch rechtzeitig an der Ampel an, bevor sie eine Gruppe junger Mädchen überfahren hätte. Sie trugen Superminis und hauchdünne Tops, dabei waren es nur zwölf Grad draußen. Während sie über die Straße gingen, warfen sie sich eine Ginflasche zu, immer hin und her, und nahmen reihum einen großen Schluck. Sie warfen hoch und weit und dann wieder in Kniehöhe und kreischten, so als wären sie bei einem Handballturnier. Eine hieb wütend auf Katlas Motorhaube ein,

Katla brüllte etwas aus dem Fenster, das Mädchen stutzte, Katla auch. Dann beugte sich die junge Frau herunter. Sie und Katla redeten schnell und laut, lachten, bis das Mädchen schließlich mit ihren Freundinnen davonzog.

»Die Tochter einer Bekannten. Ich sag doch, wir Isländer kennen einander.«

»Und ihr friert nicht!«, stieß Sonja aus, die selbst in ihrer Fleecejacke fröstelte.

»Hör mal, unsere Mädchen wollen auch mal schicke Sommerklamotten tragen, heute ist es doch warm.«

Katla bog ein paarmal ab und durchfuhr kleine Gassen.

»Der Laugavegur! Shopping, Cafés, morbid und renoviert, schäbig und elegant – alles, was eine vitale skandinavische Stadt braucht.« Sie wies nach links. »Und da ist das Phallusmuseum. Da hat in den letzten Tagen eine Porno-Convention stattgefunden. Sehr schräg. Das Museum war über und über mit Sexspielzeug dekoriert. Da wurden extra Leute für die Ausstattung der Convention eingeflogen, habe ich auf der Vernissage gehört. Hätte dir sicher nicht gefallen.« Sie lachte ihr Hexenlachen.

Phallus, Dildos – wieder kehrten die verwackelten Bilder aus dem perversen Leben des Sven Neidhardt in Sonjas Gedanken zurück. Sie war kurz davor zu reden. Und tat es wieder nicht.

Katla hielt an einem Gebäude, das aussah wie eine Fabrik.

»So, auf in den Kampf, Torero!«

Wie recht sie hatte. Der Stier würde gewinnen. Er würde Sonja in den Staub treten. Er würde sie niederwalzen. Sie war so gut wie tot.

Eine auffällig dünne junge Frau, die auch sehr wenig trug, begrüßte Katla am Eingang, gab Sonja freundlich die Hand und schob sie in einen Raum, auf dem »Guests« stand.

Katla verabschiedete sich, und Sonja blieb allein zurück. Sie fror, als bekäme sie gerade eine gewaltige Grippe. Der Raum hatte eine Tür, die mit »Toilet« beschriftet war. Sie ging hinein, schloss ab und sank auf den Deckel. Sie war gefangen, dabei hätte sie jetzt noch reden können. Sie hätte das winzige Detail erwähnen können, dass sie gleich einen Frauenmörder »ausrufen« werde. Katla hätte eine Lösung gewusst. Aber Sonja wusste, dass sie nicht sprechen konnte, weil längst wieder die Watte in ihrem Mund aufquoll und das Rauschen im Kopf zunahm. Sonja spritzte sich Wasser ins Gesicht, lehnte die Stirn an die Wand und stand nur da. Bis es klopfte.

»Sonja, raus da! Du musst in die Maske.«

Katla hatte schon wieder eine Frau im Schlepptau, die vermutlich älter war, aber so zugespachtelt, dass ihr genaues Alter ein Geheimnis blieb. Ihre Augenbrauen erinnerten an Haken, mit denen man auf eine Liste die erledigten Dinge markierte. Sonja musste auf den Stuhl und fühlte sich schlimmer als beim Zahnarzt. Die Frau wischte und puderte und gab kurze Befehle, die Augen zu schließen, zu öffnen, den Kopf zu neigen. Sie fuhrwerkte an Sonjas Haaren herum, Augen zu, eine Sprühattacke Haarspray folgte. Sie zupfte und ziepte.

Als Sonja zögerlich in den Spiegel sah, war sie sprachlos. Sie sah gut aus. Nicht zugekleistert, aber ihre Haut war ebenmäßig, ihre Augen groß, und statt eines Pferdeschwanzes umspielte eine Frisur ihr Gesicht. Sie fand sich schlanker im Gesicht. Die Frau suchte Sonjas Blick im Spiegel.

»Do you like it?«

»Yes!«, sagte Sonja und schickte ein »absolutely« hinterher. Woher nahm sie das Wort?

»You should pay more attention to your appearance«, sagte die Maskenbildnerin. »You could be pretty.«

Noch ein Gesicht erschien im Spiegel. Katlas. »Wow! Vom Entlein zum Schwan. Wenn wir die Katze nicht finden, wirst du zumindest jede Menge Heiratsanträge bekommen. Ich sage dem Sender, sie sollen sie an mich weiterleiten. Ich treffe eine Vorauswahl.« Katla wirkte vergnügt und aufgekratzt. Warum konnte sie denn nie ernst sein?

»Der andere Studiogast heute Abend ist übrigens Hilmir«, fuhr Katla fort.

»Aha, Hilmir.« Sonja war so erschöpft, dass sie kaum noch sprechen konnte. Ihre Zunge klebte am Gaumen, nein, sie füllte ihren ganzen Mundraum aus. Sie würde sterben. Hoffentlich noch hier im Guestroom und nicht im Studio vor aller Augen.

»Hilmir Snær Guðnason ist Schauspieler und ein echtes Schnittchen. Ein Star in Island. Unser George Clooney. Früher ging es in isländischen Filmen fast immer um markige Wikingerthemen, seit 2000 sind es aber auch Geschichten aus dem modernen Stadtleben wie in ›101 Reykjavík‹. Darin gerät ein behüteter junger Mann in den Strudel des Reykjavíker Nachtlebens. Am Ende hat er eine Affäre mit einer Frau, die sich als die lesbische Liebhaberin seiner Mutter erweist. Ein wirklich schräger Streifen.«

Katlas Geplapper war wie das Rauschen eines Wasserhahns, den keiner abdrehte.

»Hilmir hat auch in einem Film mitgespielt, der ›Mama Gogo‹ hieß. Und deine Katze heißt Lady Goggo. Das kann doch kein Zufall sein! Kennst du ›Angels of the Universe‹? Da hat Hilmir auch mitgespielt. Es ist die Adaption eines Romans von Einar Már Guðmundsson und handelt von vier skurrilen Freunden. Der Film ist subtil und witzig, ohne in den Slapstick abzudriften. Das könnt ihr Deutschen ja nicht so gut.«

Sonja schwieg und ließ das Worttrauschen an sich vorüberziehen.

Auf einmal ging die Tür auf, und ein gut aussehender Mann von Mitte vierzig kam herein, den Katla zur Begrüßung umarmte. Dann gab er Sonja ganz förmlich die Hand. »I'm Hilmir, pleased to meet you.«

Er setzte sich, und dann sprachen beide in dieser seltsamen und klangvollen Sprache, die sich seit zweitausend Jahren kaum verändert hatte. Sonja hatte im Reiseführer gelesen, dass die Isländer noch immer problemlos ihre Sagas lesen könnten, die im 13. Jahrhundert geschrieben worden seien. Sonja hatte nie versucht, mittelhochdeutsche Texte zu lesen. Warum auch? Außerdem hatte Sonja aus ihrem Reiseführer erfahren, dass das Isländische keine Fremdwörter kannte. Ein Telefon zum Beispiel hieß »Simi«, was im Altnordischen »Schnur« bedeutete.

Ein Voyeur hieß auf Isländisch »Gluggagægir«, also »Fenstergaffer«. So hieß auch einer der dreizehn Burschen, die in der Vorweihnachtszeit aufkreuzen, und zwar der, der immer durchs Fenster glotzt. Sonja war also ein Gluggagægir, und deshalb saß sie nun hier am Ende der Welt neben Katla und dem George Clooney Islands.

Es kam ihr alles so surreal vor. Sie warf einen vorsichtigen Seitenblick auf diesen Hilmir. In Deutschland hätten kreischende Fans bestimmt versucht, das Studio zu stürmen. Hier saß der Typ einfach in Jeans da und plauderte mit Katla. Auf einmal ging es Sonja besser. Island war ein unaufgeregtes Land ohne Starkult, in dem Menschen anders zählten. »You could be pretty«, hatte die Maskenbildnerin gesagt. Ja, hier in Island könnte sie tatsächlich »pretty« sein. Hier saß sie, die kleine Sonja Weber, einfach neben einem Star. Und einer wie Hilmir Snær Guðnason konnte seinerseits abends sicher ganz relaxed in einer Kneipe sitzen, ohne wegen eines Autogramms oder eines Fotos bestürmt zu werden.

In diesem Moment verfiel Sonja der Insel – ohne dass sie es gewusst hätte.

Das Studio war klein, und sie standen an einem Stehpult. Auch der Moderator war sehr sympathisch. Eine ganze Weile ging es um einen neuen Film von Hilmir. Der Trailer war zu sehen, es gab kurze Gesprächssequenzen, und Sonja entspannte sich etwas. Die Entspannung wich einer neuen Panikattacke, als ein Bild von Lady Goggo über die Monitore flimmerte. Das rosa Näschen, die Kulleraugen – im Publikum gaben ein paar Frauen Laute des Entzückens von sich. Ihre Katze war ein Hingucker, ganz klar. Der Moderator wandte sich an Katla, begrüßte Sonja und erzählte etwas mit einer getragenen Stimme.

Dann lachte Katla Sonja aufmunternd an: »Stimmt es,

dass du extra nach Island geflogen bist, um deine Katze zu finden? Der Moderator hat eben die Geschichte des Halsbandes erzählt.«

»Ja, meine Katze war schon seit einer Woche verschwunden, als ihr Halsband per Post aus Island kam.« Es war ein kleines Wunder. Sie, Sonja, war im Fernsehen und sagte etwas, ohne sich zu verhaspeln.

Als Katla übersetzte, wurde aus dem einen Satz ein gewaltiger Wortschwall, und Sonja war davon überzeugt, dass Katla ihre Rede massiv ausschmückte.

»Und deine Annahme lautet, dass die Katze in den Bus eines Nachbarn eingestiegen ist, der nach Island gefahren ist?«

»Ja, das war zumindest die Idee von einer Nachbarin … äh …«

Katla dolmetschte und erzeugte dabei einen neuen Redeschwall.

»Und dein Nachbar Sven Neidhardt ist ganz sicher auf Island?«, hakte sie nach.

»Ja, er hat erst mal einige Tage in einer Pension gewohnt, und dann …«

Noch bevor sie ausreden konnte, übernahm Katla und übersetzte wieder wortreich. Der Moderator sagte etwas, und Katla wandte sich erneut an Sonja:

»Und die Frau, die dir das Katzenhalsband zugeschickt hat, hieß Torunn Jónasdóttir?«

»Ja, aber sie hat keine Adresse mitgeschickt … äh …«

Ein letzter Redeschwall von Katla, dann sagte der Moderator etwas. Schließlich meldete sich Hilmir noch mal zu Wort. Dann erschien der Name »Torunn Jónasdóttir«

auf den Bildschirmen. Musik brandete auf, Bilder von Island liefen über den Schirm. Der Gullfoss, der See Mývatn, eine endlose Schneefläche, ein mit Grassoden gedeckter Hof, eine zerlappte Fjordküste. Die Sendung war vorbei.

»Perfect! You looked so depressed, that was really heartwarming!«, sagte der Moderator.

Dass ihr deprimierter Zustand offenbar herzerwärmend wirkte, wunderte Sonja. Aber wenn es half, Lady Goggo wiederzufinden, sollte es ihr recht sein.

Sonja folgte Katla zurück in den Raum für »Guests«. Es gab Bier, und Sonja trank mechanisch, obwohl sie Bier noch scheußlicher fand als Wein.

Auf einmal stürmte der Moderator herein. In der Hand schwenkte er sein Telefon. Am anderen Ende sei Torunn Jónasdóttir aus Seyðisfjörður, sagte er und reichte Katla das Handy. Sie begann mit der Frau zu reden. Immer schneller, immer lauter, am Ende lachte sie, dann beendete Katla das Gespräch. Alle Augenpaare waren auf sie gerichtet. Katla gestikulierte und redete und schwenkte dann auf Deutsch um.

»Torunn Jónasdóttir wohnt in Seyðisfjörður im Osten des Landes und hat eine kleine Tochter. Die hat dieses Halsband im Garten gefunden und es mitgebracht. Weil die Adresse dran war, hat Torunn es in die Post gegeben. Ihr war gar nicht klar, dass Katzen so was tragen, so ein Band mit Kamera. Ist das nicht großartig, Sonja? In Seyðisfjörður legt doch die Fähre an. Dein Nachbar ist dort von Bord gegangen, wahrscheinlich stand sein Bus offen, und die Katze ist rausgesprungen. Wir müssen sie nur finden. Wenn sie so scheu ist, wie du sagst, kommt sie am ehesten, wenn du sie rufst. Wir fahren morgen ganz früh zu dieser Torunn. Ich liebe die Macht des Fernsehens! Prost!«

Katla erhob ihr Glas, die Studioleute applaudierten. Es gab mehr Bier, alle wünschten Sonja viel Glück. Sie alle waren wirklich überzeugt davon, dass die Katze quasi nur darauf wartete, abgeholt zu werden.

Sonja war weniger überzeugt, und auf dem Weg zurück durch das nächtliche Reykjavík fasste sie sich schließlich ein Herz und stellte die Frage, die ihr auf der Seele brannte.

»Hast du nach der fehlenden Speicherkarte gefragt?«

»Nein, das klären wir, wenn wir vor Ort sind.« Plötzlich lachte Katla auf. »Was für eine bizarre Idee, eine Katze mit einer Kamera zu behängen. Eine Kamerakatze. Darauf muss man erst mal kommen! Sie ist ja ein richtiger Gluggagægir. Kennst du unsere Weihnachtsburschen?«

»Einer von denen ist ein Fenstergaffer«, sagte Sonja gedehnt.

»Respekt. Du hast dich ja doch vorbereitet.«

Katla touchierte scheppernd eine Mülltonne und hätte fast einen unbeleuchteten Radfahrer ins Jenseits befördert, schließlich aber erreichten sie wohlbehalten das Guesthouse.

»Jetzt einen kurzen Powerschlaf. Wir fahren um fünf Uhr morgens. Gute Nacht.«

6

Ringstraße, Island

Es war fast eins, als Sonja in einen unruhigen Schlaf fiel. Bilder zuckten durch ihren Kopf. Stachelhalsbänder. Hilmir, der einen Gletscher bestieg. Ein Islandpferd, das immer dann angaloppiert kam, wenn Sonja sich ihm näherte und die Hand nach ihm ausstreckte. Dann hielt es inne, wartete, bis Sonja da war, und rannte wieder los.

Sonja erwachte völlig gerädert um halb fünf, stopfte ihre Sachen in den Rucksack und stolperte hinunter. Katla saß bereits vor ihrem schwarzen Kaffee. Sie schenkte auch Sonja einen ein und gab Milch hinzu. »Und das ist kein Kefir, versprochen«, sagte sie, und es klang fast mütterlich.

Als Sonja ihre Rechnung zahlen wollte, lehnte Sigrun ab.

»Das ist mein kleiner Beitrag zur Katzensuche. Meldet euch! Und du, Katla, reiß dich zusammen. Sonja ist dir und deinem Fahrstil ja komplett ausgeliefert! Und mach mal eine Pause. Es ist Wahnsinn, an einem Tag bis nach Seyðisfjörður fahren zu wollen. Du bist verrückt!«

»Das weiß ich schon. Komm, Sonja, begib dich in meine Fänge!«

Sonja war sich nicht sicher, was schlimmer wog. Katlas respektlose Äußerungen oder ihr Kamikazefahrstil. Letzterer war in jedem Fall bedrohlicher für Leib und Leben. Überraschenderweise fuhr Katla diesmal recht regelkonform auf ihrer Fahrspur. Sie hielt in einem Ort namens Hvolsvöllur, der Sonja ziemlich charmefrei vorkam. Wo war nur dieses Island aus den Büchern? Katla hielt an einer Kombination aus Tankstelle, Imbissbude und Konditorei, wo sie Sprit fürs Auto sowie Kaffee und zwei dicke Schokotörtchen orderte.

»Ich dachte mir, wir müssen uns im Schnelldurchlauf die wichtigsten Sehenswürdigkeiten Islands entlang der Ringstraße ansehen. In der Umgebung von Hvolsvöllur spielt die Njáls Saga. Sie ist weniger bekannt als die Edda, aber viel dramatischer!«

»Ich dachte, unser Zeitplan ist sowieso schon sehr eng. Jetzt auch noch Sachen ansehen, das geht doch nicht«, sagte Sonja. Schließlich hockte ihre Lady Goggo irgendwo in einem Verschlag und wartete auf sie. Und Katla verzögerte die Suche nur unnötig. Sonja hatte keine Rundreise geplant und überhaupt keine Lust auf Sagas. Es war ihr egal, wer Njáll war oder die alte Edda. Aber das sagte Sonja natürlich nicht laut.

»Alles geht, wenn man eine gute Lebenslogistik hat«, sagte Katla etwas zu großspurig für Sonjas Geschmack.

Lebenslogistik war ein großartiges Wort für Katlas unverfrorene Art, Regeln einfach nicht anzuerkennen. Und Sonja war wieder zu mutlos, um auf die Weiterfahrt zu bestehen. Katla zahlte und fuhr weiter zu einem Gebäude, das »Sagazentrum« hieß.

»Was hast du bisher gesehen?«, fragte Katla. »Ich meine auf dem Weg hierher?«

Die Rede- und Fragepause war vorbei. Wahrscheinlich hatte Katla endlich den nötigen Koffeinspiegel, um wieder loszulegen.

Sonja fühlte sich wie eine schlecht vorbereitete Schülerin, während sie stammelte: »Meer, schwarzes Land, kaum Bewuchs ...«

»Gut«, sagte Katla zu Sonjas Überraschung. »Sanderosion, Stürme, Überschwemmungen. Islands Geschichte ist immer auch eine Geschichte des Überlebens – trotz der mächtigen Natur! Deshalb ist es hochinteressant, Landschaftsbeschreibungen in der Njáls Saga zu lesen, denn so mancher dort erwähnte kleine Bach ist heute ein reißender Fluss! Außerdem erfahren wir in der Njáls Saga, dass die beiden zutiefst verfeindeten Frauen von Gunnar und Njáll riesige Waldgebiete besaßen. Stell dir das mal vor. Heute ist Island nahezu kahl. Die Njáls Saga ist also auch ein Schlüssel zur Historie der Insel.«

Das stimmte. Es gab keinen Wald. Island war ein Land aus Stein und Eis. Umgeben von Wasser, umtost von Stürmen. Es gab keinen gewaltigen Forst wie im Naturpark Augsburg. Sonja befiel plötzlich Heimweh. Wie gerne hatte sie auf der Terrasse ihres Häuschens gesessen, mit der Katze auf dem Bauch. Ihr schossen Tränen in die Augen, die sie hastig wegwischte.

Als Katla und Sonja Eintrittskarten fürs Sagazentrum lösen wollten, war die Frau am Eingang völlig aus dem Häuschen. Sie hatte die beiden am Vorabend im Fernsehen gesehen und war fürchterlich gerührt angesichts der Katzensuche. Sie übergoss Katla mit einem Wortschwall und ließ nicht zu, dass sie die Eintrittskarten bezahlten.

»Sie hat auch eine Katze und wünscht uns Glück«, erklärte Katla.

Während Katla am Vorabend Sonjas karge Antworten opulent ausgeschmückt hatte, schien sie auch in der Lage zu sein, einen Wortschwall radikal zu kürzen.

Sonja wollte sich dieses Sagazentrum nicht ansehen. Sie wollte ihre Katze finden! Doch während sie durch die Ausstellung ging, die Informationstafeln und Texte las, ließ sie sich gegen ihren eigenen Willen von der archaischen Saga vom weisen Njáll faszinieren. Über fünfzig Jahre hatte die Blutsfehde zwischen Njáll Þorgeirsson und Gunnar Hámundarson gedauert. Njáll war ein integrer Rechtskundiger, der zunächst mit Gunnar, einem der größten Krieger des Landes, befreundet war. Gunnar heiratete die schöne, aber hinterlistige Hallgerður, die Njáls Ehefrau Bergþóra nicht ausstehen konnte. Die beiden Frauen keiften sich an, ließen gegenseitig ihre Sklaven ermorden und intrigierten, was das Zeug hielt. Eigentlich wollten sich die beiden Männer heraushalten, doch dann wurden Verwandte hineingezogen, und ein Strudel des Hasses begann. Als es schließlich zum alles entscheidenden Kampf kam, riss die Sehne von Gunnars Bogen, und er rief seiner Frau zu, ihm aus einer Haarsträhne eine neue zu flechten. Sie aber lehnte ab, weil er ihr einmal eine Ohrfeige gegeben hatte.

Katla war neben Sonja getreten. »Gunnars Antwort ist einer der berühmtesten Saga-Sätze aller Zeiten: ›Ein jeder erntet Ruhm auf seine Weise, ich aber werde dich kein zweites Mal bitten.‹ Du siehst, Sonja, alles schuld der Weiber«, bemerkte Katla und lachte. »So sind wir eben.

Zickenkriege seit Jahrtausenden. Unversöhnlich sind wir und immer zur falschen Zeit stur. Oder nicht?«

»Ich weiß nicht«, sagte Sonja gedehnt.

»Ich weiß schon. Es war schon immer so, und es wird auch so bleiben. Der Mensch lernt eben nichts dazu.« Katla bekam ganz rote Wangen, während sie sprach. Energisch strich sie sich eine Haarsträhne hinters Ohr. Sie hätte gut in eine dieser Sagas gepasst, dachte Sonja. Ihre Gesten waren anmutig und dramatisch zugleich. Sie war klug und gebildet.

Sonja war nur auf die Realschule gegangen und hatte eine Fachschule für Erzieherinnen besucht. Von Literatur war da wenig die Rede gewesen. Immerhin hatte sie in Deutsch und Medienpädagogik eine Dozentin gehabt, die zumindest versucht hatte, die jungen Frauen für Literatur zu begeistern.

Weil Sonja nachdenklich schwieg, fuhr Katla fort: »Die Sagas wurden etwa dreihundert Jahre nach den in ihnen beschriebenen Ereignissen niedergeschrieben. Das heißt, sie beschreiben zwar die Zeit um 1000, zugleich aber dokumentieren sie die Zeitumstände des Autors, der Hunderte von Jahren danach lebte. In meinen Augen sind die Sagas die erstaunlichste literarische Form Europas. Was ich besonders bemerkenswert finde: Sie wurden in Landessprache verfasst und nicht auf Latein, und das zu der Zeit! Zwischen 1280 und 1550 wurde allein die Njáls Saga, die als die umfangreichste der Isländersagas gilt, sechzig Mal abgeschrieben. Was für ein gewaltiger Buchausstoß, wo anderswo in Europa noch finsterstes Mittelalter herrschte! Hier gab es schon Leser und nicht bloß düstere Analphabeten wie bei euch unten.«

»Darüber hab ich noch nie nachgedacht«, sagte Sonja staunend.

»Ich möchte, dass du die isländische Seele verstehst. Wir sind eher lakonisch als dramatisch. Es gibt eine Stelle in der Njáls Saga, da tritt Gunnars Bruder Kolskegg auf seinen Gegner Kol Egilsson zu und haut ihm mit dem Kurzschwert das Bein ab. Dann sagt er: ›Hat es dich getroffen oder nicht?‹ Und Kol antwortet: ›Das habe ich jetzt davon, dass ich ohne Schild war.‹ Er steht eine Weile auf dem anderen Bein und betrachtet den Stumpf. Da sagt Kolskegg: »Du brauchst gar nicht hinzusehen: Es ist ganz, wie du denkst, das Bein ist fort.« Da fällt Kol um und ist tot. Starke Stelle, oder?«

»Na danke!«, meinte Sonja. Selbst wenn die meisten Isländer eher lakonisch sein mochten – Katla war eindeutig dramatisch.

»Ich finde das sehr schön beschrieben«, sagte Katla. »Sagas bestehen auch nicht aus klassischen Schwarz-Weiß-Mustern. Zwar gibt es gute und schlechte Helden, aber immer sind es vielschichtige Charaktere. Njáll, der Held der Njáls Saga, ist tapfer, gut aussehend und gerecht, aber er geht unangenehmen Dingen gerne aus dem Weg, und im Laufe der Saga wird er immer blasser. Wie alle Männer verliert er immer mehr an Spannung. Wenn man das weiß, muss man sich gar nicht reinsteigern in Liebesdinge. Man kann nur aus dem ewigen Karussell abspringen. Das Scheitern der Liebe ist ein Naturgesetz.«

»Ist das dein Männerbild?«, fragte Sonja zögernd.

»Hast du ein anderes?«

»Na ja, es muss doch einen Mann geben, der spannend

bleibt. Und außerdem ist Spannung nicht so wichtig. Geborgenheit ist doch viel mehr wert.«

»Wie alt bist du eigentlich? Wenn ich das sagen würde, na gut. Ich als alte Frau. Aber du bist noch jung!« Katla betrachtete Sonja. »Oder kennst du diesen ganz besonderen Mann? Dann stell ihn mir unbedingt vor!«

Sonja musste nun doch lachen. Sie staunte darüber, wie treffsicher Katla es immer wieder schaffte, sie aus ihrer kleinen Welt zu holen. Vor allem war es Katla gelungen, Sonja für eine Weile von ihren bohrenden Gedanken über Lady Goggo abzulenken.

Die Frau am Kartenverkauf schenkte Sonja noch eine englischsprachige Ausgabe der Njáls Saga und gab den beiden Frauen beste Wünsche mit auf den Weg. Als sie wieder im Auto saßen, legte Katla eine CD mit merkwürdig sphärischer Musik ein. Sie war nun wieder still und fuhr hochkonzentriert. Auf ihrer Stirn hatte sich eine tiefe Falte eingegraben.

Sie passierten das Städtchen Vík und erreichten eine gewaltige Sanderfläche: Pflanzenbüschel krallten sich in den Sand, durch die Lavabrocken wirkte die Landschaft seltsam kupiert. Warnschilder wiesen auf Sandstürme hin – hier zeigte Island ein wildes, ja gewalttätiges Gesicht.

»Für den Skaftafell-Nationalpark haben wir leider keine Zeit, aber es gibt dort ohnehin zu viele Touristen. Die Gegend wird übrigens auch in der Njáls Saga erwähnt. Die Höfe standen weiter unten in der Ebene, aber der Gletscherfluss Skeiðará hat immer mehr Sand auf die Wiesen getragen und somit fruchtbares Land zerstört. Schon im

19. Jahrhundert wurden die Höfe deshalb weiter den Hang hinauf verlegt.«

Der Blick über die Überschwemmungsebene war eindrucksvoll, üppiges Grün im Vordergrund und dahinter nichts als schwarzer Sand. Sonja fühlte sich klein und demütig.

Kurz darauf hielt Katla auf einem Parkplatz. Vor ihnen lag die Gletscherlagune Jökulsárlón, die auch den Umschlag von Sonjas Reiseführer zierte. In allen Schattierungen von Grau und Hellblau trudelten Eisberge im Wasser. Ein Ort, der unentwegt im Werden und Vergehen war.

Vor zwei Hütten standen Menschen an, die Bootstouren mit Amphibienfahrzeugen oder Schlauchbooten buchen wollten. Katla besorgte für sich und Sonja Kaffee und Hotdogs, und sie setzten sich ans Ufer. Katla schluckte irgendetwas. Eine Tablette vielleicht? Sonja sah es nur kurz aus dem Augenwinkel und war im nächsten Moment wieder abgelenkt durch die trägen Bewegungen rundum. Ein Eisblock löste sich gerade auf, ein neuer näherte sich, dockte an, trudelte und schwamm weiter durch einen Kanal.

»Das Eis stammt vom Gletscher Breiðamerkurjökull, der es normalerweise ins Meer entlassen würde. Da aber Anfang des 20. Jahrhunderts Erdbewegungen den Ausgang zum Meer blockiert haben, entstand diese Lagune. Ich könnte ewig hier sitzen, aber wir müssen weiter. Madame, Sie haben eine Iceland-in-one-day-Tour gebucht!« Katla lachte und machte eine einladende Handbewegung.

Schlagartig wurde Sonja bewusst, dass sie die letzten Tage einfach über sich hatte ergehen lassen – ohne sich auch nur einmal zu bedanken. Dabei verbogen sich wildfremde Menschen für sie, und Katla chauffierte sie sogar quer durch Island.

»Katla, ich habe mich noch gar nicht bei dir bedankt. Das ist total nett von dir … also auch das mit dem Fernsehen …«

»Du findest mich furchtbar, Sonja. Du hasst diese Stopps, die dich von deiner Katze abhalten. Du hasst es, im Mittelpunkt zu stehen. Du bist keine Rampensau. Du musst dich nicht bedanken für etwas, was du gar nicht willst. Das wäre ja masochistisch. Aber, meine Liebe, du hast keine Alternative.«

Was hätte Sonja dazu sagen sollen? Und so schwieg sie und sah weiter hinaus, wo sich Bauernhöfe mit knallroten Dächern an den Gebirgsrand schmiegten. Die Stadt Höfn lag zwischen den Gletscherzungen im Norden und einer Nehrung im Süden mit unwirklich blauem Wasser, auf dem Schaumkronen einen Veitstanz aufführten. Die Häuser waren großzügig versprengt. Aufbruchsstimmung lag über der Stadt. Sonja spürte es. Anbieter für Kanutouren, für Gletschertouren, für Reittouren hatten an den Straßen große Werbeplakate aufgestellt. Hier regierte der riesige Gletscher Vatnajökull, der den kleinen dummen Menschen gestattete, seine schöne eisige Hülle zu betreten, während sein Inneres ihnen verborgen blieb. Es schlummerte und konnte doch gefährlich aufbrausen.

»Soll ich vielleicht mal fahren?«, fragte Sonja.

»Ach, Autofahren strengt mich eigentlich nicht an. Allerdings habe ich auf dem rechten Auge nur dreißig Prozent Sehkraft. Mein räumliches Sehen ist nicht wirklich gut.« Sie lachte, als sie Sonjas entsetzten Blick sah. »Schau nicht so. Ich habe bisher überlebt. Die meisten anderen auch.«

Sie verließen die Ringstraße und bogen auf die Straße 93 ab. Es wurde langsam ernst. Sonjas Magen zog sich zusammen, während das Auto über einem Buckel abhob.

»Hoppla«, rief Katla. Sie riss das Steuer herum, holperte durch eine Wiese und landete schließlich wieder auf der Straße.

Sonjas Blutdruck war im kritischen Bereich. Sie starrte geradeaus, bis sie das Schild sah, das den Ort Seyðisfjörður ankündigte. Der Ort schmiegte sich ins Fjordende.

»Sieht abgelegen aus, ist es aber nicht«, meinte Katla. »Schon 1917 kam das erste Telefon. Die Kabel vom norwegischen Festland führten über die Orkneyinseln hierher. In Island war man technisch immer eine Nasenlänge voraus. So, da wären wir.« Katla hielt neben einem hellblauen Haus im Schweizer Chaletstil. »Hier wohnt Torunn.«

Es war neun Uhr abends, aber immer noch taghell. Sie waren seit sechzehn Stunden unterwegs, doch Katla wirkte gar nicht sonderlich angestrengt. Eine Frau kam aus dem Haus. Sie trug eine seltsame Schwesternuniform, die irgendwie altmodisch aussah. Wo war sie denn jetzt wieder hingeraten? Katla schien die Aufmachung der Frau nicht zu stören, man begrüßte sich herzlich.

Torunn bat sie in eine abgewetzte weiße Küche, die mit maritimen Dekoobjekten vollgestopft war. Eine französische Flagge hing in einem Rahmen, die Küchenzeile war beklebt mit Etiketten von Champagner. Ganz klar, die Frau hatte einen Knall. Eine frankophile Irre im

Schwesternhäubchen. Und die sollte wissen, wo Sonjas Katze war?

Auf dem Tisch war das Essen hergerichtet, und auf einmal spürte Sonja den Hunger. Bis auf das Schokotörtchen, einen Riegel und den Hotdog hatte sie nichts gegessen. Torunn öffnete eine Flasche Chablis und stellte eine Karaffe Wasser auf den Tisch.

Sonja bedankte sich bei ihr, dass sie sich die Mühe gemacht hatte, ihr das Halsband nach Deutschland zu schicken. Und dafür, dass sie jetzt einfach so bei ihr eindringen durften.

»Mein Haus ist euer Haus«, sagte Torunn. »Ich wünsche uns allen, dass die Katze auftaucht. Ich meine, das betrifft mich ja nun auch.«

Sie sprachen Englisch, was nicht nur für Sonja sehr mühsam war, sondern auch Torunn schwerzufallen schien. Sie entschuldigte sich, dass sie zwar sehr gut Französisch könne, aber leider kein Deutsch und Englisch nicht wirklich fließend. Sonja erzählte erneut vom Verschwinden der Katze in ihrer Heimat und davon, dass ihr Nachbar mit seinem Bus nach Island gefahren sei. Katla fügte hinzu, dass der junge Mann mit der Fähre in Seyðisfjörður gelandet sei.

»Höchstwahrscheinlich ist die Katze hier nach Verlassen der Fähre ausgestiegen«, sagte Katla. »Habt ihr denn eine Katze gesehen?«

»Nein, ich nicht. Außer dem Kater vom alten Magne. Ich habe gestern nach dem Fernsehaufruf draußen gesucht und diese Katze gelockt. Ich habe Wurst rausgestellt, die war aber noch da.«

»Das heißt gar nichts. Die Katze ist scheu, und sie muss ja nicht in deinem Garten sein. Wir müssen in ganz Seyðisfjörður suchen«, entgegnete Katla. »Und wo genau hat deine Tochter das Band gefunden?«

»Kristin!«, rief Torunn. Angelaufen kam ein kleines schmales Mädchen, das etwa acht Jahre alt sein mochte. Sie hatte langes brünettes Haar, große braune Augen und sehr helle Haut.

Zwischen Katla und der Kleinen flogen Sätze hin und her, bis Sonja es nicht mehr aushielt.

»Frag sie nach der Speicherkarte!«

Wieder flogen die Sätze, und das Mädchen schüttelte immer wieder den Kopf. Torunn schaltete sich ein. Es war offensichtlich, dass die beiden das Kind ins Gebet nahmen.

»Sie sagt, sie hat das Band im Garten hinter dem Haus gefunden. Sie hat nichts verändert und es der Mama genau so gebracht, wie sie es vorgefunden hat«, sagte Katla.

»Stimmt das denn alles?«, fragte Sonja. Sie hatte allen Mut zusammengenommen, um diese Frage überhaupt zu stellen. Sie hatte nämlich den Eindruck, die Kleine verschweige etwas. Sonja hatte gelernt hinzusehen. Sie hatte im Laufe ihrer Berufsjahre immer genau hingesehen. Sie war leise und aufmerksam gewesen, wo ihre Chefin aggressiv alles platt walzte. Sonja hatte in bittere Wahrheiten hineingesehen und diese in sich verschlossen. Es war nie jemand da gewesen, der sich für ihre Beobachtungen interessiert hätte.

»Warum sollte so ein Kind lügen? Und warum sollte sie eine Speicherkarte unterschlagen?«, herrschte Katla sie an.

Torunn schien ihre Unterhaltung auf Deutsch verstanden zu haben und redete noch mal eindringlich auf die Kleine ein, bis sie zu weinen begann. Sie schluchzte herzzerreißend und stieß schließlich ein paar Sätze aus. Torunn nahm die Kleine auf den Arm, sagte kurz, sie wolle sie ins Bett bringen, und ging hinaus.

»Ja und?« Sonjas Herz pochte.

»Sie hat gelogen, aber nicht wegen der Speicherkarte. Sie hat das Halsband im Hafen gefunden. Torunn hat ihr aber verboten, allein in den Hafen zu gehen. Darum hat sie gesagt, sie hätte es im Garten gefunden. So sind Kinder eben.« Katla lächelte.

Es war ein Tiefschlag in Sonjas Magengrube, und es war ein Frontalschlag ins Gesicht. Also war Lady Goggo in diesem Hafen gewesen? Und Sven hatte dort die Karte gefunden? Dann hatte er die Katze dort getötet? Nicht in seinem Gartenteich ertränkt, sondern im weiten Meer vor dieser verdammten Insel?

»Was ist denn eigentlich mit dieser Karte?«, fragte Torunn. Sie trug inzwischen Jeans und T-Shirt und schenkte Wein nach.

Ja, was war mit der Karte? Sonja konnte ja schlecht erzählen, dass darauf ein Mord aufgezeichnet war. Wenn Kristin die Karte nicht hatte, wurde es immer wahrscheinlicher, dass der Mörder die Karte besaß.

»Na ja, wenn sie jemand rausgenommen hat, hat er oder sie bestimmt …« Sonja war völlig durch den Wind und hoffte, die beiden Frauen würden das Gestotter ihrem schlechten Englisch zuschreiben.

»Du meinst, derjenige, der die Speicherkarte herausgenommen hat, müsste ja auch die Katze gesehen haben?«, fragte Torunn.

»Ja, genau.«

»Ich schlage mal vor, Sonja versucht hier in der Umgebung die Katze zu rufen«, meinte Torunn. »Wenn wir sie nicht finden, probiert sie es morgen früh weiter. Vielleicht kommt sie ja eher, wenn es leise ist und kaum Menschen unterwegs sind.«

Sonja nickte und verließ das Haus, während Katla und Torunn zurückblieben. Nach wenigen Minuten sah sie den Hafen. Ein ohrenbetäubendes Geräusch durchschnitt die Luft. Wie sollte sie da eine Katze rufen? Als sie näher kam, wurde das Tosen immer lauter. Es war Hochsommer, und es lag doch Schnee.

Ein Mann in einer Art Motorradkluft mit blauen Schienbeinschonern und einem orangenfarbenen Helm trieb ein Skidoo eine Rampe hinauf und sprang. Das Skidoo schoss durch die Luft, bevor das Gefährt scheppernd und röhrend wieder aufsetzte. Dann umrundete der Fahrer die seltsame Konstruktion und alles begann von vorne. Anlauf, Sprung, Landung. Einmal drohte sich das Heck in den Boden zu bohren. Das Skidoo stand zu steil in der Luft, und mit einer gewaltigen Kraftanstrengung drückte der Mann den Lenker hinunter. Das Röhren erstarb. Als das Skidoo stand, setzte der Typ seinen Helm ab und winkte Sonja zu, die zögernd näher kam.

»Hi! Gummi.«

Gummi?

»My name is Gummi«, erklärte er und grinste.

»Äh … yes. Sonja. In Germany gummi means plastic.

You know?« O Gott, ihr Schulenglisch hätte dringend eine Auffrischung benötigt. Irgendwie gelang es ihr aber doch, ein Gespräch zu führen. Gummi erzählte ihr, dass er an Internationalen Skidoo-Wettbewerben teilnehme und sogar schon mal Weltmeister gewesen sei. Den Schnee bunkere er im Winter in einem alten Eiskeller hier am Hafen und verwende ihn dann fürs Sommertraining.

»It's melting faster than I can jump!«, rief er lachend.

Sonja fasste Vertrauen. Dieser Gummi war richtig nett. Er erzählte ihr, dass er schon als ganz kleiner Junge mit einem Skidoo zum Loðmundarfjörður gefahren sei. Sein Opa habe im letzten bewohnten Hof dieser Gegend gelebt, der inzwischen längst ein Geisterhof sei.

Sonja begann von ihrer Katzensuche zu erzählen. Gummi, der sehr oft im Hafen war, hatte keine Katze gesehen, versprach ihr aber, die Augen offen zu halten. Auch in Egilsstaðir werde er fragen, da arbeitete er nämlich.

»Du musst mich mal besuchen kommen. Unser See Lagarfljót ist sozusagen das isländische Loch Ness. Wie sein schottischer Bruder hat er einen recht scheuen Bewohner, ein Seeungeheuer, das immer wieder gesehen wurde. Mein Onkel behauptet auch, es gesehen zu haben. Mir hat es sich noch nie gezeigt.«

Sonja hatte das Gefühl, dass er es ernst gemeint hatte und sie wirklich gerne wiedersehen würde. Und sie vertraute auf sein Versprechen, ihr bei der Suche zu helfen. Er ließ ihr seine Telefonnummer da und winkte ihr zu, bevor er auf ein Motorrad stieg und davonfuhr.

Schließlich erstarb das Knattern von Gummis Motorrad, und es wurde still. Sonja lief eine Stunde durch den

Ort und rief und lockte – doch vergeblich. Es war ja auch eine selten dumme Idee gewesen, zu glauben, man könne ein wenig rufen, und schon käme die Katze freudestrahlend angelaufen.

Irgendwann war Sonja erschöpft. Sie schleppte sich zu Torunn zurück. In ihrem Haus war keiner mehr wach. Torunn hatte ihr einen Zettel hingelegt und darauf geschrieben, dass Sonja das Zimmer oben links nehmen solle. Es war eine kleine Kammer mit einem schmalen Bett. Das Bettzeug war mit Papageientauchern bedruckt. Sicher war es Kristins Kinderbettwäsche. Sonja dachte noch, sie werde sicher nicht schlafen können, doch schon im nächsten Moment war sie weggesackt.

Als sie am nächsten Tag um halb acht aufwachte, ging sie gleich hinunter. Keiner war zu sehen. Es war alles so traurig, und wieder liefen ihr die Tränen herunter. Sonja saß auf der Treppe vor dem Haus und stellte sich vor, dass ihre Tränen zu einem Fluss wurden, der anschwellen und bis ins Hafenbecken fließen würde. Das Hafenbecken würde übergehen und sie alle davonschwemmen. Endlich würde sie ertrinken und wäre tot. Endlich erlöst.

»Kein Erfolg?«, fragte Torunn, die wieder die seltsame Uniform trug. Sie reichte Sonja eine Tasse Kaffee und wartete. Sonja konnte weder sprechen noch trinken. Torunn fingerte ein Taschentuch mit blau-weiß-rotem Rand heraus, auf das »Bon Rétablissement!« aufgestickt war.

»Das bedeutet ›Gute Besserung‹«, erklärte Torunn. »Du wunderst dich über meine Kleidung, oder? Hier finden gerade die französischen Tage statt. Im Jahr 1616 schickte ein gewisser Jean de Clerc aus Dünkirchen sieben Boote an die

Gestade der isländischen Ostfjorde, und damit begannen drei Jahrhunderte, in denen die Franzosen das Leben in dieser Gegend bestimmten! Es waren die reichen Herings- und Dorschgründe, die die französischen Fischer so weit nordwestwärts getrieben hatten, und die Isländer waren nicht unglücklich über die Fremden. Sie bezahlten Ankergebühr an die lokale Behörde, außerdem brachten sie Wein, Sirup, Zucker und Biskuits mit – eine willkommene Abwechslung zum Trockenfisch, den es sonst hier gab. Generationen von französischen Fischern fischten hier. Im Jahr 1897 machte sogar das Hospitalschiff *Saint Paule*, eine Dreimastfregatte, in der Bucht fest. Ich bin die Krankenschwester von dem Schiff.« Sie lächelte Sonja an, die aufgehört hatte zu weinen.

»Und was machst du sonst?«, wollte Sonja wissen. »Wenn du nicht gerade …«

Torunn lachte. »Wenn ich nicht gerade Krankenschwester spiele? Ich bin eigentlich Geschichtslehrerin. Im Stammbaum meiner Familie gibt es auch Franzosen. Deshalb ist Frankreich nicht nur Teil der Geschichte der Ostfjorde, sondern auch meiner persönlichen Geschichte. Mit dem Ersten Weltkrieg endete das französische Intermezzo, aber noch heute haben die Fjordbewohner enge Kontakte zur französischen Atlantikküste. Ich finde, Kristin sieht auch ein bisschen französisch aus, ma petite belle. Da kommt wohl das französische Erbe meiner Vorfahren durch. Kristin und ich kommen gut ohne den Vater aus, der im Übrigen eindeutig Isländer war. Und ein Idiot.«

Sonja gelang ein Lächeln. Und wieder einmal war sie ein

klein wenig beschämt. Sie war doch nicht allein auf der Welt, auch wenn es ihr oft so vorkam. Sie war umgeben von Leben. Geschichten und Lebensgeschichten umspülten sie. Ihre Oma hatte immer gesagt: »Jeder hot sei Päckle zum Tragen.«

Sie vermisste ihre geliebte Katze, aber sie hatte keinen Alleinanspruch auf Trauer. Sie musste sich endlich zusammenreißen.

»Ich habe Gummi getroffen«, erzählte Sonja. »Er will auch beim Suchen helfen.«

»Gummi, unser Himmelsstürmer! Er ist ein netter Kerl, bloß etwas laut. Und verrückt wie wir alle hier oben«, sagte Torunn und nahm Sonjas Hand. »Es sind momentan viele Leute unterwegs. Ich werde alle nach der Katze fragen. Wir werden überall in den Ostfjorden Fotos und Steckbriefe von deiner Katze aufhängen. Und du musst deinen Nachbarn finden! Katla sollte mit dir weiterfahren nach Akureyri. Ihr findet ihn sicher. Und er weiß bestimmt, wo die Katze ist.«

Ja klar, im Hafenbecken, dachte Sonja düster. Dabei wollte sie so gerne glauben, dass Lady Goggo doch irgendwo hier umherirrte. Das Schlimme an der Hoffnung war, dass auch winzige Flämmchen genügten, um einen voranzutreiben. Sonja wollte sich niemals vorwerfen müssen, nicht alles versucht zu haben! Alles! Sogar die Konfrontation mit dem Mörder, wenn das sein musste.

»Wo steckt eigentlich Katla?«, fragte Sonja.

»Sie schläft im Gästezimmer im Keller. Da ist es stockdunkel. Sie muss sich ein bisschen erholen, es ist ja Wahnsinn, wie weit sie gestern gefahren ist. Sie hat gestern

Nacht noch durchblicken lassen, dass sie nicht ganz gesund ist. Wusstest du das?«

»Nein, ich …« Katla war krank? Dieses Energiebündel war krank? Sonja schämte sich. Offenbar hörte sie nicht die Nebengeräusche hinter den Kulissen. Bei Kindern konnte sie das, bei Erwachsenen anscheinend nicht.

Eine Stunde später war es Zeit für den Aufbruch. Katla wirkte so frisch und voller Tatendrang, dass Sonja sich nicht traute, sie nach ihrer Krankheit zu fragen.

Die kleine Kristin umarmte Sonja zum Abschied und schenkte ihr einen Troll aus Plüsch. Sie wollte mit ihrer Mutter Torunn gleich die Plakatsuchkampagne starten. Sonja hatte Tränen der Rührung in den Augen. Lange winkten Torunn und Kristin ihnen nach, bis Katlas Wagen um die Ecke bog.

Die Ringstraße wendete sich nach Westen. Es war eine melancholische Gegend. Irgendwann tauchte ein Schild auf, das zu einem Café und einem Museum wies. Katla bremste scharf ab und bog in eine schmale Rüttelstraße nach Sænautasel ab. Sonja kam der Weg ewig vor. Nach sechs Kilometern tauchte endlich ein Torfgehöft auf. Auch hier kannte Katla die Besitzer, die den Kaffee schon bereitgehalten zu haben schienen. Sie erklärte Sonja, dass das Museumscafé die Rekonstruktion eines Hauses sei, das von 1843 bis 1943 an dieser Stelle gestanden hatte. Im Jahr 1992 wurde der Hof umgebaut und war inzwischen für die Öffentlichkeit zugänglich.

Wie immer schien der Kaffee Katla zu beflügeln. Sie fuhr auf der nächsten Etappe nur einen einzigen Zaunpfosten um, hielt sich sonst in der Straßenmitte und zwang nur einmal ein deutsches Wohnmobil fast in den Graben.

Die Straße stieg nun an. Durch ödes Gebiet ging es hinauf zu einem Gebirgszug. Dort oben gab es eine ganze Armada von Steinmännchen! Giganten dräuten neben dem Picknicktisch, kleinere Exemplare standen in respektvollem Abstand.

»Du musst auch eins bauen, aber Vorsicht: Keine Steine von bereits bestehenden Steinmännchen klauen, wer weiß, ob dann nicht dem Dieb auch die Versteinerung droht«, sagte Katla.

Sonja baute ein sehr kleines Männchen und bat es, Lady Goggo zu finden. Dann bat sie alle Steintrolle um Hilfe: Helft mir, alle miteinander. Helft mir mit euren Verbindungen in die Unterwelt. Plötzlich musste Sonja wieder an die Oma denken, die bei verloren gegangenen Dingen immer den heiligen Antonius um Hilfe gebeten hatte. Die Oma war jeden Sonntag in die Kirche gegangen und nachher ins Café. Ein kleines gottesfürchtiges Leben. Und die Enkelin stand jetzt in Island und rief die Unterwelt an! Verzeih mir, Oma, dachte Sonja. Sie fehlte ihr so sehr, diese Oma.

Sie durchfuhren karges Land bis Möðrudalur, dem am höchsten gelegenen, das ganze Jahr über bewirtschafteten Hof Island. Auch hier gab es wieder einen Kaffee für Katla und eine Cola für Sonja. Gegenüber des Hofs stand ein Kirchlein, das der Bauer Jón A. Stefánsson 1949 eigenhändig und auf eigene Kosten errichtet hatte. Sonja ging hinein. Das Altarbild hatte der Bauer selbst angefertigt: die Bergpredigt in naiver Malerei. Sonja bat auch Gott um

Hilfe. Und Maria. Man durfte nicht zimperlich sein – viel half viel, egal ob Trolle oder ein christlicher Gott.

Katla blätterte in einer Zeitung, als Sonja wiederkam.

»Was steht drin?«, fragte Sonja.

»Die üblichen Tipps für Tomaten. Da Gemüse hier so teuer ist, versucht jeder Isländer, auf seinem Balkon oder im Vorgarten etwas Essbares zu ziehen. Kein Wunder also, dass sogar in renommierten Zeitungen die Pflege von Tomaten auf der dritten Seite Thema ist.« Sie lachte. »Ansonsten Ergebnisse vom Glíma, einer besonderen Art des Ringkampfes hier auf der Insel. Das solltest du mal sehen! Starke Männer reißen sich mithilfe spezieller Techniken gegenseitig nieder. Dabei tragen sie einen ganz besonderen Ledergürtel, in den der Gegner greift. Glíma wurde anfangs in Teams durchgeführt, also zum Beispiel ein Bauernhof mit seinen Knechten gegen den Nachbarn. Bei den Fischern kämpfte eine Bootsbesatzung gegen die andere. Die Gewinner waren Helden, die Ehre war auf ihrer Seite und damit auch die Ehre des Hofes oder des Schiffes!«

Sonja staunte. Von diesem Glíma hatte sie in ihrem Leben noch nicht gehört.

»Seit 1906 wurden jährliche Meisterschaften durchgeführt. 1907 fand der legendäre Kampf in Þingvellir statt. Jóhannes Jósefsson aus Akureyri war bisher ungeschlagen und forderte seine Gegner heraus. Als Nordisländer bezeichnete er die Kämpfer aus dem Süden der Insel als Weichlinge.«

»Und?« Sonja war immer in den Bann gezogen, wenn Katla erzählte. Sie wusste so viel und verpackte ihr Wissen so spannend. Und jedes Mal flirrte die Luft – wie schon bei ihrem ersten Aufeinandertreffen in Hafnarfjörður.

»Na, was glaubst du! Wochenlang wurde in Island spekuliert und gewettet, wer der Glíma-König werden würde. Am Ende gewann Jóhannes Jósefsson den begehrten Grettir-Gürtel wie auch im darauffolgenden Jahr. Später ging er in die Vereinigten Staaten und kam reich zurück. Im Zweiten Weltkrieg geriet Glíma in Vergessenheit, aber in der Hauptstadt erstarkt dieser ungewöhnliche Sport gerade wieder. Mein Nachbar Einar macht auch Glíma. Das kommt bei den Frauen ziemlich gut an. Hüte dich vor ihm. Sein Frauenverschleiß ist gewaltig.«

Katla blätterte weiter in der Zeitung. »Und hier noch was Unschönes. Eine junge holländische Touristin ist spurlos verschwunden. Man hat sie am Gullfoss noch in einen Bus oder Kastenwagen steigen sehen.«

Sonja erstarrte. Die Magensäure stieg wie ein Geysir nach oben.

»Ein VW-Bus?«, flüsterte sie.

»Keine Ahnung, das steht hier nicht. Dafür gibt es ein Foto von der Frau. Die Polizei bittet um Mithilfe.«

Weil Katla weiter in die Zeitung sah, konnte sie nicht bemerken, dass Sonja kalkweiß geworden war. Es schien ihr auch nicht aufzufallen, dass Sonja zur Toilette stürmte, wo sie sich übergab. Der Frauenmörder hatte nun auch in Island zugeschlagen. Sie musste Katla einweihen. Allein stand sie das einfach nicht mehr durch.

Als Sonja zurückkam, war Katla in ein Gespräch mit dem Besitzer des Cafés verwickelt. Er schien ihren Rat wegen einer Elfensache zu suchen. Und auf einmal war

Sonjas wilde Entschlossenheit, mit Katla zu reden, wie weggeblasen.

Dann ging es weiter. Während der Autofahrt telefonierte Katla und ließ zwischendurch das Steuer ganz los. Einmal wäre sie fast in den Gegenverkehr gebraust.

»Wir fahren zuerst zu mir und suchen dann diesen Sven«, erklärte Katla, nachdem sie das Handy weggelegt hatte.

Die Ringstraße verlief nun wieder durch eine anmutigere Landschaft bis zum gewaltigen Goðafoss, der in perfektem Halbrund in drei Fällen laut tosend in die Tiefe stürzte. Zum ersten Mal hatte Sonja das Gefühl, als wirke Katla angestrengt. Ihre Falten hatten sich vertieft, und sie hatte die Augen zusammengekniffen. Sollte Sonja ihr noch mal anbieten, sie beim Fahren abzulösen? Doch sie traute sich wieder nicht. Und über Sven zu reden erschien ihr jetzt noch unmöglicher.

7

Grindavík, Island

»Da vorne liegt Akureyri. Wir biegen aber jetzt ab zu meinem Haus. Dort können wir uns frisch machen und nachmittags in die Stadt fahren.«

Katla wirkte noch immer ein wenig abgespannt. Schließlich hielt sie vor einem Ensemble aus fünf Gebäuden. Vor ihnen lag die Steilküste.

»Welcome home. Das ist der Látraströnd, und dort draußen liegt Hrísey.«

Sie zeigte auf eine flache Insel, die draußen im Meer lag. Kaum hielt das Auto, wurde es schon von zwei kläffenden Hunden umringt, die wuschelig waren und so aussahen, als wäre ihnen der Winter als Jahreszeit eindeutig lieber.

Während Sonja langsam ausstieg, kniete Katla bereits auf dem Boden und ließ sich die Nase lecken. Dann stand sie wieder auf und machte eine ausschweifende Handbewegung.

»Links ist mein Hof, dann kommt das Guesthouse. Die Scheune dahinten gehört meinem Nachbarn Einar, daneben liegt sein Hof, und das letzte Haus steht leer. Unser Geisterhaus.«

Ein getigerter Kater kam angeschlendert. Sein Blick war eine Mischung aus arrogant und majestätisch. Sonja versetzte es einen Stich. Der Kater fauchte die Hunde kurz an, die umgehend flüchteten, umstrich dann Katlas Beine und schritt wieder davon.

»Das war Njáll. Meine Katzen sind alle nach Charakteren aus den Sagas benannt. Die anderen wirst du noch kennenlernen. Ich hol dir schnell den Schlüssel«, sagte Katla und ließ Sonja einfach stehen.

Sonja lud ihr Gepäck aus und blickte hinaus in den Fjord. Ein Containerschiff schob sich träge herein, auf der anderen Fjordseite trugen die Berge noch ein paar Sprenkel Schnee. Die Luft schmeckte und roch nach Island. Die Sonne hatte Kraft, und während sie Sonjas Wangen wärmte, streichelte gleichzeitig ein kühler Wind über ihr Gesicht. Wer sagte eigentlich, dass es hier immer regnen würde? Seit Sonjas Ankunft war es fast nur sonnig gewesen. Einzig auf dem Elfenberg hatte kurz Sprühregen eingesetzt, und in Höfn hatten Wolken den Gletscher umspielt, um ihn sofort wieder freizugeben. Das war eine orchestrale Landschaft, keine Landschaft in Pastell. Island war ein Ölgemälde! Es dauerte eine Weile, bis Katla mit einem Schlüssel wiederkam, an dem ein böse blickender Holztroll hing.

»Einar schnitzt alles Mögliche, auch meine Schlüsselanhänger, meine Becher und Teller. Und meine Stühle. Er züchtet Pferde und führt auch einen Reitbetrieb. Außerdem ist er Bodybuilder und Glímakämpfer, und er komponiert. Du wirst ihn sicher später treffen. Mach dich doch kurz frisch, während ich ein paar Dinge erledige. Dann fahren wir nach Akureyri.«

Katla wirkte wieder wacher. Wie machte sie das in der

kurzen Zeit? Sonja fühlte die lange Reise, die kurzen Nächte in ihren Knochen. Sie sah Katla nach und ging auf das Guesthouse zu. Ihr Zimmer war die Nummer fünf wie ihre Hausnummer daheim. Es gab ein Bett von einem Meter vierzig Breite, einen kleinen Schreibtisch und einen kantigen Stuhl, den wohl auch der Nachbar geschaffen hatte. Statt eines Schranks gab es Haken aus Treibholz. Die Vorhänge waren kornblumenblau wie die Bettbezüge. Es war schlicht hier und heimelig.

Sonja trat ans Fenster. Von hier aus blickte man auf einen moosgrünen, mit Steinen gespickten Hang. Eine bunte Herde Islandpferde rupfte das spärliche Grün aus. Zwei Fohlen umkreisten in himmelhohen Bocksprüngen die Herde. Das Fenster war klein und war wie alle typisch isländischen Fenster nicht zur Gänze zu öffnen, sondern hatte nur eine kleine Klappe zum Aufstellen. Beim rauen Wetter hier wäre ohnehin keiner auf die Idee gekommen, die Fenster weit aufzureißen.

Sonja setzte sich aufs Bett und fühlte eine große innere Leere. Plötzlich hörte sie von irgendwoher ein merkwürdiges Geräusch. Es dauerte einige Sekunden, bis Sonja begriff, was es war. Ihr Herz schlug einen Purzelbaum. Sie rannte zur Tür und riss sie auf. Eine kleine schwarz-weiße Katze stand da und sah sie an. Dann schlich sie ins Zimmer und beschnupperte Sonjas Rucksack. Sonja schaffte es gerade noch, die Tür zu schließen, bevor sie zu Boden sank, die Stirn auf den Boden legte und zitternd zu weinen begann. Das Geräusch! Das wohlbekannte Geräusch! Genauso klang es, wenn Lady Goggo Einlass begehrte, indem sie unten an der Türkante rupfte. Doch dies war nicht

Lady Goggo, sondern eine kleine Katze aus einer isländischen Saga.

Als Sonja endlich wieder aufstehen konnte, lag die kleine Katze schlafend in ihrem Bett. Mit letzter Kraft zwang sich Sonja unter die Dusche. Das half ein bisschen. Aber dennoch stand die Unsinnigkeit der ganzen Reise im Raum. Es fühlte sich an, als stünde ein Riese mit verschränkten Armen vor ihr und fragte mit strengem Blick, ob sie denn wirklich geglaubt habe, ihre Katze zu finden.

Sie stürzte hinaus. Ihr bisheriges Leben war ein langer träger Fluss gewesen. Ein stinkender Fluss dazu, aber sie hatte sich an den schwefligen Geruch in ihrem Leben gewöhnt, an die Bösartigkeiten ihrer Chefin, an ihr eigenes Unvermögen, Nein zu sagen. Hier war ihr alles zu schnell, zu laut, zu emotional. Zu viele Menschen meinten es gut mit ihr.

Sonja ging hinüber zu Katlas Haus, wo die beiden Hunde auf der Treppe lagen und gähnten. Sie klopfte, bekam aber keine Antwort. Ging man in Island einfach so in Häuser hinein? Wohl nicht. Unschlüssig lief sie um das Haus herum. Auf der Rückseite saß Katla in einem türkisfarbenen Holzstuhl. Vor ihr auf einem kleinen Tischchen lagen ihr Handy und ein Laptop. Sie hatte gerade ein Glas Wasser in der Hand und schluckte eine gelbe Tablette, dann noch eine. War sie wirklich krank?

Sonja rief zögerlich: »Hallo?«

Katla wandte sich um. Sie wirkte keineswegs ertappt. »Hallo! Ich habe gerade die Guesthouses, Bed & Breakfasts und Hotels in Akureyri aufgerufen. Sind doch mehr, als ich dachte. Ich werde sie wohl alle abtelefonieren.

Willst du nicht solange reiten gehen? Einar macht gleich eine Tour. Es kommen ein paar Gäste aus Akureyri. Reit doch mit, du kannst hier momentan wenig tun.«

»Ich weiß nicht, ich …«

»Ich weiß aber! Ich habe Einar schon Bescheid gesagt.«

Ein Unbehagen beschlich Sonja, und ganz kurz lehnte sie sich innerlich dagegen auf, dass Katla sich immer einmischte und für sie entschied. Andererseits war es natürlich eine Erleichterung, nicht selbst am Telefon nach Sven fragen zu müssen. Sie sah ihn und seine Hände vor sich. Sie sah den Hals der Frau, als das Etwas sich zugezogen hatte. Und ihr war klar, dass sie Sven eigentlich auf gar keinen Fall gegenüberstehen wollte. Aber der Dominoeffekt war ja schon über die halbe Insel gelaufen. Also holte sich Sonja eine Jacke. Die kleine Katze schlief immer noch ungerührt auf dem Bett.

Sonja stapfte hinüber zum Nachbarhof, wo an einem Zaun bereits zehn Islandpferde angebunden waren. Ein großer Mann mit einem rotblonden, gestutzten Bart und sehr kurzen Stoppelhaaren hob die Hand kurz zum Gruß.

»Hi, du kannst schon mal satteln. Sonja, oder?« Er sprach ein bedächtiges Englisch und überraschend leise.

Sonja nickte und sah ihm nach, wie er davonging. Wiegende Hüften, eine kurze zerbeulte Khakihose, die den Blick auf sehr muskulöse Beine freigab. Er verschwand in der Scheune und kam wenig später mit einem ganzen Stapel Sättel wieder, die er an den Zaun hängte.

Es kostete Sonja große Überwindung, ihn anzusprechen.

»Äh … und welches Pferd hat welchen Sattel?«

»Egal.«

»Aber wenn der Sattel nicht passt?«

»Dann legst du ihn weiter nach hinten.« Er grinste. »Wir reiten nicht weit. Es sind alles Anfänger.« Er wies auf einen Emailleeimer, aus dem ein paar Bürsten ragten. »Die sind zum Putzen. Ihr deutschen Frauen putzt doch so gerne Pferde.« Ohne weitere Erklärungen ging er davon. Sonja sah wenig später einen Geländewagen wegfahren.

Was für ein Trampel, was für ein roher Wikinger. Immerhin war es ein Wikinger mit Haarschnitt, eigentlich hätte zu ihm ein wilder Bart gepasst. Sonja nahm den Eimer und ging zu dem ersten Pferd. Es war ein windfarbener großer Wallach mit anbetungswürdig langen Wimpern und Augen, die Sonja mitten ins Herz trafen. An seiner Anbindestange hing ein Holzschild mit dem Namen Sleipnir. Jedes der Pferde hatte so ein selbstgemachtes Schild, und an jedem der Sättel hing eine Plakette mit ebendiesem Namen. Von wegen egal. Der Wikinger hatte sich über sie lustig gemacht.

Sonja arbeitete hochkonzentriert und war gerade dabei, den letzten Sattel aufzulegen, als der große Wagen zurückkam. Acht junge Frauen sprangen heraus, vier Asiatinnen, vier schienen Amerikanerinnen zu sein. Sie kreischten, machten Fotos und stellten Einar tausend Fragen. Er sah hin und wieder zu Sonja hinüber. Auf seltsame Weise fühlte sich Sonja auserwählt – gerade im Vergleich zu den anderen Touristinnen. Einar kontrollierte die Sättel und verlor kein Wort des Tadels, aber auch keins des Lobes. Das kannte Sonja von ihrer Oma: »Nix g'sagt isch scho g'lobt.«

Die Mädchen wurden den einzelnen Pferden zugeteilt, zwei Pferde blieben übrig, eines davon war Sleipnir.

»Das ist deiner. Du bleibst hinten, Lumpensammler«, sagte Einar, ohne eine Miene zu verziehen.

In einer langen Reihe ging es vom Hof, eine Weile die Straße entlang und dann einen Pfad abwärts. Bald plumpste die erste Asiatin vom Pferd, dann eine der Amerikanerinnen. Es dauerte eine Weile, bis alle wieder oben waren, und es gab noch zwei Abgänge, bis die Landschaft wieder flacher wurde und sie schließlich eine Bucht erreichten. Das Meer hatte über die Jahrtausende einen natürlichen Torbogen ausgespült, unter dem Einar nun hindurchtöltete. Ganz der Macho. Und er stand mal wieder im Mittelpunkt.

Natürlich musste jetzt von jedem Pferd und jeder Reiterin ein Bild unter diesem Torbogen geschossen werden. Sonja hielt Pferde fest und reichte Kameras an. Es war ein Heidenspektakel, das Kichern und Lachen der Frauen hallte in den Felswänden wider. Nur die Pferde waren unbeeindruckt.

Sonja hielt einer der Amerikanerinnen den Steigbügel auf der Gegenseite fest. Die Dame war etwas gewichtig und war schon einmal mit dem Sattel fast zu Boden geglitten. Als sie dann saß, flüsterte sie Sonja verschwörerisch zu: »Handsome guy, your husband! Take care!«

Die Frau hielt Sonja für die Ehefrau von Einar. Das war ja wohl ein Witz. Dennoch fühlte sie sich wieder auserwählt. Auch als sie die Pferde absattelte, die Sättel wegräumte und die Zaumzeuge aufhängte, befiel sie das Gefühl, irgendwie dazuzugehören. Ein irritierendes Gefühl.

Sie hatte schon eine ganze Weile allein am Zaun gestanden, als Einar mit dem Auto zurückkam. Er drückte ihr ein Bier in die Hand.

»Eigentlich trinke ich überhaupt keinen Alkohol«, wehrte Sonja ab.

»Eigentlich, ja. Ich soll dir von Katla sagen, dass sie an deiner Sache dran ist. Und sie hat dir im Guesthouse was hingestellt, für den Fall, dass du Hunger hast.«

»Und wo ist sie?«

»Weggefahren«, sagte er und zog unter einem Deckenstapel eine Gitarre hervor. Er begann zu spielen – seltsame Klänge, seltsame Harmonien, keine der klassischen Lagerfeuerlieder. »Schön«, sagte Sonja, obwohl sie sich nicht ganz sicher war, ob sie es schön fand. Es war seltsam und berührend. Aber schön?

»Die Ideen habe ich von den Anderen.« Er zeigte den Hang hinauf. »Ich setze mich dort oben hin. Auf die Erde. Ich horche und rede mit ihnen. Sie geben mir die Musik ein.«

»Die Anderen?«

»Ja, die Anderwelt. Sie wissen mehr als wir.«

»Aha.«

»Das glaubst du nicht?«

»Doch. Also, ich … Katla redet ja auch mit den Anderen. Und du bist, du bist …«

»Ich bin was?« Er schmunzelte leicht, und das machte ihn sehr anziehend.

»Na ja, eben nicht so der …«

»Nicht so der Typ für Musik, meinst du? Ich bin Pferdezüchter. Ein dummer Bauer?«

»Nein, so meine ich das nicht. Aber du siehst aus wie ein Bodybuilder.«

»Ich bin Bodybuilder. Ich war sogar einmal isländischer Meister. Das schließt aber die Musik nicht aus.« Er prostete ihr zu. »Jetzt trink mal was. Vergiss deine Vorurteile. Ich mache auch Glíma. Wir Isländer ringen seit dem 12. Jahrhundert. Auch wenn man stark ist, kann man dennoch mit den Anderen reden.« Er schob sein T-Shirt hoch und spannte den Oberarm an. »Fühl mal.«

»Nein!«

Da nahm er einfach ihre Hand, zog sie hoch und legte sie auf seinen Bauch, der stahlhart war. »Auch wenn ich einen Bodybuilderbauch habe, kann ich mich auf mein Bauchgefühl für die Anderen verlassen.« Wieder grinste er. »Du darfst auch tiefer.«

Sonja spürte, wie sie rot wurde. Und heiß wurde ihr auch. Das kam sicher vom Bier, und zu allem Unglück reichte er ihr nun auch noch einen Schnaps. »Brennivín. Selbst gebrannt.«

Sonja nahm einen winzigen Schluck. In ihrer Speiseröhre brannte Feuer. Dann im Magen. Das war die flüssige Hölle. Sie schnappte nach Luft.

»Stark?«

Sonja nickte.

»Wir Isländer und der Alkohol, das ist eine lange Leidensgeschichte! Die ersten Abstinenzlergesellschaften Mitte des 19. Jahrhunderts waren gar nicht gegen Alkohol, sie wollten lediglich den Dänen schaden und diese um die Einnahmen aus dem Spirituosenhandel bringen! Schließlich war Island da ja noch unter dänischer Herrschaft. Nach der Selbstverwaltung setzte die Regierung die Prohibition durch. Sehr kurzsichtig, denn sie schadete dem jungen aufstrebenden Handel. Die Spanier hatten bisher Fisch mit Wein bezahlt, und der Deal entfiel somit. Kurz nachdem 1915 die Prohibition ausgerufen wurde, traten die Schwarzbrenner auf den Plan und vergoren alles, was Geschmack abgab. Das waren damals ziemliche Blindmacher, der heutige Brennivín dagegen ist wie mein Kümmelschnaps total harmlos.«

»Sehr harmlos!«

»Du musst nicht bloß nippen. Nimm mal einen großen Schluck.«

Sonja wusste nicht, warum sie es tat, denn es war noch höllischer, und sie bekam einen Hustenanfall, woraufhin Einar ihr Bier zum Nachtrinken anbot.

»Schon ab 1922 durfte wieder Wein importiert werden, aber erst 1989 wurde starkes Bier wieder legalisiert. Die Menschen tanzten auf den Straßen. Wir lieben Bier, auch wenn es so teuer ist. Komm!«

Er nahm seine Gitarre, und wieder umfasste seine gewaltige Pranke ihren Arm, und er zog sie durch die Scheune eine Treppe hinauf, die in eine Art Atelier führte. Licht fiel durch große gänzlich unisländische Fenster, und auf den Konsolen an den Wänden standen Schnitzfiguren. Trolle und Pferde. Katzen und Hunde. Er reichte ihr eine kleine Katzenskulptur.

»Ich weiß, dass du eine Katze suchst. Wir müssen die Anderen fragen, wo sie ist. Ich werde das morgen auf dem Berg tun.«

Er stellte sich hinter Sonja und legte ihr seine Hände auf

die Schultern. Dann begann er, ihren Nacken zu massieren. Irgendwann sackten Sonja die Knie weg, und sie sank auf eine Couch, die an der Wand stand. Einar reichte ihr noch einen Brennivín.

»Der wird besser, von Glas zu Glas. Glaub mir«, sagte er ganz leise und einschmeichelnd.

Sonja musste nicht mehr husten, irgendwie hatte sich ihr Körper vom Gehirn abgespalten. Die Hand, die ihren Nacken massiert hatte, lag nun auf ihrem Bauch und glitt tiefer.

»Sonja! Einar!« Das war Katlas Stimme.

Sonja richtete sich auf, um wieder die Orientierung zu finden. Decke und Boden verschwammen.

»Ja, hier!«, stieß sie aus und streifte ganz kurz Einars Blick, der spöttisch und provozierend war. Sie wunderte sich, dass es ihr gelang, die Treppe hinunterzusteigen, an deren Fuß Katla stand.

»Einar, du sollst meine Gäste nicht abfüllen!«, rief Katla die Treppe hinauf, schüttelte dann den Kopf und schob Sonja zum Guesthouse, wo es Brote gab.

»Iss was und hüte dich vor Einars Gebräuen. Und mehr noch hüte dich vor seinen Worten. Am meisten vor seinem Körper.« Das klang wie eine düstere Prophezeiung. »Ich war in der Stadt und habe deinen Sven gefunden. Na ja, nicht direkt.«

»Wie?« Sonja war schlagartig nüchtern.

»Er wohnt in einem kleinen Bed & Breakfast auf dem Weg zu unserem Skiberg. Dort war aber niemand. Keine Vermieter, keine Gäste. Die Nachbarn meinten, alle seien weggefahren.«

»Was heißt das jetzt?«, fragte Sonja.

»Na, dass wir dranbleiben und später wieder anrufen. Es ist Sommer, es ist hell. Das Leben hat all seine Fesseln und Regeln abgeworfen. Wir Isländer müssen diese Monate ausnutzen, denn dann kommt eine lange Zeit der Dunkelheit.« Sie sah aus dem Fenster. »Bald«, fügte sie hinzu, in einem für Katla ungewohnt düsteren Ton.

»Ich glaube, ich muss trotz der Helligkeit schlafen«, sagte Sonja, der sterbenselend war.

»Ich habe dir einen Eimer hingestellt. Falls es schlimmer wird.« Katla lächelte. »Brennivín darfst du nur zu Hrútspungar oder Hákarl trinken.«

»Was ist das?«

»Erstere sind eingelegte Schafbockhoden. Bei der anderen Spezialität wird Haifischfleisch bis zu drei Monate in der Erde eingegraben – und genauso verwest sieht es auch aus! Was vom Fleisch übrig ist, wird luftgetrocknet und in winzigen Bissen mit viel Schnaps hinuntergespült. Und wenn du mich jetzt fragst, warum man so was überhaupt isst: Mit einem Fest Ende Februar wird die neue Lebensfreude nach dem langen Winter gefeiert. Hákarl ist wie ein besonders harter Winter: Augen zu und durch, es kann nur besser werden!« Sie lachte laut. »Ist dir jetzt richtig schlecht?«

Sonja konnte nur noch nicken. Sie musste aber gottlob den Eimer nicht bemühen und wachte auf, als es gegen ihre Tür pochte. Sie fuhr hoch, war kurzzeitig orientierungslos und sah auf die Uhr. Halb fünf! Sie war in Jeans und T-Shirt eingeschlafen. Nun versuchte sie ihre Haare etwas zu glätten und ging zur Tür. Da stand Einar.

»Morgen. Wir fahren zum Mývatn. Bevor die Touristen kommen.«

»Was?«

»Mach dich fertig.«

»Was? Jetzt?«

»Jetzt!«

»Und Katla?«

»Ist vor einer halben Stunde auf den Berg gestiegen. Ich habe deiner gestrengen Herbergsmutter Bescheid gesagt.« Er grinste schon wieder so unverschämt provozierend. Sein Blick ließ keinen Zweifel zu, dass er sie für eine unflexible Spießerin hielt.

»Aber wir müssen doch wegen der Katze ... Das Bed & Breakfast in Akureyri ...«

»Alles im Fluss. Wir sind mittags wieder da.«

Sonja hätte nur Nein sagen müssen, dass es ihr zu früh sei, dass sie keine Lust habe, aber es war, als hätte er sie mit einem Bann belegt und könne sie auch ohne seine irritierenden Berührungen wie eine Schachfigur manövrieren.

Wenig später stand Sonja draußen, und er hielt ihr die Tür seines Wagens auf. »Madame!«

Sonja verzog den Mund, der ungewöhnlich trocken war, und versuchte ihn nicht anzusehen. Er fuhr schnell und konzentriert. Anders als Katla. Dabei sah er schweigend geradeaus, die kleinste Lenkbewegung ließ irgendeinen Muskel in seinem Arm zucken. Er fuhr bis zu einem See, und sie stiegen aus. Einar reichte ihr eine Thermoskanne mit Kaffee. Nebelschwaden zogen über die Wasseroberfläche.

»Dieser See ist mit etwa siebenunddreißig Quadratkilometern der viertgrößte in Island. Mývatn heißt eigentlich

Mückensee. Er trägt seinen Namen von den Scharen von Kriebelmücken. Außerdem gibt es hier alle fünfzehn isländischen Entenarten, auch die Schnatterente und die Trauerente. Wobei du mir eher wie eine Trauerente vorkommst als wie eine Schnatterente. Schau doch nicht so miesepetrig«, sagte Einar.

»Du musst dich nicht als Fremdenführer verdient machen. Darum hat dich keiner gebeten.« Sonja war stolz, dass ihr so ein Satz eingefallen war.

»Stimmt, aber wenn wir gerade hier sind, erzähl ich dir auch etwas über meine Heimat.«

»Aha.« Warum tat er das? Weil Katla ihm das aufgetragen hatte? Oder weil er sie mochte? Und warum hatte sie ein solches Herzrasen?

Einar stapfte zum Auto, startete es, und Sonja konnte gerade noch hineinspringen. Er fuhr bis zu einem Parkplatz, auf dem zwei VW-Busse mit deutschen Kennzeichen standen. Sonja zuckte zusammen, doch ein Kennzeichen aus ihrer Heimat war nicht dabei. Vor einem der Busse saßen drei junge Männer und frühstückten. Sie winkten zu Sonja und Einar herüber.

Schon als Sonja die Autotür öffnete, stieg ihr Schwefelgeruch in die Nase.

»Schau dich um«, sagte Einar, »das ist das, was Wissenschaftler ein Solfatarengebiet nennen. Andere nennen es den Eingang zur Unterwelt. Ich nenne es Erdgedärm.«

Sonja marschierte los. Immer wieder warf dic Erde dicke Blasen, die ungesund aussahen und wahrlich nicht so, als wolle man von hier aus kopfüber in die Unterwelt abtauchen. Gallig-gelber krustiger Auswurf überzog die

Hänge, Rauchwolken wurden vom Wind gegen den kargen Berghang gepeitscht. Das musste die Hölle sein. Der Wind zerrte an ihren Haaren, der Geruch nach faulen Eiern nahm zu – und doch war sie verzaubert. Sollte sie nicht doch einfach in so ein Erdgedärm springen? Es würde über ihr zusammenschlagen, und sie wäre alle Sorgen los.

Einar war neben sie getreten. »Und?«

»Es ist irgendwie schauerlich. Und merkwürdig. Und schön zugleich.«

»So ist das Leben. Ich habe kurz zu tun und würde dich oben am Krater absetzen, wenn du einverstanden bist. Nachher hole ich dich wieder ab. Ich muss nur eben etwas mit einem Tourorganisator erledigen.«

Sehr witzig! Da setzte Einar sie einfach ab, und zwar wirklich an der Hölle, denn ein Schild besagte, dass dieser Krater »Víti« genannt wurde, die Hölle. Sonja starrte in den kreisrunden Krater und überlegte, ob der einfach so ausbrechen könnte. Es war kalt, und der Nebel hing wie ein feuchtes, kaltes Tuch über dem Krater. Was, wenn sie sich verlief? Dann beruhigte sie sich wieder. Schließlich stiefelten hier auch andere Touristen herum.

Dreißig Minuten später war Einar zurück, ließ sie einsteigen und fuhr dann den Berg wieder hinunter. Sie hielten in Reykjahlíð, wo Einar wieder ohne weitere Erklärungen in das Büro eines Adventure-Unternehmens ging.

Sonja kam zögerlich hinterher. Ihre Anwesenheit schien niemanden zu wundern. Ein Typ mit Mütze hantierte mit Mountainbikes herum, und ein sehr schönes Mädchen mit langen blonden Haaren und den blauesten Augen, die

Sonja je gesehen hatte, schenkte ihr Kaffee ein und bot ihr Gebäck an. Dabei diskutierte sie irgendwas mit Einar, lachte ihn an, warf die Haare zurück, legte ihre Hand auf seinen Arm. Doch ihre Avancen schienen an ihm abzuprallen, vielmehr sah er hin und wieder zu Sonja hinüber. Sonja fühlte sich wieder dazugehörig, ein schönes Gefühl, das sie sonst kaum kannte. Auf ihrer Arbeit hatte sie den Eindruck, nicht dazuzugehören, sie störte in ihrer kleinen Siedlung. Sie gehörte nur ihrer Katze – und die war weg. Sonja schluckte, trank Kaffee, aß zwei Kekse. Es war halb elf, als sie wieder losfuhren und Sonja eine Frage wagte:

»Sind das Freunde von dir?«

»Geschäftspartner. Sie verkaufen Adventure-Pakete: mit einem Tag Wandern, einem Tag Mountainbike, einem Tag Rafting, einem Tag Whale-Watching in Húsavík und einem Tag Reiten. Das Reiten übernehme ich. Diese Frauen gestern waren eine dieser Gruppen. Meist Nichtreiter, fett und unsportlich. Aber drei Monate im Sommer überleben die Pferde das schon.«

Fett und unsportlich, das war sie doch auch! Einer wie Einar würde wohl kaum auf sie stehen. Der konnte solche Elfen haben wie das schöne Mädchen eben.

»Jetzt fahren wir zurück«, fuhr Einar fort. »Katla wollte dich aus dem Weg haben. Sie hatte ein paar Dinge zu erledigen. Dinge, die keiner Zuhörer bedürfen.«

Das war hart. War sie wirklich so eine Klette, die man aus dem Weg haben musste? Für die nächste Frage musste sie sich wieder überwinden. Es war, als wollten die Worte ihren Mund einfach nicht verlassen. Sie waren im Kopf, aber sie passierten die Lippenschranke nicht.

»Ist Katla wirklich krank?«

Überraschenderweise sah er nun zu ihr herüber. »Ja, irgendwie schon. Ihre Auszeit heute hat damit zu tun. Mehr ist dazu nicht zu sagen.«

Sonja zuckte zusammen und schwieg, bis sie am Hof vorfuhren. Einar ging wortlos zu seinem Stall, und Sonja machte sich auf den Weg zum Guesthouse.

8

Akureyri, Island

»Was sagst du zum Mývatn-Gebiet?«, fragte Katla, die auf den Hofplatz getreten war.

»Schön. Nein, faszinierend, ach, ich kann so was gar nicht beschreiben.«

»Einars Erdgedärm. Ich mag den Ausdruck. Hat er dir das auch erzählt?«

Sonja nickte.

»Also, zurück zu Mister Sven Neidhardt: Ich habe per Telefon niemanden in diesem Bed&Breakfast erreicht. Deshalb schlage ich vor, wir fahren in die Stadt, essen was und suchen Mister Sven.«

Mister Sven, ja, das war der Grund ihrer Anwesenheit hier oben. Der Frauenmörder von Mering. Um ihn ging es, nicht um Glíma-Einar.

Sonja beäugte Katla vorsichtig. Sie wirkte wie immer, ihre ungebremste Energie war spürbar. So sah doch keine kranke Frau aus! Katla fuhr rückwärts vom Hof und überrollte dabei einen Gartenstuhl, der platt im Hof liegen blieb. Sie sah in den Rückspiegel.

»Warum lassen die auch immer alles stehen!«

Sie gab Gas, die Kiesel flogen, und Katla schoss vom Gehöft. Sonja war froh, dass keine anderen Menschen unterwegs waren, denn Katlas Fahrstil war heute besonders schwungvoll.

Nach einiger Zeit begann Katla von ihrer Heimat zu reden. Anscheinend fühlten sich alle verpflichtet, Sonja Island nahezubringen.

»Fünfzig Kilometer vom Polarkreis entfernt liegt Akureyri. Von den Leuten in Reykjavík werden wir gern mal belächelt, aber wenn die im Dauerregen sitzen und hier die Sonne scheint, haben wir gut lachen. Außerdem liegt die Stadt so schön am Eyjafjörður.«

Sonja stimmte ihr zu. Wenig später erreichten sie den Hafen, wo bunte Boote träge im Wasser schaukelten. Katla blieb an einer Statue stehen.

»Das ist Helgi der Magere. Diese Siedlung wurde vom Häuptling Helgi und seiner Frau gegründet, erfährt man im mittelalterlichen Landnahmebuch. Obwohl er Christ war, glaubte Helgi sicherheitshalber auch noch an die alten Wikingergötter und bat vor kühnen Taten gerne Thor um Rat. Und Thor war klug. Er wies ihm den Weg zum Eyjafjörður, und dort gebar Helgis Frau ein Kind. Früher war es wichtig, ein Kind im Mündungsbereich eines Flusses zur Welt zu bringen, denn so hatte man Anrecht auf die Ufergebiete der zusammentreffenden Gewässer! Gut, oder? Vielleicht sollten wir Thor anrufen, damit wir diesen Sven finden.«

Katla musste die Wahrheit erfahren. Jetzt.

»Äh, Katla …«

»Was ist, Sonja, du deutsches Häschen?«, konterte Katla grinsend.

Es ging nicht. »Wie viele Menschen leben heutzutage hier?«

»Etwa siebzehntausend. Als der Ort 1786 das Stadtrecht erhielt, waren es nur ein paar Dutzend. Man liest in einer alten Quelle, dass man hier gerne tanzte, Theater und Karten spielte – nur übermäßig unternehmerisch sei man nicht gewesen. Savoir-vivre auf Isländisch.« Sie lachte. »Lass uns in die Fußgängerzone gehen.«

»Dein Auto lässt du einfach hier stehen?«

»Das will keiner stehlen.«

»Und was sagt die Polizei dazu?«

»Die kennt mein Auto. Komm!«

Sie gingen los. In der Verlängerung der Straße begann die Fußgängerzone, eine kleine gute Stube der Stadt. Katla blieb vor einem Café stehen, das Bláa Kannan hieß. Sie gingen hinein, und die Inhaberin begrüßte Katla überschwänglich. Es gab Kaffee, Sandwiches und Salat.

»Heute ist es in Island für Grünzeugesser einfacher geworden«, erklärte Katla. »Jahrzehntelang gab es Salat nur in Form von Krautsalat, der in Mayonnaise ertränkt war.«

»Und wo ist jetzt das Guesthouse von Sven?«, fragte Sonja plötzlich. Sie hatte keine Rundreise durch Island gebucht. Sie musste Sven treffen. Und wenn sie schon die ganze Wahrheit verschwieg, baute sie darauf, dass die Anwesenheit der stürmischen Katla sie irgendwie retten könnte.

»Ein bisschen außerhalb. Jetzt iss erst mal was. Ich habe vorhin noch mal probiert anzurufen, aber da war wieder keiner da. Entspann dich, ich muss mindestens noch zwei Tassen Kaffee trinken.«

Nach den beiden Tassen Kaffee ließ Katla es sich nicht nehmen, Sonja auch noch das Nonnahús zu zeigen, das

Wohnhaus des Pfarrers Jón Sveinsson, der die Kinderbuchserie über die Brüder Manni und Nonni verfasst hatte. »In den Büchern hat Jón Sveinsson, genannt Nonni, sein eigenes Leben verarbeitet. Er war sieben, als er in die Stadt zog. Als der Vater 1869 starb, war er elf. Es waren schwere Zeiten, und seine Mutter konnte nicht allein für ihre Kinder sorgen. Zum Glück nahm ihn ein französischer Adeliger mit nach Frankreich, wo er ihm die Ausbildung an einer Lateinschule finanzierte.«

Sonja schwieg, und plötzlich sah Katla sie an und fasste sie am Arm. »Sonja, ist was? Willst du mir was sagen?«

Das wäre der Moment gewesen, doch Sonja ließ ihn verstreichen. »Nein, ich höre zu. Ich schau immer etwas dumm, wenn ich zuhöre.«

Auch wenn das Katla vielleicht nicht überzeugte, so ließ sie doch Sonjas Arm los und fuhr fort: »Nonni wurde Jesuit, studierte Theologie und wurde 1892 zum Priester geweiht. Er lehrte in Dänemark, hielt Vorträge in ganz Europa und starb 1944 in Köln. In Köln zu sterben stelle ich mir schrecklich vor.«

»Was ist am Sterben in Köln so schlimm?«, fragte Sonja, die froh war, von sich ablenken zu können.

»Man sollte nicht in Städten sterben und auch nicht auf Friedhöfen beerdigt werden. Die Wikinger haben es besser gemacht. Sie haben den Toten auf Zweige gebettet und in ein Boot gelegt und dann vom Ufer aus Feuerpfeile geschossen. Der Tote verbrannte und fuhr übers Wasser ins Totenreich Walhalla. Kennst du *Rocket Gibraltar*?«

»Nein.«

»Du bist zu jung. Ein Film mit Burt Lancaster, Ende der Achtzigerjahre gedreht. Ein Mann lädt zu seinem siebenundsiebzigsten Geburtstag seine Familie ein, doch die hat so viel mit ihren Zwistigkeiten zu tun, dass es ihr entgeht, wie krank der Papa ist. Nur die Enkel begreifen es und begleiten ihn in den Tod. Sie wissen, dass er nicht in einem Sarg enden, sondern eine Seebestattung nach Wikingerart will. Es gelingt ihnen, den Opa auf das Boot *Rocket Gibraltar* zu schaffen und seinen letzten Wunsch zu erfüllen. Die Erwachsenen wollen das noch verhindern, aber am Ende begreifen auch sie, wie wichtig dieser Wunsch war. So ein Wikingerbegräbnis könnte mir auch gefallen. Es ist einer meiner Lieblingsfilme.«

»Na, hoffentlich findest du jemanden, der dich mal so beerdigt und Richtung Hrísey treiben lässt«, meinte Sonja lächelnd. Katla war wirklich verrückt.

»Darauf werde ich lieber nicht vertrauen«, meinte Katla. Während in Sonja noch der seltsame Klang dieser Worte nachhallte, hatte Katla bereits ein neues Ziel ins Visier genommen.

»Wir stehen vor dem Laxdalshús, dem ältesten Haus der Stadt«, erzählte Katla. »Die Eberesche dort drüben hat angeblich magische Kräfte. Vor vielen Jahrhunderten wurden zwei Geschwister wegen Blutschande an ebendiesem Ort hingerichtet, obwohl sie bis zuletzt ihre Unschuld beteuerten. Sie baten Gott um ein Zeichen, daraufhin sprießte aus dem blutgetränkten Boden eine Eberesche. Dem Baum wurde immer wieder geopfert. Solch heidnisches Gebaren war nach der Christianisierung natürlich inakzeptabel. Die Kirchenfürsten befahlen, den Baum zu fällen, aber aus den Wurzeln wuchs immer wieder ein neuer Baum. Die Menschen sind manchmal zu dickfellig, um die Zeichen rechtzeitig zu erkennen. Ich bin das nicht. Sagst du mir jetzt endlich, was los ist?«

»Es ist nichts los. Weißt du, ihr bombardiert mich alle mit Geschichten. Ich meine, das ist ja lieb von euch, aber …« Sonjas Stimme brach.

Ausnahmsweise schwieg Katla. Sonja hätte sich am liebsten entschuldigt. Alle gaben sich solche Mühe, und sie war so ein undankbarer Trampel. Doch wieder drangen die Worte nicht über ihre Lippen.

Inzwischen hatten sie das Auto wieder erreicht. Nach mehrmaligen Versuchen und schauerlichen Geräuschen aus dem Motorraum sprang es endlich an.

Katla überfuhr ein Blumenbeet und kickte mit dem Auto ein Fahrrad zur Seite, das an einem Pfosten lehnte. Dann hatte sie eine größere Straße erreicht, fuhr bergan und bog schließlich links ab. »Da geht es zu meinem Skigebiet hinauf«, sagte sie. »Inzwischen ist es modern, aber als ich hier noch trainiert habe, mussten wir uns die Piste noch selber platt treten. Und dann sind wir ohne Flutlicht im Dunkeln gefahren. So, das wäre das Guesthouse. Nun scheint aber jemand zu Hause zu sein.«

In der Tat stand ein Auto vor dem Gebäude. Katla stieg aus und ging auf das Haus zu. Die Autotür auf Sonjas Seite klemmte, und sie hoffte einen Moment, die Tür möge sich nie mehr öffnen. Sie tat es aber doch. Dennoch blieb Sonja sitzen und sah zu, wie Katla einen Türklopfer betätigte. Eine ältere Frau kam heraus, und Sonja beobachtete, wie die beiden miteinander sprachen. Katla deutete auf Sonja, über das Gesicht der Frau huschte ein Erkennen, und sie rief:

»I have seen you in TV. O dear, I didn't realize, that my guest from Germany is the man you are looking for. That poor cat! In former days, my husband and I …«

Bevor nun der Schall bis auf den Fjord hinausgegangen wäre, unterbrach Katla sie, stellte noch einige Fragen und verabschiedete sich. Dann sprang sie ins Auto zu Sonja.

»Bevor wir ihre Lebensgeschichte komplett erfahren, lass uns flüchten.«

»Ja, und dann?«

»Sven Neidhardt wollte im Norden etwas Sightseeing betreiben, er hat aber für übermorgen noch eine Nacht gebucht. Und dann haben wir ihn. Dieser Idiot, warum hat er sein Handy nie an?«

»Hat sie irgendetwas von einer Katze gesagt?«

»Nein. Ihr ist nichts aufgefallen, aber wenn wir realistisch sind, kann deine Katze überall dort ausgestiegen sein, wo er länger gestanden hat.«

»Aber das kann auch schon in Deutschland gewesen sein«, flüsterte Sonja.

»Ja, aber erstens hättest du dir das auch schon früher überlegen können, bevor du Hals über Kopf hierherreist, und zweitens: Solange wir den Typen nicht finden, sollten wir uns jede Spekulation sparen. Wir fahren nach Hause. Es gibt ein Grillfest heute Abend.«

Spekulation? In Sonjas Kopf formierten sich Worte, die nun endlich erklären wollten, dass Sven eben nicht nur in Verdacht stand, Lady Goggo mitgenommen zu haben, sondern dass er vermutlich ein Mörder war. Der Würger von Mering. Dass er bestimmt diese Holländerin auf dem Gewissen hatte, ein Fall, der nun auch Island erschütterte. Aber die Sätze, die sie dachte, fanden wieder einmal nicht den Weg zu ihrem Mund. Schon gar nicht, seit sie zweimal dementiert hatte, dass etwas nicht stimme.

Es herrschte eine merkwürdige Stimmung zwischen den beiden Frauen. Katla hatte so einen Wer-nicht-will-der-hat-schon-Blick aufgesetzt. Sie konnte bemerkenswert gut zur Tagesordnung übergehen.

Nun bog sie auf die Ringstraße ein, fuhr eine Weile und deutete dann auf ein Fabrikgelände.

»Wenn ich diese Fischfabrik sehe, fällt mir ein, wie wir früher die wahren dicken Dinge des Lebens kopiert haben. Das waren Zeiten!« Sie lachte wieder ihr sonniges Lachen.

Das Auto schlingerte. Schon wieder war Katla vom Teer ins steinige Bankett geraten. Sonja klammerte sich an den Haltegriff. Katla fuhr wie auf Drogen, aber heute war es besonders schlimm.

»Was habt ihr?«, fragte Sonja nach.

Katlas Augen sprühten. »Ein Typ aus unserer Clique, Ragnar hieß er, glaube ich, hatte einen Vater mit einem Tiefkühlhaus neben dieser Fischfabrik da unten. Da haben wir Trockeneis geklaut, es in die Badewanne geworfen, Wasser drüberlaufen lassen und ganze Wohnungen unter Nebel gesetzt. Im Büro von Ragnars Vater wurden heiße Feten gefeiert. Da stand auch ein Kopierer, ein Riesenteil war das. Die Jungs haben sich davorgestellt, ihr bestes Stück draufgelegt – und Kopie! Die Mädchen haben sich einfach draufgesetzt. Und Kopie! Waren recht künstlerische Bilder. Besoffen, wie wir waren, haben wir ein paar Kopien in einem Papierkorb versenkt. Der Vater von Ragnar hat sie entdeckt und hatte wohl kurz Mühe zu enträtseln, was darauf zu sehen war. Dann hat er's verstanden und war … not amused, möchte ich mal sagen. Leider durften wir dann nicht mehr im Büro feiern. Gut, das durften wir genau genommen vorher ja auch nicht. Leider haben die Schwänze uns verraten!«

Sonja zuckte zusammen. Katla war und blieb eine respektlose Irre!

»Hast du früher nie Scheiß gebaut?«, fragte Katla nach einer Weile.

Hatte sie? Eigentlich nicht. Sie hatte nie getrunken, nie gekifft. Sie hatte mit Diskos einfach nichts anfangen können, auch wenn sie ab und zu ein paar Freundinnen dorthin begleitet hatte. Wenn man erst um fünf Uhr morgens ins Bett ging, war der ganze Tag im Eimer. Sonja war lieber morgens zu ihrem Pflegepferd Rasmus gegangen. Aber das hatten die Freundinnen nie verstanden. Nein, Sonja hatte nie Scheiß gebaut. Und ganz sicher keine »wahren dicken Dinge« kopiert …

Da Katla keine Antwort erhielt, sagte sie nach einiger Zeit: »Immerhin holst du ja jetzt was nach, so wie du Einar anbetest.«

Warum fing sie damit an? Sonja hatte nicht vor, sich schon wieder zu rechtfertigen. Auch weil sie keine Argumente hatte und weil es in ihr nagte und bohrte.

»Du provozierst furchtbar gerne, oder?«, fragte Sonja stattdessen, nachdem Katla über eine einspurige Brücke gedonnert war, als wollte sie einen Jump-Contest gewinnen. Stoßdämpfer hatte das Auto anscheinend sowieso keine mehr.

»Natürlich! Wo wären wir denn, wenn alle immer nur nicken und in eine Richtung sehen würden? Das tun eh schon die meisten. Natürlich provoziere ich gerne. Ich vertrete auf Feten auch Standpunkte, die gar nicht die meinen sind. Nur um Schwung in die Bude zu bekommen!«

»Aber …«

»Ha, du sagst aber! Das Küken wehrt sich!«

»Ich bin kein Küken!«

»Du könntest locker meine Tochter sein!«

»Gott bewahre!« Nun lächelte Sonja auch und begann doch Spaß an der Unterhaltung zu finden. »Dann denken die Leute doch, du bist womöglich eine Radikale, oder sie halten dich für dumm oder gefährlich.«

»Und das wäre so schlimm?«

»Ja, schon. Sie … sie …«

»… mögen mich dann nicht?«

»Auch.«

»Ist es dir sehr wichtig, gemocht zu werden?«

»Ist das nicht jedem wichtig?«

»Keine Frage mit einer Gegenfrage beantworten.« Katla drohte Sonja mit dem Finger und schepperte wieder ins Bankett. »Ist dir das wichtig?«

»Ja, weil doch jeder …«

»Du bist nicht jeder. Oder jede. Du bist du. Warum musst du unbedingt gefallen? Du solltest dir gefallen. Das genügt vollauf. Gelingt aber den wenigsten.«

»Und du kannst das?« Sonja klang ein wenig aggressiv.

»He, da kommt ja Bewegung in die junge Frau! Nein,

ich kann das auch nicht. Ich ziehe mir immer noch Schuhe an, die mir nicht gehören, und Treter, die mir nicht passen.«

Sonja wartete.

»Ich bin immer noch nicht cool genug. Ich lasse sehr ungern Leute in meinen Privatbereich. Ich bin es leid, mich dafür zu entschuldigen, dass irgendwo Katzenhaare kleben. Und ich staubsauge eben nicht täglich. Das ist meine Revolution: nicht täglich Staub zu saugen. Aber ganz egal ist es mir natürlich nicht, was die Leute über mein Ambiente denken. Komisch, oder?«

Jetzt, wo sie es sagte, fiel es Sonja erst auf. Sie hatte mit Katla immer nur im Gemeinschaftsraum des Guesthouse gesessen, aber nie bei ihr im Haus.

»Also doch keine Nonkonformistin?«

»Nicht in allen Bereichen. Du siehst: Ich bin als gute Hausfrau sozialisiert und verweigere mich zwar irgendwie, aber ich achte auf meine Intimsphäre: No foreigners beyond this point!« Katla sah Sonja scharf an. »Aber ich werde schon besser. Besser als du bin ich schon. Schau dich an!«

Sonja fühlte, wie etwas Saures in ihr aufstieg. Abwehr, Panik, ein Schleier legte sich über ihr Denkvermögen. Dabei hatte Katla ja gar nichts gesagt. Nur: »Schau dich an.« Ganz neutral eigentlich.

»Seien wir mal realistisch«, fuhr Katla fort. »Du bist ein bisschen moppelig, was ich persönlich charmant finde. Aber du trägst das nicht mit Würde. Außerdem hast du die letzten Tage einiges abgenommen. Seit du mich kennst!« Sie lachte. »Aber warum ziehst du Hosen an, die an den Waden spannen? Dieser enge Schnitt steht dir nicht. Man muss nicht alles tragen, bloß weil es Mode ist! Dann gibt es nämlich einen Schwimmring über dem Bund. Und warum hast du diese Zelte an? Trag lieber was Hübsches obenrum. Das lenkt von untenrum ab. Du hast doch schöne Brüste!«

Sonja schluckte. Das Saure blieb. Sie kroch in den Autosessel.

»Komm, wehr dich! Verteidige dich. Sag mir, dass ich den Mund halten soll.«

»Warum?« Mehr brachte Sonja nicht heraus.

Katla stoppte urplötzlich ihr Auto und griff über Sonja hinweg in das Handschuhfach, das längst seine verschließbare Klappe verloren hatte und aus dem so einiges hervorquoll. Sie zog einen Geldbeutel heraus und fummelte ein Bild hervor. »Da!«

Auf dem Foto war eine dicke Frau mit Dauerwelle und Pausbacken zu sehen, die an einen dicken Weihnachtsengel erinnerte. »Bist du das?«

»Damals hatte ich Kleidergröße 44/46. Dagegen bist du eine Elfe! Als Teenie war ich ziemlich dünn und zwischen dreißig und vierzig so richtig fett.«

»Aber jetzt bist du ja ...«

»... ganz normal. Klar, für ein Model wäre ich zu fett und zu alt, aber muss ja auch nicht jeder ein Topmodel sein!« Sie lachte.

»Und wie kam es, dass du plötzlich so dünn geworden bist?«, fragte Sonja.

»Ich hatte auf einmal keine Lust mehr zu essen. Ich fand es nicht mehr wichtig. Ich esse höchstens noch die Hälfte von dem, was ich früher gegessen habe. Häufig vergesse ich zwei Tage lang ganz zu essen. Es war auf einmal da. So als hätte ich über all die Jahre einfach genug gegessen. Als wäre das Kontingent erschöpft. Das ist doch bei vielen Sachen so. Machst du zu Hause Sport?«

»Ähm, na ja. Ich fahre oft mit dem Fahrrad in die Arbeit. Ich hab es auch mal mit Fitnesscenter versucht. Wobei … das war nichts für mich …«

Nach drei Trainings war Sonja weggeblieben, denn sie war umgeben gewesen von Menschen, die eh alle schon dünn und muskulös gewesen waren. Sie als hässliches Fettentlein war sich so was von deplatziert vorgekommen. Und inzwischen war das Abo längst abgelaufen.

»Ich habe mal sehr intensiv Tennis gespielt. Turniermäßig. Gut, Island ist jetzt nicht gerade eine Tennisnation, aber ich war ganz gut. Irgendwann habe ich aufgehört zu spielen«, sagte Katla. »Es reizt mich einfach nicht mehr. Mir fehlt es nicht. Ich bin Ski gefahren, beinahe hundert Tage im Jahr. Meist am Hlíðarfjall. Ich war übrigens im isländischen Nationalkader. Wir haben halt nicht immer Schnee. Aber auch der Wunsch nach Skifahren ist weg. Das brauche ich nicht mehr. Und ich hatte Sex. Jede Menge Sex. Mit jeder Menge Männer. Fehlt mir auch nicht. Schlagzahl erreicht!« Sie lachte wieder lauthals. »Warum schaust du so?«

»Wie schau ich?«

»Entsetzt? Mädchen, glaub mir, wenn man Dinge nur oft genug getan hat, dann fällt es leicht, darauf zu verzichten. Weil das ja dann gar kein Verzicht mehr ist.«

»Du Philosophin«, meinte Sonja und blickte wieder hinaus, wo steile Fjordberge ganz nahe an die Straße herangerückt waren. Auf der anderen Seite hatte ein Riese ein schwarzes Tuch ausgebreitet und Riesenmurmeln darübergestreut. Und weit draußen schwappte ein gewalttätiges Meer übers Tuch, brach herein, verwirbelte sich zu einer Gischt, die viel zu weiß war auf dem Schwarz, und zog sich wieder zurück.

»Wenn du so willst …«

Katla hielt sich momentan ganz gut auf der Straße, und Sonja lockerte den Griff am Haltebügel. Ihre Fingerknöchel waren ganz weiß. Wo war sie da nur hineingeraten? Und alles wegen Lady Goggo. Deshalb war sie hier, nur deshalb, und sie musste die Sache zu Ende bringen.

Am Hof tummelte sich schon wieder eine Horde Gäste – darunter zwei Frauen, die Einar anhimmelten. Er winkte zu ihr herüber und rief: »Sonja, sattelst du die Pferde? Wir gehen schnell ins Geisterhaus.« Und mit den zwei Frauen und drei Männern im Schlepptau stapfte er davon.

Katla sah Sonja prüfend an, sagte aber nichts. Als Katla sich wegdrehte, ging Sonja tatsächlich in den Stall und sattelte die Pferde. Als Einar zurückkam, teilte er die Pferde ein. Für Sonja war keins vorgesehen, was ihr einen kleinen Stich versetzte. Immerhin winkte Einar ihr zu, als die Gruppe vom Hof klapperte.

Verdammter Wikinger! Sie wollte nicht, dass ihr Herz Amok lief. Sie wollte auch nicht auf die Uhr sehen, wie lange die Reiter schon weg waren. Sie wollte nicht diese Freude spüren, als sie Einar auf den Hof einbiegen sah. Und es war doch eigentlich furchtbar angeberisch, dass er sein Pferd im Hof steigen ließ. Begleitet vom begeisterten Applaus der beiden Frauen. Sie sahen wieder sehr gut aus, waren jung, lebendig, sexy und schienen zu allem bereit zu sein. Sonja wollte nicht schon wieder die Pferde absatteln, sie war doch nicht das Stallmädchen!

Einar sah an ihr vorbei. Eines der Mädchen, eine Schwedin mit lockigem Haar, das im Wind wehte wie eine goldene Fahne, ließ ihr Trägertop über die Schulter rutschen. Einar schob den Träger wieder hoch, und Sonja sah die beiden schäkern und lachen. Dann entblößte er seinen Oberarm. Sie fasste ihn an, und auch beim Waschbrettbauchertasten ging sie forscher ans Werk. Ihr Finger blieb in seinem Hosenbund hängen. Ihr glockenhelles Lachen wehte herüber. Sie hatte Einar untergehakt, und als die beiden an Sonja vorbeigingen, sagte er noch:

»Die Pferde kannst du direkt auf die Wiese lassen.«

Sonja hörte seine schweren Schritte und die leichtfüßigen des Mädchens auf der Treppe ins Atelier. Sie starrte auf die Türöffnung und erschrak gewaltig, als Katla neben ihr auftauchte. Wieder warf sie Sonja einen seltsamen Blick zu und brüllte plötzlich sehr laut:

»Einar, komm runter! Magnus ist da. Er hat den Grill dabei und die Getränke. Und er braucht deine Hilfe.« Dann zischte sie leise in Sonjas Richtung: »Dieses Mal hatte er zu wenig Zeit, aber er wird bald wieder mehr haben. Für so etwas nimmt er sich die Zeit. Lass die Finger davon, Sonja! Hilf mir lieber in der Küche.«

Wenig später kam Einar aus der Tür, gefolgt von der jungen Frau, die ein geschnitztes Pferd in der Hand hielt. Sie warf ihm noch eine Kusshand zu und verkrümelte sich dann zu ihrer Gruppe.

Magnus war der Bursche aus dem Outdoor-Büro in

Reykjahlíð, das Mädchen mit den himmelblauen Augen war auch da. Sie nahm die Gruppe unter ihre Obhut und verteilte Pappbecher. Sonja folgte Katla ins Guesthouse.

»Du kannst Kartoffeln schälen«, sagte Katla. »Vielleicht beruhigt dich so eine Tätigkeit ein wenig. Sie ist monoton und beruhigend.«

»Katla, ach … du bist …«

»Ich bin die Verkünderin der unangenehmen Wahrheit!«

»Und die ist?«, fragte Sonja und versuchte kraftvoll zu klingen. Sie musste endlich lernen, Katla etwas entgegenzusetzen.

»Hör mal, Sonja, es geht um meinen Nachbarn Einar. Von dem rede ich! Und vor dem warne ich dich! Du hast das nicht im Kreuz. Er macht dich unglücklich. Er hat bisher jede Frau unglücklich gemacht. Seit fünfzehn Jahren schon wohne ich neben ihm und habe in der Zeit etwa dreißig Mädchen kommen und gehen sehen. Es dauert höchstens ein halbes Jahr. Einar sammelt Frauen und gebrochene Herzen. Er fädelt sie auf eine lange Wäscheleine auf, die längst bis nach Hrísey reicht.«

Sonja fühlte die Hitze in ihr Gesicht steigen. »Ich will nichts von Einar«, sagte sie lahm.

»Ach, alle Frauen wollen etwas von Einar. Er hat dich längst verhext! Hat er sein Programm abgezogen? Sensibler Komponist hat seine Eingebungen auf dem Berg der Götter? Dann ein Schuss Machoallüren mit geblähtem Oberarm und angespanntem Waschbrett? Und als furioses Finale dann die Schnitztiere. Ein starker Mann, der so kleine filigrane Tiere schnitzt, spätestens dann erliegen sie alle seinem Charme. Dann noch der Brennivín. Sicher ist sicher. Wäre ich nicht gekommen, hätte er dich schon gestern geknackt. Und heute hat er eine andere mitgenommen. Blondes Gift aus Schweden. Ich habe es zwar gerade eben verhindert, aber der Abend ist noch lang. Sonja, das ist nicht deine Kragenweite. Die Frau, die Einar zähmt, die muss noch geboren werden.«

Sonja traten Tränen in die Augen, und plötzlich schrie sie Katla an: »Dann probier du es doch! Du bist allwissend und größer als der Berg da oben. Du hast sogar schon Schwänze kopiert, du bist doch so cool wie das Nordmeer!« Sonja hielt kurz inne und schnappte nach Luft. »Aber du bist zu feige, um jemanden in dein Haus zu lassen.«

Als Sonja hinausstürmte, trafen sich ganz kurz ihre Blicke. Katla war wirklich verblüfft, das war ihr anzusehen. Und wenig später huschte ein Lächeln in ihre Augenwinkel.

Sonja rannte wütend den Hang hinauf. Immer weiter, bis sie keine Luft mehr bekam. Stetig stieg sie bergauf, und mit ihr zog eine schwarze Regenfront über die Felsspitzen. Ein Talschluss tat sich auf, wild, rau, von spröder Schönheit. Sonja blickte schwer atmend über die Hänge, wo einige Schafe grasten. Irgendwo mussten die Pferde sein, die nicht im Reitbetrieb gingen und hier oben wie Wildpferde lebten, bis Einar sie Ende August ins Tal holen würde. Irgendwo mussten sie sein zwischen den steilen Felsen, dort wo die Trolle wohnten.

»Ihr Trolle, ihr Elfen, ihr blöden Anderen! Jetzt tut endlich etwas! Gebt mir meine Katze zurück!«, schrie Sonja.

Auf einmal stand eine dunkle Stute mit einem hellen Fohlen vor ihr. Als wäre sie aus dem Nichts gekommen. Lange sah sie Sonja an, dann senkte sie den Kopf wieder. Sonja stolperte weiter. Gemessen daran, wie leichtfüßig das Fohlen gerade einen Felsen erklomm, waren ihre eigenen Bewegungen wirklich plump.

Als sie die nächste Geländestufe erklommen hatte, sah sie die anderen Pferde. Ein Bild wie aus einer anderen Welt: Die nassen Wiesen waren grüner, der Himmel schichtete immer neue Graustufen auf, an vereinzelten Stellen lagen sogar noch Schneereste. Die Pferde schauten Sonja fast mitleidig an. So wie du zu Fuß bist, droht uns kaum Gefahr, schienen sie zu denken.

Stuten, teils mit Fohlen, übersprenkelten den ganzen Hang. Und da stand der Hengst. Anders als in den Bergen Norwegens, wo der Hengst seine Pferdeherde gegen Wölfe und Bären verteidigen musste, gab es hier nur Polarfüchse und den Mink. Dieser Hengst schien hocherfreut über den Besuch, kratzte sich an Sonja und ließ sich begeistert hinterm Ohr kraulen. Die Leitstute schaute nachsichtig, als wisse sie ganz genau, dass die Führung der Herde eben doch an ihr hängen bleiben würde. Und dann rief sie zum Aufbruch, als wolle sie sagen: Ende der Show! Mit bemerkenswerter Trittsicherheit verschwanden die Pferde in einem Steilhang – und so als würde der Vorhang fallen, kam passenderweise die Regenwand.

Sonja hielt ihr Gesicht in den Regen. Als sie eine Dreiviertelstunde später am Hof eintraf, war sie klatschnass. Das Essen war ins Innere des Geisterhauses verlegt worden, niemand wirkte sonderlich überrascht, als Sonja auftauchte. Und niemand schien sich Sorgen gemacht zu haben.

»Beeil dich. Sonst essen wir dir alles weg«, sagte Einar, als hätte er eben doch auf sie gewartet.

Das Herz, das verräterische, schlug so laut wie ein Hammer. Es musste weithin hörbar sein, dachte Sonja.

9

Grindavík, Island

Sonja duschte heiß, zog einen Pullover mit V-Ausschnitt über und föhnte ihre dicken Haare, die sie diesmal nicht wie sonst zu einem Pferdeschwanz band. Sie setzte sich neben Einar. Sollte Katla doch reden. Und sie trank Bier. Das blonde Gift hatte wohl mehr Gefallen an Magnus gefunden.

Es waren bestimmt fünfzig Leute da, darunter einige Gäste aus dem Dorf. Hatte jemand Geburtstag? Katla etwa? Als Sonja neben ihr am Büfett stand, fragte sie nach. »Feierst du etwas?«

»Ja«, sagte Katla.

»Deinen Geburtstag? Ich wusste nicht …«

»Nein, kein Geburtstag. Wo warst du?«

»Bei den Pferden am Berg. Der Hengst ist ja bezaubernd.«

»Bangsi, das sanfte Bärchen. Einar musste dem Namen zustimmen, eigentlich hätte er nämlich Böðvar heißen sollen, aber er ist kein Kämpfer in der Schlacht. Einar war sich unsicher, ob so ein Softie überhaupt zum Zuchthengst taugt, aber er musste bald zugeben, dass er sagenhafte Bewegungen vererbt.«

Katla lächelte Sonja zu und tat etwas ganz Überraschendes: Sie strich ihr ganz kurz über die Wange. Und ging davon. Verschwand zwischen den Menschen, die lachten und tranken. Einar hatte seine Gitarre geholt, und Magnus spielte Saxophon.

Sonja redete mit vielen Leuten, einige wussten bereits von ihrer Katzensuche. Die Menschen fühlten mit und bestärkten sie. Sonja trank Bier und aß wenig. Das Leben war leicht.

»Du siehst sehr hübsch aus heute Nacht«, flüsterte Einar, der plötzlich hinter ihr stand. Sie spürte seinen Atem an ihrem Ohr, er strich ihr die Haare nach hinten. Dann küsste er sie aufs Ohr. Ihr Inneres explodierte. Als sie ihm ins Atelier folgte, war da keine Katla mehr, die rief.

Als Sonja erwachte, lag sie nackt auf einer bunten Decke im Atelier. Einar war weg. Neben ihr fläzten zwei Katzen, die sich nun streckten, die Augen zusammenkniffen, einen Katzenbuckel machten und Sonja fragend ansahen.

Wo war sie? War das ein Filmriss? Sonja richtete sich auf und zog die Decke vor ihre Brust. Bis vor Kurzem hätte sie vehement bestritten, dass so etwas passieren konnte. Man war doch schließlich Herr oder Frau seiner oder ihrer Sinne. Man vergaß sich doch nicht so einfach! Oder eben doch?

Es gab keinen Grund, sich im kühlen Atelier nackt auszuziehen, es sei denn, man hatte ganz besondere Gründe. Sie versuchte nachzudenken und sich den Abend in Erinnerung zu rufen. Ein Abend, der sie zu den Trollen und den Pferden getrieben hatte. Ein Abend, der leichtfüßig gewesen war. Wie ein Elfentanz. Sie erinnerte sich an die vielen aufmunternden Worte der Gäste und daran, dass Einar sie hübsch gefunden hatte. Dass sie ihm gefolgt war ins Atelier und dass er Kerzen entzündet hatte. Dass er ein Lied nur für sie gespielt hatte, dass er ihr angeboten hatte, sie zu massieren, weil sie endlich ihre Verspannungen lösen müsse. Sie hatte bäuchlings dagelegen, er hatte ihr ein Öl, das merkwürdig und intensiv gerochen hatte, auf den Rücken gekippt. Sie wusste noch, dass er sie irgendwann gebeten hatte, sich umzudrehen. Doch an mehr konnte sie sich beim besten Willen nicht erinnern. Nichts! Sosehr sie wühlte und grub.

Nur eine klebrige Flüssigkeit war da noch, die keinen Zweifel ließ. Sie hatte mit einem Wikinger geschlafen. Und sie nahm keine Pille, warum auch? Und er? Die Panik kam in Wellen, die höher und höher wurden. Man konnte auch von einem einzigen Mal schwanger werden. Oder Aids bekommen. Wie konnte ein einzelner Mensch in so kurzer Zeit nur so viele Fehler begehen?

Zittrig zog Sonja sich an und schlich über den Hof. Weit und breit war niemand zu sehen. Ein paar Autos waren noch da, von irgendwoher kam Magnus, dessen Oberkörper entblößt war und dessen Bergstiefel nicht zugebunden waren. Er winkte lässig herüber und verschwand im Guesthouse. Sonja wartete, bis er die Tür zum Klo geschlossen hatte, dann huschte sie in ihr Zimmer.

Dort zog sie sich wieder aus und sah widerwillig in den Spiegel. Nur selten betrachtete sie sich im Ganzkörperspiegel. Wenn sie zu Hause aus der Wanne kam, sah sie am Spiegel immer vorbei. Erst wenn sie sich in ein Badehandtuch gehüllt hatte, stellte sie sich ihrem Spiegelbild. Heute musste sie hinsehen. Sie sah aus wie immer. Ein bisschen dünner vielleicht, weil sie einige Kilos verloren hatte. Relativ große wohlgeformte Brüste, ein bisschen Hüftspeck, ein bisschen mehr Bauchspeck, die Oberschenkel waren in Ordnung, der Po zu groß, die Waden zu wenig definiert.

Wie dumm konnte man sein? Wie peinlich war das alles? Sie würde Einar nie mehr in die Augen sehen können und Katla erst recht nicht. Deren ätzende Kommentare konnte sie sich schon vorstellen.

Sonja duschte und schrubbte die Nacht weg, die aber aus ihrer Seele nicht wegzuschrubben war. Wenn sie wenigstens noch wüsste, was passiert war. Sie war keine Sexexpertin. Marc war in solchen Dingen eher ein Purist gewesen. Er oben, manchmal sie. Wenig Spielraum für Experimente. Sonja hatte immer gedacht, das gehöre eben so. Aber Einar, dieser körperverliebte Muskelmann? Was der womöglich mit ihr angestellt hatte, daran traute sie sich gar nicht zu denken. Was sollte sie nur tun?

Sonja war vor Konfrontationen immer geflüchtet, und genau das tat sie nun auch. Sie warf alles in den großen Rucksack, raffte den kleinen Rucksack zusammen und öffnete die Tür einen Spalt. Keine Regung. Sie schlüpfte hinaus und ging rasch über den Vorplatz, als ein lautes »Stopp!« sie herumfahren ließ.

»Was wird das?« Katla stand vor ihr. Sie trug schwere dreckige Bergstiefel und schien schon wieder von irgendeiner Wanderung zu kommen. Schlief diese Frau denn nie? Sonja wusste nicht mehr, wann genau sie das Fest verlassen hatte, es war aber in jedem Fall nach Mitternacht gewesen, und jetzt war es sieben.

»Was wird das?«, fragte Katla erneut.

»Ich … ich gehe. Ich muss. Ich …«

Katla sah sie spöttisch an. Sonja schrumpfte.

»So schlecht vögelt er doch gar nicht. So schlecht, dass du gleich flüchten musst. Einar ist doch der lebende Beweis, dass es eben doch auf die Größe ankommt. Oder, Sonja?«

»Du bist so, so …«

»Ehrlich?«

»Nein! Zynisch. Sarkastisch. Ist dir denn gar nichts heilig?«

»Heilig? Ha! Du willst doch nicht etwa den Sex mit Einar heiligsprechen?«

Sonja schrumpfte weiter. Gegen Katla würde sie nie ankommen.

»Sonja, ich habe dich gewarnt. Mehrfach. Du hast alle meine Warnungen in den Polarsturm geschlagen. Du hast mit Einar geschlafen. Erst mal hast du reagiert wie alle Mädchen. Alle schlafen früher oder später mit Einar. Die meisten fahren dann allerdings eine andere Linie. Sie wollen bleiben. Sie verlieben sich. Sie wollen die Frau werden, die an der Seite dieses strahlenden Helden mitstrahlt. Die wenigsten allerdings sind nach einer Nacht mit Einar davongelaufen.«

»Du bist so gemein. Sei doch froh, dass ich gehe. Dann bin ich dir nicht mehr lästig und mache nicht ständig Fehler, die du mir vorwerfen musst«, schluchzte Sonja.

Katla sah sie ernst an. »Warum sollte ich froh sein? Du bist mir wichtig.«

»Das hast du mir bisher aber nicht gerade gezeigt.«

Katlas Stimme veränderte sich. »Ja, darin bin ich nicht gut. Aber du hast eine Mission, Sonja. Die wirst du wegen Einar doch nicht aufgeben wollen?«

Sonja schluckte, wischte ein paar Tränen weg.

»Wovor hast du Angst?«, fuhr Katla fort. »Einar wird dich behandeln wie immer. Für ihn ist Sex wie ein Glas Wein oder Bier, das er jeden Abend genießt. Am nächsten Tag denkt er ja auch nicht mehr über sein Bier nach. Und wenn du nicht bei ihm einziehen willst, wenn du ihm keine Liebesbriefe schreibst, wenn du ihm keine Szene machst, dann wird er stutzen. Die anderen haben ihm Szenen gemacht. An diese Form der Aufmerksamkeit ist er gewöhnt. Aber es wird eine andere kommen, sehr schnell. Nimm es als Mittsommerfick. Du hattest Einar, den Muskelpoeten. Erzähl es später deinen Enkeln. Lach irgendwann darüber, aber nimm diese Schwere aus der Nacht!«

Die Schwere? Sie hatte Sex gehabt, ohne zu verhüten! Das war schwer, wog schwer, zog sie weiter erdwärts. Was wusste Katla schon? Katla, die behauptete, man könne Dinge so oft tun, bis sie langweilig und unnötig würden. Dabei hatte Sonja noch nicht so viel Sex gehabt, dass er langweilig werden könnte. Und sie befürchtete, dass sie auch nie in diese komfortable Situation kommen werde. Diese ganze Sache warf sie aus der Bahn. Vor allem, wenn sie nicht wusste, was eigentlich passiert war. Verdammt!

»Hattest du viel getrunken?«, fragte Katla.

Sie klang auf einmal sehr sanft, sehr besorgt. Und das irritierte Sonja weit mehr. Katla konnte Seelen streicheln und Herzen erschüttern, und sie konnte hellsehen. Das war beängstigend.

»Hör mal zu, Sonja, er hat sich schon vor Jahren sterilisieren lassen. Er ist ein schwanzgesteuerter Macho, aber nicht dumm. Er hat eine Tochter aus einer ersten und einzigen Ehe, die mit ihrer Mutter in Reykjavík lebt. Er will seine Gene nicht mehr weitergeben. Und Aids hat er auch nicht. Einar kann Frauen blenden. Er vermittelt den Eindruck, als sei er von dir verzaubert, als zögest du als Zauberfrau ihm den Boden unter den Füßen weg. In Wahrheit ist das alles Kalkül. Ein klares Programm. Er ist ein Mann, mehr nicht.«

»Ach, und das weißt du alles!«, entfuhr es Sonja.

»Natürlich weiß ich das. Er ist mein Nachbar. Er ist ein Freund. Er lebt neben mir, und er ist im Winter tagelang der Einzige, den ich treffe, wenn die Straße unpassierbar ist. Wenn Stürme den Schnee unaufhörlich über die Straße treiben. Wenn sich Schneewächten größer als Häuser auftürmen. Natürlich kenne ich Einar. Er ist so.«

»Ein Freund. Von wegen! Du redest nicht gerade nett von ihm!«

»Doch, das tue ich. Aber nicht, wenn er einer kleinen Sonja aus Deutschland wehtut. Wenn du die Augen nicht aufmachst, muss ich nachhelfen.«

»Musst du nicht! Warum mischst du dich ein? Es geht dich nichts an. Gar nichts! *Dein* Leben ist leicht. Du weißt doch gar nicht, wie es ist.«

Katla sah Sonja interessiert an. »Wie was ist?«

»Das Leben! Du nimmst doch gar nicht am normalen Leben teil! Du hältst dich an keine Regeln. Du hast anscheinend auch keine Gefühle, die durcheinandergeraten können. Du bist so cool, dass dich kein Mann …«

»Stopp! Ich war nicht immer so alt und weise wie jetzt. Ich war auch nicht immer in der Position, in der ich jetzt bin. Es gab genug Männer, die mich berührt haben, erschüttert, getrieben zu Taten und Worten, auf die ich heute nicht stolz bin. Wenn ich Einar mit achtzehn kennengelernt hätte, dann wäre es mir vielleicht wie allen gegangen. Geblendet von seiner Show sieht man das Wesentliche nicht. Das Wesentliche ist, dass er ein verdammt guter Pferdemann ist. Dass er ein wunderbarer Handwerker ist. Dass er zuverlässig ist. Der Rest ist Blendwerk. Inszenierung. Er mystifiziert sich, das macht ihn für Frauen so attraktiv. Dabei ist er eigentlich nur ein starker Pferdezüchter mit einem großen Schwanz. Was im Prinzip schon genügen würde.«

Sonja spürte, dass ihr wieder die Röte ins Gesicht schoss. Katla provozierte, Katla manipulierte, Katla wollte sie aus der Reserve locken. Und es gelang ihr ja auch. So viel Widerspruch und Wehrhaftigkeit hatte Sonja all die Jahre nicht mobilisieren müssen. Nicht gegen Marc, nicht gegen ihre Chefin.

»Gut, du magst Gefühle haben. Aber du hast es leicht. Du arbeitest nicht. Du hast keinen Chef. Keine Struktur. Da kann man leicht philosophische Weisheiten von sich geben. Wenn man jeden Abend todmüde heimkommt, ist das schon schwerer. Da bist du froh, wenn du noch schaffst, dir was zu essen zu machen.«

Noch immer betrachtete Katla sie mit diesem Blick, vor dem Sonja am liebsten flüchten wollte.

»Stimmt, ich arbeite nicht regelmäßig, so wie gute Menschen das tun. Ist es das? Glaubst du, dass nur regelmäßige

Arbeit uns zu besseren Menschen macht? Denn dann können wir vor lauter Arbeit keine klaren Gedanken mehr fassen und werden zu einer Knetgummimasse und zu guten Bürgern. So betrachtet bin ich eine Gefahr für Sitte und Ordnung, da hast du recht. Aber ich arbeite ja. Einmal die Woche bin ich im Funkhaus. Und ich führe ein Guesthouse. Was sagst du nun?«

»Ach, so meine ich das doch nicht. Du … du … scheinst das Geld nicht zu brauchen, du …«

»Aha, nur reeller Broterwerb zählt. Pass auf, ich habe Geld, ja. Unsere Eltern haben uns ein paar Fisch- und Konservendosenfabriken vererbt.«

»Uns?«

»Meiner Schwester Karen und mir. Sie wollte gestern eigentlich auch kommen, war aber verhindert. Meine Schwester leitet bis heute eine der Fabriken. Ein paar andere hat sie verkauft und umstrukturiert, um am Weltmarkt konkurrenzfähig zu sein. Sie hat in Boston studiert, und zwar Volkswirtschaft, nicht etwas so Sinnloses wie isländische Literatur studiert – im Gegensatz zu mir. Deshalb habe ich übrigens dieses Faible für Sagas. Ich habe auch einen Doktortitel, falls dich das beeindrucken sollte. Meine Schwester jedenfalls kann das Big Business. Ich kann das Leben. Sie ist eine knallharte Buchhalterseele – rundum perfekt. Zu allem Überfluss hat sie auch noch einen reizenden Mann, einen charmanten Sohn und eine bildschöne, kluge Tochter. Karen hat mich ausbezahlt, das ermöglicht mir ein angenehmes Leben. Wolltest du das wissen? Macht mich das normaler und damit glaubwürdiger in deinen Augen?«

Sonja kam sich so dumm vor. »Und deine … eure Eltern?«

»Mein Vater ist vor fünfzehn Jahren beim Hochseefischen umgekommen, meine Mutter ein Jahr später.«

Sonja hielt die Luft an. Katla sagte das ohne jede sichtbare Regung.

»Ja, was?«, fragte Katla. »Du schaust so.«

»Was ist mit deiner Mutter passiert?«, fragte Sonja mit zittriger Stimme.

Sie selbst hatte ihre Mutter nie kennengelernt. Als Sonja ein Jahr alt war, hatte ihre Mutter sie bei ihren Eltern gelassen und war einfach abgehauen. Sie meldete sich nie wieder und wurde von Sonjas Großeltern auch nie mehr erwähnt. Nach dem Tod ihrer Oma – der Opa war schon vor vielen Jahren gestorben – hatte Sonja ein wenig nachgeforscht. Sie hatte sich gesagt, sie müsse die Frau, die ihre Mutter war, doch vom Tod der Oma informieren. Doch die Spur hatte sich schnell verloren. Und Sonja war in Mutlosigkeit versunken. Es war so viel zu tun gewesen: Beerdigung, Omas Sachen weggeben, und dann war ihr auch noch Marc abhandengekommen.

Sonja hatte nie eine Mutter gehabt, wozu brauchte sie jetzt noch eine? Und wenn sie sich vorstellte, dass ihre Mutter so wäre wie Katla … Dann besser gar keine! Sonja hatte sich doch ganz gut eingerichtet. Ihr kleines Leben war so dahingedümpelt, bis zu dem Moment, als die Katze begonnen hatte, die Nachbarschaft zu filmen.

»Meine Mutter ist in den Berg gegangen«, holte Katla sie aus ihrer Gedankenwelt zurück.

In den Berg gegangen? Sonja wartete, Katla würde es ihr schon erzählen.

»Meine Mutter wollte ohne meinen Vater nicht leben. Sie waren wie Zwillinge. Sie waren Yin und Yang. Sie waren zwei Schalen, die genau ineinander passten. Keiner konnte ohne den anderen sein. Ein Jahr lang hat sie es versucht, aber dann ging sie in den Berg. Der Platz war gut gewählt, der Snæfellsjökull ist unser perfektester Gletscher. Du kennst Jules Verne?«

»Ja.«

»Reise zum Mittelpunkt der Erde. Von Arnarstapi aus beginnt die Reise ins Erdinnere, führt durch den Krater und endet wieder vulkanisch, am Stromboli in Süditalien. Auch meine Mutter hat eine Reise zum Mittelpunkt ihrer Welt angetreten, denn das war mein Vater. Sie war auch Seherin. Durch den Snæfellsjökull gehen energetische Linien, die ausgehend von Gizeh in Ägypten über die Erdoberfläche laufen und starke Punkte verbinden. Eine dieser Linien läuft durch die magische Insel Iona vor Schottland und trifft genau bei der Strandakirkja auf der Halbinsel Snæfellsnes auf das isländische Festland. Dann geht sie weiter zum Ásfjall bei Hafnarfjörður. Da waren wir mit den Pferden an deinem ersten Tag in Island.«

Sonjas Kopf schwirrte. Katla sprach immer so viel und so intensiv.

»Aber wie konnte deine Mutter in den Berg gehen?«, fragte sie schließlich.

»Wenn ich dir das erklären soll, muss ich dich schon wieder mit einer Saga langweilen.«

»Du langweilst mich nicht«, versicherte Sonja. Eher das Gegenteil war der Fall: Katla war zu schnell. Diese Frau war energetisch zu sehr aufgeladen. Sonja hätte sich eher ein wenig Langeweile im Umgang mit Katla gewünscht.

»Die Bárðar Saga spielt am Snæfellsjökull. Ende des 9. Jahrhunderts siedelte sich in Island ein gewisser Bárður an, dessen Großeltern Riese und Troll waren. Im Klartext: Sein Großvater war ungewöhnlich groß, und seine Oma hatte wahrscheinlich seherische Fähigkeiten. Bárðus Vater, der Eismeerkönig Dumbur, hatte von beiden etwas mitbekommen und heiratete eine Frau namens Mjöll. Sie hatte so feine weiße Haut wie Schnee. Das isländische Wort für einen speziellen Schnee, der an ruhigen Tagen in sanften Flocken fällt, lautet heute noch Mjöll! Ihr Sohn Bárður war ebenfalls groß gewachsen. Er lernte von einem Zwerg eine Reihe von Kampftechniken, aber auch schamanische Fertigkeiten. So war er gut gerüstet, als er mit achtzehn beschloss, Norwegen zu verlassen. Er wollte – wie viele der Siedler – nicht länger unter der Knute von König Harald leben. Als er an der isländischen Küste entlangsegelte und den Gletscher sah, nannte er ihn Snæfellsjökull. Auch Snæ ist ein Wort für Schnee. Für etwas so Zauberhaftes wie Schnee braucht man mehrere Wörter. Da genügt nur eines nicht.«

Sonja lauschte. Katla lächelte sie auf eine seltsame Weise an und fuhr fort: »Bárður siedelte erst bei Dritvík und zog später weiter Richtung Osten. Bis sein Hof gebaut war, lebte er mit seinen Leuten in einer Höhle am Berg. Bárður war der erste Mensch, der den Gletscher bestieg, und zwar mithilfe eines speziellen Gehstocks. Bárðurs starke Verbindung zum Gletscher blieb auch bestehen, als er im Tal wohnte. Die Saga endet damit, dass der große starke Mann

Bárður nach einem Streit mit seinem Bruder all seine weltlichen Güter weggab und einfach ›in den Gletscher ging‹. Bis heute besagt der Volksglaube, dass der Geist großer Menschen in Bergen weiterlebt. In Island bittet man nicht bloß Gott oder Thor um Kraft, sondern ruft zur Sicherheit auch noch Bárður an.«

»Und deine Mutter?«

»Meine Mutter ist auch in den Berg gegangen. Wie Bárður. Man hat ihre Stöcke und ihren Rucksack in der Sönghellir gefunden, der Singenden Höhle, ihre Leiche jedoch ist spurlos verschwunden. Die Suchtrupps haben nach zwei Wochen aufgegeben.«

Sonja merkte, dass sie Katla mit offenem Mund angestarrt hatte. Sie klappte ihn zu und verharrte in dieser Sprachlosigkeit, die sie die letzten Tage so oft attackiert hatte.

Katla lächelte wehmütig. »Ich hatte von Anfang an gesagt, dass die Suche sinnlos sei. Aber die Bergrettung muss ja suchen. Ich bin davon überzeugt, dass es meiner Mutter gut geht. Es gibt keinen besseren Platz. Ja, der Platz ist gut gewählt.«

»Und ihr habt sie nie begraben?«, flüsterte Sonja.

»Es gibt ein Grab in Grindavík. Für Vater und Mutter. Keiner von beiden wurde je gefunden. Deshalb haben wir Holzfiguren bestattet, die Einar geschnitzt hat. Ich spüre meine Eltern ja auch so, aber es gibt Menschen, die brauchen einen Bezugspunkt für ihre Trauer. Meine Schwester zum Beispiel braucht das. Es ist unumstritten, dass am Snæfellsjökull Felsen mit besonders hohem Eisengehalt bestehen und dass das elektromagnetische Feld sehr stark ist. Das ist messbar. Aber selbst kühle Rationalisten wie meine Schwester attestieren dem Platz unterm Gletscher einen besonderen Zauber. Der isländische Literat und Nobelpreisträger Halldór Laxness und der Maler Kjarval reisten immer wieder nach Hellnar, gleichsam magisch angezogen von dieser schneeweißen Haube aus ewigem Eis.«

Wie konnte Katla diese unglaublichen Geschichten einfach so dahersagen? Sie überfrachtete ihre Erzählungen, fand Sonja, und machte sie zu dicht für ihr kleines Hirn. Zu viel, zu schnell, zu schwer. Und diese Frau sagte ihr auch noch, sie solle die Schwere aus der Nacht mit Einar nehmen?

»Ich glaube schon, dass es so etwas gibt. Orte der Kraft, nur …«, setzte Sonja an.

»Nur?«

»Deine Mutter, sie …«

»Sie ist in den Berg gegangen. Was ist daran so schwer zu begreifen? Sonja, du packst jetzt wieder aus! Wir suchen diesen Sven und deine Katze. Und dann kannst du abreisen. Lass Einar Einar sein. Es gibt Wichtigeres auf der Welt.«

Mit diesen Worten drehte sie sich um und ließ Sonja einfach stehen. Ohne sich umzudrehen, ging sie in ihr Haus.

Sonja stand eine Weile da. Dann lief sie zur Straße und weiter Richtung Dorf. Sie musste gehen. Jetzt erst recht. Sven würde morgen wieder in Akureyri sein, und sie würde ihn stellen. Ohne die anderen und die Anderen. Ohne Katla. Es war ihr Weg. Nur ihrer.

Sie zuckte zusammen, als ein Auto hinter ihr anhielt. Es war Magnus.

»Where are you going?«

»Akureyri. I … I … I must …«

»Jump in. I drop you at the bus stop.«

Magnus schien auch nicht sonderlich verwundert zu sein. Er beließ es bei ein paar Fragen zur Katzensuche, die Sonja mit äußerster Beherrschung beantworten konnte. Er wünschte ihr noch eine gute Zeit in Island, als er sie an der Bushaltestelle aussteigen ließ.

Sie blieb allein dort stehen und wartete. Allein in einem sturmzerzausten Land, das heute so still war. Weit und breit war kein Auto zu sehen. Dreißig Minuten später kam ein Bus, der auch wirklich nach Akureyri fuhr. Sonja löste einen Fahrschein, und die Busfahrerin lächelte sie fröhlich an. Ein ganz normaler, stiller Morgen hier im Norden. Die Explosionen in Sonjas Innerem konnte keiner sehen.

10

Akureyri, Island

Ihre Hunde bellten, und es klopfte mehrmals an der Tür. Katla fragte sich, wer es sein mochte. Einar sicher nicht, der klopfte anders. Es war Hauptsaison, da kamen immer einmal unangemeldete Gäste vorbei. Es war nämlich gar nicht so einfach, ohne Vorbuchung eine Unterkunft zu bekommen. Oder jemand von den Hausgästen? Aber die schliefen doch alle ihren Rausch aus. Katla öffnete und hielt überrascht inne.

»Torunn! Was machst du hier?«

»Ich habe versucht dich anzurufen, aber keiner hat abgenommen. Da bin ich einfach hergekommen.«

»Wir hatten ein Fest gestern. Es liegen auch noch einige Alkoholleichen herum. Ich habe das Schnurlostelefon irgendwo im Haus abgelegt. Du bist den ganzen Weg extra hergefahren? Magst du Kaffee?«

»Gerne.«

Katla bat Torunn in eine Wohnküche mit hellblauen Küchenmöbeln. Um den Holztisch standen bemerkenswerte Stühle, Produkte aus Einars Schnitzwerkstatt, deren Lehnen Gesichter trugen. Auf einem Kratzbaum lagen zwei Tiger.

Katla nahm zwei Fläschchen mit Tabletten und ein paar

Kräuter vom Tisch, die in einer Schale zerbröselt waren. Torunn sagte nichts. Sie wartete, bis der Kaffee aus der Durchdrückkanne auf dem Tisch stand.

»Du bist nicht aus den Ostfjorden gekommen, weil du Sehnsucht nach mir hattest, oder?«, sagte Katla lächelnd.

»Natürlich, du machst Kaffee so wie ich. Deshalb bin ich gekommen.« Torunn lächelte auch und sah doch angestrengt aus. »Neben der Sehnsucht und dem Kaffee, der übrigens sehr gut ist, geht es um etwas anderes. Als ihr weg wart, hat Kristin irgendwie bedrückt gewirkt. Wir haben ja gleich die Plakate mit dem Foto der Katze aufgehängt, wir haben viele Leute gefragt, wir haben im Hafen gesucht. Und Kristin war weiterhin sehr still. Ich dachte erst, weil sie so traurig war, dass wir nicht helfen können. Dass wir die deutsche Katze nicht gefunden haben. Aber ich kenne meine Tochter, da war etwas, das ihr zu schaffen machte. Gestern hat sie mich dann gefragt, wie wichtig es ist, dass man die Wahrheit sagt.«

Katla lachte auf. »Und? Das ist eine Gewissensfrage. Was hast du gesagt? Liebes Kind, du musst immer die Wahrheit sagen, es gibt nichts Besseres als die Wahrheit. Oder: Nun, mein lieber Schatz, ganz kleine Notlügen sind erlaubt. Oder: Wenn du Menschen damit schonen kannst, darfst du lügen, weil die Wahrheit weit mehr Schaden anrichtet. Wer liebt, darf lügen. Was hast du getan?«

Torunn lächelte. »Ich hatte ähnliche Ideen wie du im Kopf. Aber ich habe mich mit meiner schwarzen Seele auf eine kindgerechte Version geeinigt. Wenn man etwas sagen will und Bauchweh bekommt, wenn man es nicht sagt, ist es doch besser, man spuckt es aus. Weil Bauchweh ganz schlecht ist.«

»Eine gute Antwort. Bauchweh ist schlimmer als Heimweh. Und dann?«

»Kristin war sehr ernst und hat gesagt, sie müsse nachdenken. Was sie dann auch getan hat. Eine halbe Stunde später ist sie wiedergekommen und hat gesagt, sie habe eigentlich nicht gelogen, sondern bloß nicht alles sofort erzählt.« Torunn griff in ihre Handtasche und förderte eine Speicherkarte zutage. »Kristin hat die Karte nämlich doch rausgenommen, als sie das Halsband gefunden hatte. Diesen Teil der Geschichte hat sie aber ausgespart.«

»Ich kann sie gut verstehen. Wir haben alle auf sie eingeredet, es war schon schwer genug, die Lüge mit dem Hafen zuzugeben. Armes Ding! Und deshalb bist du extra gekommen?«

»Ja, weil ich … ich … ich habe …«

»Du hast dir den Inhalt der Speicherkarte angesehen?«

»Ja, und ich glaube, du solltest das auch tun. Hast du einen Laptop da?«

»Ja, Moment, ich hole ihn.«

Katla war wenig später zurück, schaltete ihren Laptop an und schob die kleine Karte ein. Ein Film begann zu laufen. Sie sah verwischte Bilder, eine wackelige Welt. Plötzlich war ein alter Mann zu erkennen, der auf seinem Klo saß. Er hielt eine Zeitschrift in der Hand. Das Bild wurde kurz klarer. Man sah, dass es ein Pornoheft war. Dann sah man ihn pressen. Katla drückte auf »Pause«.

»Da sitzt ein Mann auf dem Klo und liest Pornohefte?«

Katla war selten aus der Fassung zu bringen, aber das war einer dieser Momente. Was war das nur?

»Lass mal weiterlaufen«, sagte Torunn sehr leise.

Grün, sattes Grün. Verwischte Blätter, schnelle Bilder, dann ein Stopp. Ein Gartenteich, eine Treppe. Man sah Weinkartons in einem Keller. Dann wieder Licht und lange Zeit nur Grün. Schließlich eine Wäscheleine voller Dildos.

Katla stoppte wieder. Ihr Blick suchte Torunns. »Was ist das, bitte?«

»Ich habe ähnlich geschaut wie du. Dann habe ich ein wenig gegoogelt und im Internet die Lösung gefunden. Ich glaube, diese Sonja hat ihrer Katze eine Catcam umgehängt.«

»Eine was?«

»Eine Catcam. Damit filmen Katzen ihre Umgebung. Kommt aus den Staaten. Ich glaube, das ist alles bei Sonja zu Hause aufgenommen, und die Katze filmt die Nachbarn.«

Katla goss sich Kaffee ein, nahm einen großen Schluck. Ihr Lachen, das sonst aus ihr herausbrach wie ein isländischer Vulkan, war irgendwo stecken geblieben. »Die schüchterne Sonja, dieses Bündel an Selbstzweifeln, ist eine Spannerin? Willst du mir das gerade sagen?«

»Wenn du das so formulierst, ja. Irgendwie schon«, sagte Torunn leise.

Katla drückte wieder auf »Play«, und nach einigen Wischern wurde das Bild sehr gut, und man konnte genau mitverfolgen, wie ein junger Mann auf einer Couch eine Frau beglückte.

»Sie spannt! Sie ist ja wirklich ein Gluggagægir. Diese Sonja! Dieses Mäuschen! Ich fasse es nicht!«, rief Katla.

Der Film lief weiter. Wieder viel Grau und Grün und dann zwei Menschen am Fenster, die den Mund merkwürdig verzogen.

»Was tun die denn da?«

»Ich weiß es nicht. Singen vielleicht? Achtung, aber jetzt musst du genau hinsehen.«

Da war ein Gartenteich. Wasserpflanzen sirrten vorbei, Lichtreflexe. Neues Gewackel. Die Wohnung mit der Couch. Auf dem Boden lag eine Frau. Ein Sessel verdeckte ihren Oberkörper, aber da waren Beine, da war ihr Kopf. Langes blondes Haar. Wackeln. Gartenmöbel, dann wieder das Zimmer. Da war ein junger Mann. Er saß auf der Frau, beugte sich nach vorne und hielt dabei etwas in der Hand. Wackeln, Unschärfe. Der Mann schien dieses Etwas um den Hals der Frau gewickelt zu haben. Und jetzt zog er zu. Die Kamera fuhr weg, wieder hin. Die Frau lag leblos da. Die Haare am Boden ausgebreitet. Plötzlich wurde alles grau.

Katla starrte auf das Standbild. Sie lehnte sich im Stuhl zurück, und wie in Zeitlupe suchte ihr Blick den von Torunn. »Denkst du das, was ich denke?«

Torunn nickte. »Ich befürchte es. Da wurde eine Frau ermordet. Erwürgt. Oder?«

Katla ließ die Szene noch mal laufen. Sie starrten beide auf den Bildschirm. Der Mann schien dieses Etwas um den Hals der Frau gewickelt zu haben. Und jetzt zog er zu. Die Kamera fuhr weg, wieder hin. Die Frau lag leblos da. Die Haare am Boden ausgebreitet. Plötzlich wurde alles grau.

Und das Grau ging nicht weg. Es wurde nicht anders. Das Grauen blieb.

Katla stand auf und holte eine unbeschriftete Flasche aus dem Schrank. Sie schenkte zwei Gläser ein, beide Frauen tranken auf ex, ohne sich zuzuprosten. Noch immer zeigte der Bildschirm nichts als Grau.

»Okay«, sagte Katla. »Wir müssen die Nerven bewahren. Das ist also die Speicherkarte, die im Halsband der Katze war. Dieses Band hast du nach Deutschland geschickt. Richtig?«

Torunn nickte.

»Sonja hat immer wieder von der Karte geredet, und wenn ich es mir recht überlege, dann war sie bei der Erwähnung der Karte immer etwas komisch, konfus, panisch. Und ich hatte mehrfach den Eindruck, sie wollte mir etwas sagen. Da war etwas. Aber Sonja ist nicht gerade eine offensive Persönlichkeit.«

Torunn nahm einen Schluck Kaffee. »Und ich bin in einer historischen Tracht herumgehüpft, und du bist, na ja …«

»Ich bin eine Gewitterfront. Eine zynische Gewitterfront. Ich weiß. Natürlich hat sie gerade mir nichts gesagt. Puh!«

Die beiden Frauen schwiegen eine Weile. Sie mussten das Gesehene erst mal verarbeiten. »Und du meinst, sie kennt die Bilder?«

Katla zögerte. »Ich denke, schon. Das wäre nur logisch.«

»Und sie kennt den Mann?«

»Bestimmt, es muss ja ein Nachbar von ihr sein. So weit wird diese Katze ja nicht pilgern.«

»Katla!« Torunn klang gequält. »Wenn du so was sehen würdest, was würdest du tun? Würdest du die Karte etwa wieder ins Halsband zurückstecken?«

»Ich weiß es nicht. Vielleicht hat sie sich den Inhalt der Speicherkarte zu Hause auf den Computer geladen.«

»Aber dann würde ich doch zur Polizei gehen! Du etwa nicht?«

»Doch. Ich bin zwar dafür bekannt, die Obrigkeit nicht zu respektieren, aber in so einem Fall würde selbst ich zur Polizei gehen.«

»Vielleicht hat Sonja das ja auch getan?«, mutmaßte Torunn.

Katla atmete tief durch. »Wir fragen sie. Komm!«

Sie gingen hinüber ins Guesthouse. Sonjas Zimmer war leer, ihre Sachen weg.

»Sie wollte heute früh abreisen«, meinte Katla, »aber ich hatte ihr das eigentlich ausgeredet. Dachte ich zumindest. Vielleicht ist sie bei Einar. Los!«

Die beiden Frauen liefen auf den Nachbarhof. Einar lag auf der Couch und schlief. Er trug eine sehr kurz abgeschnittene Jeans, die mehr freigab, als sie verbarg. Torunn konnte sich nicht verkneifen zu flüstern: »Nettes Waschbrett.«

»Ja, das ist sein Kapital. Und sein bestes Stück. Und noch ein paar andere Vorzüge wie selbst komponierte Musik und filigranes Schnitzwerk.« Sie stupste ihn an und bohrte ihm einen Finger in den Oberarm. »Einar, wach auf! Wo ist Sonja?«

Er fuhr hoch. »Spinnst du?«

»Wo ist Sonja?«

»Keine Ahnung. Vielleicht im Atelier. Da war sie zumindest, als ich ging. War etwas betrunken, die Kleine.«

»Du Widerling! Erst das Mädchen abfüllen und dann so ein dummer Spruch.«

Er stand auf und überragte die beiden Frauen um einiges. »Sonja ist erwachsen. Ich diskutiere mit dir nicht darüber, wie und mit wem ich meine Nächte verbringe. Nicht mit dir, Katla!« Seine Augen blitzten.

»Du bist ein Arschloch!«, schrie Katla. »Und pack deinen Liebling weg, der hängt so nutzlos raus!«

Einar sah an sich hinunter, fingerte dann an seiner Jeans herum, während Katla mit Torunn im Gefolge hinausstürmte. Katla sank auf die Stufen ihres Hauses, Torunn blieb vor ihr stehen.

»Sonja hat mit ihm geschlafen?«, fragte Torunn. »Die macht ja Sachen. Hätte ich ihr gar nicht zugetraut. Er ist ja schon …«

»Hör bloß auf! Er ist ein körperverliebter Macho. Und sie hat sich das selber wohl auch nicht zugetraut. Sie war vorher völlig durch den Wind. Wahrscheinlich hat sie nur noch eine vage Erinnerung an die Nacht. Wenn überhaupt. Und jetzt ist sie abgehauen. Mit Sack und Pack. Ich könnte Einar erwürgen! Was machen wir bloß?«

»Sonja suchen? Weit kann sie noch nicht sein. Und wir müssen zur Polizei gehen«, sagte Torunn. »Wir fahren nach Akureyri und nehmen den Laptop mit, oder?«

»Woher willst du wissen, dass sie Richtung Akureyri geflohen ist und nicht in die andere Richtung? Zurück nach Seyðisfjörður zum Beispiel? Weil sie ihre Katze finden will?«

»Ich dachte eigentlich, ihr wolltet den Mann mit dem Bus finden? Sven? Hieß der nicht so? Und der soll doch in Akureyri sein.«

»Den haben wir schon gefunden. Er kommt heute in das Guesthouse in Akureyri zurück. Ich hatte allerdings den Eindruck, dass Sonja …« Katla hielt kurz inne. »Torunn, wir sind blind! Und taub! Wir sind wie die drei Affen! Ich hatte ein paarmal den Eindruck, Sonja wollte Sven gar nicht finden. Torunn! Sven ist der Mann in dem Film. Er ist der Mörder. Ihre Katze ist mit einem Mörder mitgefahren.«

Torunn plumpste nun auch auf die Treppe vor Katlas Haus. »Ein Frauenmörder ist mit ihrer Katze nach Island gefahren? Sie folgt einem Mörder und weiß das auch?«

»Ich fürchte schon. Das arme Mädchen! Das wollte sie mir sagen. Ich dachte, es ginge um Einar. Und dieses Thema wollte ich klein halten, damit ihre Gefühle nicht noch größer werden. Aber sie wollte über den Mord reden. Verdammt. Ich werde immer blinder!«

»Wie hättest du das auch ahnen sollen? Das ist doch komplett verrückt. Kein Mensch reist einem Mörder hinterher«, meinte Torunn. »Aber dann kann dieser Sven die Bilder der Catcam doch auch gesehen haben. Wenn er die Katze in seinem Bus gefunden hat, wenn er ihr das Halsband abgenommen hat, dann hat er die Karte gefunden. Vielleicht hat er reingesehen. Er hat sich die Zusammenhänge überlegt. Wenn Sonja ihn kennt, dann kennt er sie vielleicht auch. Das ist ja schrecklich.«

Katla hatte sich neben Torunn gesetzt. »Und dann steckt er die Speicherkarte wieder ins Halsband? Das würde er doch nie tun. Das ist alles dermaßen konfus.«

»Hast du eine tagesaktuelle Zeitung?«, fragte Torunn unvermittelt.

»Nein, wozu?«

»Und Internet?«

»Na klar.«

Torunn ging hinein, und Katla folgte ihr.

»Was machst du, Torunn?«

»Warte!«

Sie tippte eine Weile auf der Computertastatur herum, dann drehte sie den Bildschirm in Katlas Richtung. Ein Artikel aus dem *Morgunblaðið*. Am Strand bei Skagafjörður war am Vortag die Leiche einer holländischen Touristin gefunden worden. Womöglich war die junge Frau erschlagen worden. Die Polizei bat um Mithilfe.

»Skagafjörður ist ja nicht weit von Akureyri. Und dieser Sven war genau zu der Zeit in der Region.« Torunn flüsterte nur, als wären leise ausgesprochene Annahmen nicht so schlimm.

Katla war aufgesprungen. Sie packte den Laptop. »Ich hatte mir neulich mal eine Zeitung gekauft. Das war, nachdem ich mit Sonja bei dir gewesen war. Schon da hatte ich vom Verschwinden der Holländerin gelesen. Ich hatte Sonja davon erzählt, und sie war völlig konsterniert. Klar, sie muss damals schon gedacht haben, dass der Frauenmörder wieder zugeschlagen hat. O nein, und nun ist die Frau tatsächlich tot? Los, wir fahren nach Akureyri. Zur Polizei. Schnell!«

Als sie auf die Ringstraße einbiegen wollten, kam ihnen ein Auto entgegen, das verwegen die Kurve schnitt. Es war Magnus. Er kurbelte das Fenster runter. »Ist heute großer Ausflugstag? Erst Sonja, dann ihr?«

»Was ist mit Sonja?«, rief Katla.

»Ich hab sie vor etwa zwei Stunden da vorne an der Bushaltestelle abgesetzt.«

»Welche Richtung?«

»Was?«

»Mit welchem Bus wollte sie fahren?«

»Nach Akureyri. Stimmt alles mit dir, Katla?«

Doch Katla war schon mit quietschenden Reifen durchgestartet. Womöglich wollte Sonja diesen Sven aufsuchen. Sie wusste, wo das Guesthouse lag, und rannte sehenden Auges einem Frauenmörder in die Arme.

Doch was, wenn sie sich den Chip doch nicht angesehen hatte? Dann war es ja fast noch schlimmer, denn dann wusste sie ja nichts von den Neigungen ihres Nachbarn und lief ihm ins offene Messer. Oder besser gesagt in den Würgegriff. Katlas Zynismus war in Angst umgeschlagen, eine Angst, die sie nur ganz schwer unter Kontrolle halten konnte. Sie vermied es, Torunn anzusehen, denn sie wollte nicht, dass sie sich mit ihren Überlegungen gegenseitig in Panik versetzten. Panik verstellte jedes Denken. Das wusste Katla. Daher hatte sie sich die Devise »Keep cool« zur Lebensmaxime gemacht. Aber hier ging es nicht um sie selbst. Hier ging es um Sonja. Dieses Schäfchen, das Katla so ans Herz gewachsen war.

Anstatt sofort zur Polizei zu fahren, schoss Katla den Berg zum Bed & Breakfast hinauf. Die Inhaberin sagte, sie habe weder Sven noch Sonja gesehen. Aber der nette junge Mann habe ja noch eine Nacht bei ihr gebucht und werde wohl spätestens gegen Abend auftauchen.

Katla sprang wieder ins Auto. Wie zuverlässig waren die

Aussagen eines Frauenmörders? Vielleicht wollte er ja nur von seiner Spur ablenken. Vielleicht würde er gar nicht kommen. Oder er war schon abgereist von der Insel? Wer wusste schon, wie Psychopathen tickten? Vielleicht sonnte er sich darin, es mit dem Mord in die Zeitung geschafft zu haben, und hatte Blut geleckt. Und nun traf er auf Sonja …

Es war Torunn anzusehen, dass auch sie komplett unter Strom stand, während sie und Katla das Polizeigebäude stürmten. Sie eilten ins Büro von Guðmundur, der mit Katla in der Schule gewesen war. Im Bett war er auch mit ihr gewesen. Und in Autos, Scheunen oder einfach unter freiem Himmel oben auf dem Berg. Damals war Katla Teil der Kifferclique von Ragnar gewesen. Sie hatte Guðmundur geliebt. Auf ihre Weise. Was hatte der für eine Karriere gemacht! Wenn einer die Seiten gewechselt hatte, dann er. Vom Kifferkid zum Ordnungshüter.

»Hallo, Katla! Ist das ein Überfall? Oder hast du mal wieder Zäune, Brücken, Mülltonnen oder Schafe überfahren?« Er klang gutmütig wie ein Mann, den wenig aus der Ruhe brachte, was für einen Polizisten am Polarkreis sicher nicht hinderlich war.

»Nichts von alledem. Schau dir das bitte an!« Sie stellte den Laptop auf den Tisch und drückte ein paar Tasten. Schweigend sah sich Guðmundur den Film an, der vor ihm auf dem Bildschirm lief. Seine Stirn legte sich in immer tiefere Falten.

Als nur noch Grau zu sehen war, begann Katla leise zu sprechen. Sie erzählte, was sie wusste, von ihren Annahmen und Befürchtungen. Davon, dass Sonja mit hoher Wahrscheinlichkeit auf dem Weg zu diesem Mann war.

Und dass es sicher kein Zufall war, dass man nun ausgerechnet hier in Nordisland eine tote Touristin gefunden habe.

Ihr Jugendfreund hatte reglos zugehört, dann ließ er den Film noch einmal durchlaufen.

Die Fragen, die er nun stellte, waren klar und kühl wie ein Polarmorgen. Er wollte wissen, wie der Verdächtige hieß, wo er herkam, in welchem Bed & Breakfast er wohnte. Und er bat Katla um eine Personenbeschreibung von Sonja. Die Antworten von Katla und Torunn kamen so atemlos, dass er mehrfach nachfragen musste. Dann schickte er die beiden Frauen zu seinem Computerspezialisten, um ein Bild von Sonja anfertigen zu lassen. Katla hatte kein Foto von Sonja. Sie fotografierte prinzipiell nicht, weil sie der Meinung war, dass Fotos die Seelen raubten.

Sie kannte ihren alten Weggefährten. Er war nun aufs Äußerste beherrscht, und genau deshalb war ihr klar, dass er auch aufs Äußerste alarmiert war. Die Polizei würde nach Sven und Sonja fahnden, sie würde in Kürze die Autonummer dieses Busses haben, sie würde den Mann finden. Und hoffentlich auch Sonja. Lebend.

Der Kollege am Computer arbeitete, während die große alte Uhr, die an eine Bahnhofsuhr erinnerte, minutenweise vorwärtsklackerte. Die Zeit war eine trügerische Gesellin. Sie konnte kriechen oder galoppieren. Rein objektiv waren fünfundsechzig Minuten vergangen, seit Torunn und Katla das Gebäude betreten hatten. Endlich betrat Guðmundur den Raum.

»Es ging jetzt doch schneller als gedacht«, sagte er. »Im

Hafen steht schon seit zwei Tagen ein Bus im Halteverbot. Der war so dumm abgestellt, dass er einen Fischer beim Ausladen massiv behindert hat. Der Fischer hat heute angerufen und herumgeschimpft wie ein Papageientaucher von der Steilküste, dem ein anderer die Frau abspenstig gemacht hat. Er hat von uns verlangt, dass wir diese sperrige Touristenschleuder abschleppen lassen. Ein kleineres Auto hätte er ja längst eigenhändig ins Hafenbecken gekippt, hat der alte Lars gebrüllt. Er ist eben etwas cholerisch veranlagt. Deshalb sind meine Kollegen zum Hafen gefahren, um sich ein Bild von der Situation zu machen. Tatsächlich stand dort unten ein Bus sehr unglücklich und regelwidrig geparkt. Das Kennzeichen lautete AIC SN 007. Ein deutscher VW-Bus. Meine Kollegen haben Lars im Zaum gehalten und einen Abschleppwagen gerufen. Unten am Hafen ist ihnen eine junge Frau aufgefallen, die sich dort herumgedrückt hat.«

Torunn und Katla warfen sich vielsagende Blicke zu.

»Sie ist näher gekommen und hat gefragt, ob sie mal in den Bus schauen dürfe. Sie hat wohl ziemlich verstört gewirkt. Die Polizisten haben erst gedacht, dass es vielleicht ihr Bus sei, denn sie kam offenbar auch aus Deutschland. Aber sie hat ihnen eine wirre Geschichte von einer Katze erzählt, die in den Bus eingestiegen sei. Im ganzen Hin und Her ist dann auch noch die Frau vom Ticketschalter der Touristenboote gekommen und hat gesagt, dass der Mann, dem der Bus gehört, mit dem Boot nach Grímsey gefahren sei. Sie wusste auch zu berichten, dass der junge Mann ein Guesthouse auf Grímsey gebucht habe. Die junge Frau konnte anscheinend kein Isländisch, muss aber mitbekommen haben, worum es ging. Sie ist noch nervöser geworden und wollte dann auch ein Ticket lösen. Da aber aktuell kein Schiff fuhr, hat die Ticketverkäuferin ihr zum Flugzeug geraten. Die Kollegen haben noch ein bisschen beratschlagt. Als sie fertig waren, war die junge Frau schon wieder weg. Das hat meine Kollegen nicht sonderlich beunruhigt, denn verwirrte Touristen gibt es in der Sommersaison wahrlich genug. Ich gehe davon aus, dass Sonja Weber nach Grímsey geflogen ist. Und jetzt fahre ich zum Flughafen«, schloss er und bat den Computerspezialisten, ihm das Bild auszudrucken.

»Du meinst, beide sind nun auf Grímsey?«, flüsterte Katla.

»Ja. Ich informiere dich über alles Weitere.«

»Den Teufel tust du! Wir kommen mit!«

»Katla, das ist ein Polizeieinsatz. Ich habe einen Hubschrauber angefordert.«

»In dem wir mitfliegen!«

»Nein!«

»Also, ich kann gut hier warten. Ich würde …«, sagte Torunn, der schon beim Gedanken an einen Hubschrauberflug übel wurde.

»Aber ich komme mit. Leg dich nicht mit mir an, Guðmundur. Wie lange kennst du mich schon?«, rief Katla.

»Zu lange.« Er lächelte.

»Du hast früher schon gegen mich verloren. Beim Schach und im Leben. Also?«

»Gut, aber nur unter der Bedingung, dass du dich auf der Insel nicht vom Fleck rührst. Du sprengst mir keinen Einsatz. Sonst werf ich dich über die Klippen!«

»Ja.« Und auf einmal senkte sie die Stimme. »Ich möchte Sonja nahe sein. Ich möchte ihr Kraft schicken. Wenn sie noch …«

Torunn traten die Tränen in die Augen. Das Bizarre war so real geworden. So bedrohlich. So nah.

Katla drückte Torunn ganz kurz, dann sprang sie zu den beiden Männern ins Auto, das in Richtung Flughafen davonflitzte.

In Keflavík angekommen, liefen sie ins Flughafengebäude. Das Mädchen am Schalter erkannte Sonja anhand der Computerzeichnung. Ja, die sei heute geflogen. Sie habe einen kombinierten Hin- und Rückflug gebucht. Der Rückflug würde am Abend sein.

Der Hubschrauber stand schon mit kreisenden Rotoren bereit. Wenig später hob er ab, senkte sich zur Seite und schwenkte hinaus über den Fjord. Dank ihrer Herkunft aus einer Hochseefischereifamilie war Katla früher viel auf Schiffen unterwegs gewesen und nie seekrank geworden. Das half ihr auch bei diesem halsbrecherischen Hubschrauberflug. Der Helikopter flog hart an der Fjordkante und stürzte wie ein Raubvogel auf die Insel Grímsey nieder.

Sie alle rannten über das Flugfeld. Guðmundur brüllte gegen das Rotorengeräusch an: »Du bleibst hier. Sonst lege ich dir Handschellen an und kette dich an einen Zaun.«

Er meinte es ernst, und Katla blieb zurück. Sie hatte sich längst in eine andere Welt versenkt und rief die Anderen um Hilfe an.

11

Grimsey, Island

Die Maschine röhrte ohrenbetäubend, schaukelte mal nach rechts, dann wieder nach links, hier ein Hüpfer, da eine aparte Schräglage. Die Tragflächen berührten fast die Hänge. Wasserfälle stürzten aus den Schneekuppen dieser hellgrünen Basaltberge direkt ins Meer – und vor lauter Augenaufreißen vergaß Sonja fast, dass sie eigentlich Angst hatte.

Sie beruhigte sich damit, dass die isländischen Piloten den Ruf genossen, die besten der Welt zu sein, denn sie konnten auch bei Weltuntergangswetter perfekt auf Schotterpisten aufsetzen.

Dieser Pilot jedenfalls landete die winzige Passagiermaschine sicher auf der nur gut fünf Quadratkilometer großen Insel. Das war also Grímsey, hier war Sven untergetaucht. Wenn er auch von hier schon wieder abgereist war, dann würde sie aufgeben. Sonja hatte keine Kraft mehr, vor allem aber nagten Katlas Sätze über Einar an ihrem Herzen.

Das erste Guesthouse lag nicht weit weg vom Flughafen. Sollte sie einfach hineingehen und nach Sven fragen? Unentwegt hatte sie sich überlegt, wie sie am besten vorgehen sollte. Sie könnte sagen, dass sie schon lange einen

Islandurlaub geplant und ganz zufällig erfahren habe, dass er auch hier sei. Das sei doch wirklich ein Zufall … Doch das kam ihr jetzt völlig unglaubwürdig vor. Oder sie könnte nach ihrer Katze fragen, ohne die Sache mit der Kamera zu erwähnen. Doch das fand sie auf einmal völlig schwachsinnig. Sie beschloss, sich das Haus einfach mal von außen anzusehen.

Das ganze Haus wirkte wie ausgestorben. Sonja rief mehrmals so leise »Hallo?«, dass nur Tiere mit einem sehr feinen Gehör es hätten wahrnehmen können. Nichts regte sich. Sie betrat das Haus und gelangte in eine Art Frühstücksraum, wo der Fernseher lief. Niemand war zu sehen. Es gab ein Bord mit acht Schlüsselplätzen, und es war sicher ihrem völlig verwirrten Geisteszustand zuzuschreiben, dass sie die vier Schlüssel, die da hingen, an sich nahm.

Sie klopfte an das erste Zimmer. Nichts. Sie sperrte auf. Ein Mehrbettzimmer, das leer war. Auch das nächste Zimmer war nicht belegt. Sie stand unschlüssig auf dem Gang, als eine Tür aufging. Ein junges Pärchen, sie mit Zöpfen, er mit Rastas, kam heraus, die beiden warfen ihr ein »Hi« zu und gingen vorbei. Wieder wurde es still. Sonja klopfte an die dritte Tür. Stille. Sie klopfte fester. Noch immer Stille. Also sperrte sie auf. Es war ein puristisches Doppelzimmer, auf dem einen Bett lag ein Schlafsack. Am Stuhl hing eine Jacke, die Sonja bekannt vorkam. Es war eine grüne Jacke, eine dieser ganz leichten Daunenjacken, die man zurzeit trug. Sie gehörte Sven Neidhardt. Sie hatte ihn darin gesehen, als er ihr im Garten begegnet war. Auf dem Boden stand eine Sporttasche.

Die Regulationsmechanismen in Sonjas Gehirn hatten inzwischen offenbar komplett Urlaub genommen. Sie begann in der Tasche zu wühlen, sie fummelte in den Hosentaschen einer Jeans, sie ertastete einen Laptop. Im Kartenleser steckte nichts, bestimmt hatte er die Karte vernichtet. Sonja stellte den Laptop aufs Bett und ließ ihn hochfahren. Passwortgesichert, na klar! Was nahm so einer wohl als Passwort? Sonja tippte das Wort »Dildo« ein. Nichts.

Ihr erregtes Herz und ihr blockiertes Hirn, in dem die Synapsen nur noch sehr singulär schalteten, registrierten die Schritte zu spät. Sie sprang auf, während die Tür sich zu öffnen begann. Sonja rannte ins Bad und wollte sich einschließen – doch da war kein Schlüssel.

»Hey!« Das war die wohlbekannte Stimme des Wüstlings. »What's going on? Are you trying to steal my laptop? Get out of here!«

Die Schritte kamen näher. Jemand versuchte, an der Klinke zu ruckeln, doch Sonja drückte sie nach oben.

»Hey! Come out! Open the door! Who are you?«

Wieder ruckte es an der Klinke, diesmal stärker. Sonja ließ los und sprintete hinter den Duschvorhang.

Die Schritte näherten sich. Der Raum war winzig, sie konnte seinen Atem hören. Gleich würde er den Vorhang wegziehen. Es war wie in *Psycho* – nur schlimmer. Er hatte sicher ein Messer dabei. Oder nein, er strangulierte ja lieber. Es war vorbei. Sonja schloss die Augen.

Sicher war es gar nicht so schlimm zu sterben. Der Duschvorhang raschelte. Doch es eilten gar keine Sphärenklänge durch die Luft, es wurde nicht blendend weiß.

Nicht warm. Sonja löste sich nicht aus ihrem Körper und sah nun hinunter auf ihre Hülle. Es passierte gar nichts.

Irgendwann hörte sie ein Geräusch, das wie »uff« klang.

»Sie? Du?«

Sonja öffnete die Augen. Sven Neidhardt. In einem Islandpullover. Ohne Messer oder Gürtel in der Hand.

»Bist du das wirklich? Die aus der Fünf? Stalkst du mich?«

Sonja verharrte sprachlos, er sah sie an, und dann fing er zu lachen an. »Steht dir, der Duschvorhang!«

Er hatte sich wie eine Art Umhang über Sonjas Schultern gelegt. Da stand sie bei einem Frauenmörder in der Dusche, und der lachte sie aus. Immerhin kam etwas Leben in Sonja, sie schüttelte den Vorhang ab und sah ihm direkt ins Gesicht. Er war braun gebrannt, irgendwie waren seine Haare anders als sonst. Eigentlich sah er gut aus. Zu gut für einen Frauenmörder.

»Würdest du mir jetzt bitte sagen, was du hier machst? Falls du meinen Laptop klauen willst, wäre das in Deutschland ja viel leichter gewesen.«

»Ich suche meine Katze.«

»Hier? In meiner Dusche? Deine Lady Gaga? Du bist echt komplett gaga.«

Jetzt war sowieso schon alles egal. »Meine Katze ist spurlos verschwunden, seit du abgereist bist. Sie könnte in deinen Bus gesprungen sein, hat sich Lorelai Münzinger gedacht.«

Offenbar ging ihm das alles etwas zu schnell.

»Wer hat was gedacht?«

»Unsere Nachbarin, Frau Münzinger, hat gemeint, dass die Katze in deinen Bus gehüpft ist. Dein Freund, der deine Blumen gießt, der hat … also die Lorelai …«

Sven Neidhardt starrte Sonja an. »Was hat diese Lorelai?«

Sonja schluckte. »Sie hat Kontakt zu deinem Freund, der die Blumen … äh …«

»Kommst du jetzt bitte erst mal da raus?«, sagte er und ging voran in sein Zimmer.

Sonja versuchte abzuschätzen, wie lang es dauern würde, zur Tür und nach draußen in den Flur zu rennen. Die Chance war sehr gering, dass sie ihm entkommen würde. Außerdem sah man im Fernsehen doch immer, dass es gut war, Verbrecher schwindlig zu reden. Bloß war Reden gar nicht ihre Stärke. Also stand sie mit hängenden Armen da und sah zu Boden.

»Und warum ruft ihr nicht einfach mal an?«

»Haben wir doch, Lorelai und auch dein Kumpel, also …«

Er schlug sich auf die Stirn. »Stimmt. Ich hab mein Handy bei einer Gletschertour verloren. Und ehrlich gesagt, ist es schön, mal nicht erreichbar zu sein. Meine Jobs hier sind erledigt, und ich hab ein paar Tage Urlaub angehängt. Und du bist echt wegen deiner Katze hergefahren? Du glaubst wirklich, die Katze war in meinem Bus? Du bist den ganzen Weg … Ich glaub's ja nicht!«

»Na ja, Lady Goggo …« Nun hätte Sonja natürlich die Geschichte des Halsbands aus Seyðisfjörður erzählen müssen, aber das hätte dann unweigerlich zur Speicherkarte geführt. Und zum Mord, den sie beobachtet hatte.

Also versuchte sie abzulenken, wie sie das in Filmen gesehen hatte. »Jobs? Was für Jobs?«

»Na, ich habe hier gearbeitet. Erst in Reykjavík, dann in Akureyri.«

»Aha, und was?«

»Wird das jetzt ein Quiz?«

»Nein, ich ...«

Er schüttelte den Kopf. »Du hast echt nicht alle Tassen im Schrank. Aber bitte: Ich bin Dekorateur.«

»Du bist was?«

»Dekorateur. Hast du es auch an den Ohren?«

Weiterfragen, weiterfragen, befahl etwas in Sonjas Innerem.

»Und in Island gibt es keine Dekorateure?«

Er stöhnte. »So einen wie mich nicht. Früher habe ich ganz normale Schaufenster im Kaufhaus dekoriert. Puppe rein, Klamotten drüber. Spielzeugausstellung, Landschaft außenrum. Weihnachten, ganz viel Plüsch und Watte und Schneespray. So was eben. Dann hab ich den Job verloren. Jetzt bin ich für Erotikshops tätig. Ich arbeite mit einer internationalen Kette zusammen, für die ich die Läden dekoriere. Und da gibt's halt keine Schaufensterpuppen, sondern abgeklebte Fenster, und die Deko steht eher drinnen. Warst du noch nie in so einem Laden? Bei Tante Beate oder bei Orion?«

Dekorateur. Orion. Sonjas gequältes Hirn konnte das nicht verarbeiten. Pornoläden – nein, da war sie noch nie gewesen.

»Nein, natürlich nicht! Kein Bedarf!«

»Hör mal, Frau Nachbarin, das kann ja jeder und jede

für sich entscheiden. Ich persönlich komme gut ohne Dildos und Handschellen aus, aber es gibt halt auch andere. Nicht gerade wenige. Und du kannst dir vorstellen, dass man einen solchen Laden anders dekoriert als ein Spielzeugfachgeschäft! Also noch mal zum Mitschreiben: Ich hab mich da spezialisiert und bin europaweit jetzt so eine Art Erotikshopkönig.« Er lachte. »In Reykjavík war gerade eine Porno-Convention im Phallusmuseum. Dafür wurde ich angefordert. Und weil es in Akureyri auch einen Shop gibt, der etwas mehr Schwung braucht, hab ich den auch noch dekoriert. Und hänge, wie gesagt, noch ein paar Tage Urlaub dran. Verstanden?«

Sonja schwieg. Ihr Kopf drohte zu platzen. Erotikshopkönig. Er hantierte mit all den Dildos und Vibratoren herum, weil er Dekorateur in Pornoläden war …

»Vielleicht mach ich uns mal einen Kaffee?«, schlug Sven vor.

Sonja nickte. Er wies ihr den Weg in eine Gemeinschaftsküche. Sonja ließ sich auf einen Stuhl sinken, während er zur Küchenzeile ging und eine kleine italienische Espressomaschine befüllte. Er hatte ihr den Rücken zugedreht, jetzt hätte sie flüchten können, aber irgendetwas lähmte sie. Der Stuhl war mit ihren Beinen verwachsen und zentnerschwer. »Nimmst du Milch?«, fragte Sven.

Sonja nickte.

»Geschäumt?«

»Wenn's geht, gerne.« Sie plauderte mit einem Mörder über Milchschaum. Sie trank ihren Henkerscappuccino. Ihr Handy hatte sie auch nicht dabei. Und sie war allein mit ihm. Und da war immer noch keinerlei Energie, die ihren Beinen befohlen hätte zu rennen.

Er schüttete Milch in einen hohen Topf. Während sie heiß wurde, fummelte er in der Tasche seiner Cargohose herum. Schließlich zog er ein seltsames pinkfarbenes Ding heraus und steckte es in die Milch. Es surrte und brummte. Das war jetzt nicht wahr, oder? Sven grinste.

»Ja, was? Geht super! Ein Vibrator ist optimal zum Milchaufschäumen.«

Auf einmal lachte Sonja. Sie lachte und konnte nicht mehr aufhören. Da saß sie mit einem Mann, der Frauen strangulierte, und würde gleich Cappuccino mit vibratorgeschäumter Milch trinken.

»Geht's dann wieder?«, fragte er und stellte die Tasse vor Sonja ab.

Sie verschluckte sich, hustete und nickte dann.

»Also, Frau Nachbarin, jetzt frage ich dich noch mal: Warum durchsuchst du mein Zimmer? Warum folgst du mir bis zum Polarkreis?«

»Wegen der Katze.« Sonja nahm einen Schluck von dem heißen, starken Kaffee und versuchte einigermaßen zusammenhängend zu erzählen – von der Idee, nach Island zu fliegen, und vom Aufruf im Fernsehen. Sie sparte auch das Halsband nicht aus.

»Warte kurz«, unterbrach er sie. »Als ich in Seyðisfjörður von der Fähre runter bin, hab ich ein wenig den Bus aufgeräumt. Stimmt, da war so ein Halsband in meiner Wühlkiste. Ich erinnere mich. Das gehörte aber nicht zu meinen Dekoobjekten. Ich dachte, das sei in Reykjavík beim Abbau dazwischengerutscht, und hab es dann weggeworfen. Ich dachte noch, was für ein hässliches Modell, also … Es war auch etwas eng.«

»Du dachtest, das ist ein Ding für deine Sexspiele?«, flüsterte Sonja, die ihre Beine nun gar nicht mehr spürte.

»Nicht meine. Das ist mein Beruf. Kapier das doch!«

»Es gehört meiner Katze.«

»Du meinst also, sie war im Bus, hat sich das Band abgestreift und ist dann in Seyðisfjörður rausgehüpft? Das ist ja ein Ding! Aber du hast sie dort doch gesucht?«

»Ja, aber nicht gefunden.« Die Tränen stiegen auf.

»So was! Ich überlege die ganze Zeit schon, wo der Bus noch offen war. Aber eigentlich stand er nur im Hafen länger offen, und ich saß vorne am Lenkrad. Solange ich hinten im Bus war, ist jedenfalls keine Katze herausgesprungen. Sie muss in Seyðisfjörður sein. Ich meine, wenn diese ganze Theorie überhaupt stimmt, dass sie in meinen Bus gestiegen ist. Und wegen so einer absurden Idee bist du echt Hals über Kopf nach Island geflogen? Und suchst mich? Wahnsinn!«

»Du hast dir das Halsband also nicht genauer angesehen?«

»Nein, warum?«

Ihr Magen verkrampfte sich stärker als je zuvor.

»Da war eine Kamera dran«, fuhr sie fort. »In der eine Speicherkarte steckte. Und die hat gefehlt, als das Halsband zu mir kam.« Jetzt war es raus.

»Kamera? Was für eine Kamera?«

Er musste ein sehr guter Schauspieler sein.

Sonja schwieg.

»Du meinst so ein Dings, womit Katzen filmen, oder?«,

sagte er plötzlich. »Ich hab das mal im Fernsehen gesehen. Da waren lauter verwackelte Bilder zu sehen, und die Besitzerin konnte nachweisen, dass die Katze Unterwäsche geklaut hat.«

»Das war in Amerika, also …«

»Und deine Katze hatte so was? Was hat sie denn gefilmt?« Er stutzte. »Hat sie etwa auch mich gefilmt?«

Ja, vor allem, wie du die Frau ermordet hast, dachte Sonja. »Na ja, die Gärten der Nachbarn halt«, sagte sie laut. »Auch deinen, also …«

»Du bist eine Spannerin?«

»Nein, ich wollte doch nur wissen, was die Katze so macht. Ihre Wege kennen, damit ich sie finde, wenn sie wieder irgendwo eingesperrt ist.« Sonjas Blicke versuchten Löcher in den Tisch zu bohren.

»Frau Nachbarin! Schau mich an!«

Sie hob den Kopf.

Er sah sie lange prüfend an. »Du bist weiß wie eine Wand. Mit Grünstich. Deine Beine zittern. Du hast Angst vor mir. Was hat deine Katze gefilmt?«

Es war egal. Alles war egal. Also raus damit. »Du hast eine Frau erwürgt.«

Er setzte seine Tasse so abrupt ab, dass etwas vom Kaffee überschwappte, und starrte Sonja an. Ungläubig schüttelte er den Kopf. »Was bitte?«

»Erwürgt«, flüsterte Sonja.

Da begann Sven zu lachen, immer lauter. Er konnte gar nicht mehr aufhören zu lachen. »Sie hat einen Mord gefilmt?«, sagte er schließlich. »Du hast echt gedacht, ich bin ein Mörder? Ich fass es nicht! Wie hab ich das denn gemacht?«

Sonja schwieg.

»Lag die Frau am Boden?«

»Ja.« Es klang wie ein Winseln.

»Das war eine Gummipuppe. Ich hab ein paar Dekorationen für Reykjavík ausprobiert. Und dabei habe ich eine Gummipuppe stranguliert.« Er konnte sich vor Lachen kaum beherrschen.

Endlich flossen Sonjas mühsam unterdrückte Tränen. Es passierte lange nichts, bis Sven sich vor sie auf den Boden hockte. Vorsichtig ihr Kinn anhob.

»Es tut mir leid. Ich wollte dich nicht veräppeln. Du hast ja Mut, wegen einer Katze einen Frauenmörder zu verfolgen!« Er reichte ihr ein Stück Küchenrolle. »Ich hatte mal einen Kater. Er wurde von irgendeinem Katzenhasser vergiftet. Jahrelang habe ich um ihn getrauert. Ich mag Katzen, aber ich traue mich nicht, mir wieder eine anzuschaffen, weil ich so was nicht noch mal erleben will. Ich verstehe dich gut. Hallo, Erde an die Nachbarin: Hörst du mich?«

Sonja nickte unter Tränen.

»Wie war eigentlich noch mal dein Name?«

»Sonja.«

»Stimmt, Sonja. Und jetzt gehen wir eine Runde raus. Du brauchst dringend frische Luft. Du wirst immer grüner. Ist aber ein komisches Grün. Warte bitte kurz.«

Wenig später war er wieder da. Er hatte seine ebenfalls grüne Jacke an, und Sonja wurde bewusst, dass sie ihre Jacke gar nicht abgelegt hatte. Eigentlich war die Küche eher überheizt, trotzdem fröstelte sie.

Draußen wehte ein scharfer Wind, dennoch wurde ihr

nun wärmer. Schweigend gingen sie einen ausgetretenen Pfad entlang, bis Sven sich auf einer verwitterten Holzbank niederließ. Sonja setzte sich neben ihn.

»Ich spiele Schach. Deshalb wollte ich immer mal nach Grímsey, weil hier das Schachspiel eine lange Geschichte hat. Schach war Inselsache, und wer verlor, stürzte sich lieber ins Meer, als die Schmach zuzugeben. Ende des 19. Jahrhunderts hat der vermögende Amerikaner Daniel Willard Fiske von der Insel erfahren und wurde ihr Gönner. Er selbst war ein ziemlicher Exzentriker und nebenbei einer der besten Schachspieler der Welt! Zuerst hat er Geschenke hingeschickt: genau elf Schachspiele aus Marmor, für jeden Hof eins! Dann hat er sich mit Feuerholz beliebt gemacht, hat eine Schule finanziert und den Inselbewohnern nach seinem Tod 1904 zwölftausend Dollar hinterlassen. Das war damals viel Geld. Sein Geburtstag am 11. November wird auf Grímsey immer noch gefeiert – nur das Schachspielen haben die meisten Inselbewohner inzwischen verlernt. Ich hatte aber das Vergnügen, vorgestern mit einem alten Mann auf einem dieser Marmorbretter zu spielen. Ich habe zwar gegen ihn verloren, ich hab mich aber nicht ins Meer gestürzt. Gut, denn sonst hättest du mich ja nicht mehr gefunden.« Er knuffte Sonja ganz leicht in die Seite. »Komm, jetzt lach mal! Und du hast mich echt für einen Frauenmörder gehalten!«

Sonja verzog den Mund. »Es war so … so … logisch. Irgendwie.«

»Ausgerechnet ich, dabei erschlage ich nicht mal Fliegen! Ich finde, das gehört sich nicht. Diese Viecher leben doch eh so kurz. Aber ich fass es immer noch nicht. Dagegen sind die verrückten Geschichten über Grímsey, die ich in den letzten Tagen gehört habe, ja gar nichts. Obwohl es hier auch viele absurde Storys gibt. Kennst du die vom Pfarrer?«

Sonja schüttelte den Kopf.

»Es war einmal ein Pfarrer, durch dessen Bett der Polarkreis verlief. Er schlief polar, aber seine Frau noch in gemäßigten Breiten, und nichts konnte die beiden zueinander führen. Also blieben die beiden leider kinderlos.«

Sonja versuchte ein Lächeln. Es gelang.

Nach einer Weile standen die beiden wieder auf und liefen auf das Meer zu, das immer lauter wurde. Sie kamen zu einer Steilküste, an die das Eismeer heranbrandete und wo Tausende von Vögeln gegen das Meer anschrien.

»Papageientaucher. Das ist Islands Nationalvogel. Schön, oder?«

»Ja, schön«, sagte Sonja.

Er lächelte sie an. »Wir finden deine Katze schon noch.«

Schon wieder sagte jemand »wir«. Jemand, den sie kaum kannte. Den sie geglaubt hatte zu kennen. Bloß war er gar kein Wüstling oder gar Frauenmörder.

»Wie bist du eigentlich hergekommen?«

»Mit dem Flugzeug.«

»Dann hast du einen Rückflug nach Akureyri gebucht, oder? Du musst dein Polarzertifikat abholen und zurück. Wo wohnst du denn in Akureyri?«

Langsam begann Sonja zu erzählen, wie sie Katla kennengelernt hatte und wie sie ihr geholfen hatte. Dass sie in Seyðisfjörður nach der Katze gesucht hatten und dann in den Norden gereist waren, wo Katla ein Guesthouse besaß. Nur den Teil mit Einar ließ sie lieber aus.

»Vermisst die dich denn gar nicht? Diese Katla, meine ich. Weiß sie, wo du bist?«

»Nein. Ich bin auf eigene Faust los … Ich wollte doch nicht immer Leute mit mir und meinen Problemen belasten.«

»Oder in fremder Leute Duschkabinen rumlungern«, meinte Sven grinsend. »Lass uns zurückgehen, ich hole meine Sachen aus dem Bed & Breakfast ab. Ich werde auch heute zurückfliegen. So, Madame, der gefährliche Meuchelmörder geleitet Sie retour.« Galant bot er Sonja den Arm.

»Das ist nicht witzig«, sagte sie mit belegter Stimme. Gott, war das alles peinlich!

»Irgendwie schon«, meinte er kichernd und hakte sie unter.

Arm in Arm gingen sie den Pfad zurück – wie ein verliebtes Pärchen, hätte man glauben können.

Von vorne kamen zwei Männer auf sie zu, und auf einmal ging alles ganz schnell. Der eine riss Sonja zur Seite, die von der Attacke völlig überrascht zu Boden ging. Der andere bog Sven in einer Geschwindigkeit, die man dem schweren Mann nicht zugetraut hätte, den Arm nach hinten. Im nächsten Moment trug Sven Handschellen und sah in eine Pistolenmündung.

»Alles okay?«, erkundigte sich der große Mann bei Sonja. Erst als der kleine ihr beim Aufstehen half, fiel ihr auf, dass die beiden Männer eine Uniform trugen.

Die Polizisten sahen Sonja besorgt an, die völlig verwirrt war. Auch Sven schien nicht zu verstehen, warum er wie ein Schwerverbrecher behandelt wurde. Ganz langsam setzte sich in Sonjas Gehirn ein Gedanke in Bewegung. Die Polizei dachte anscheinend auch, Sven sei ein Mörder. Aber warum?

Vielleicht hatte Sven ihr ja einen gewaltigen Bären aufgebunden? Sie in Sicherheit gewiegt, indem er ihr die Geschichte vom Pornoladendekorateur erzählt hatte? Sie war einfach zu leichtgläubig. Aber er hatte so überzeugend gewirkt. Er hatte sie eingelullt, und er hätte sie bestimmt aus dem Weg geräumt. Ganz elegant.

Sonjas Knie versagten, und sie sackte wieder zu Boden.

Nun kam Leben in Sven. »Glauben Sie auch diesen Unsinn vom Frauenmörder? Haben Sie diesen Speicherchip? Spinnt ihr jetzt alle?«

»Eine Aussage dürfen Sie gerne in Akureyri machen. Momentan sind Sie festgenommen.«

»Ich will einen Anwalt. In Island gibt es doch sicher so was wie ein Rechtssystem?«

»Na klar, wir sind ein zivilisiertes Volk. Oder wäre Ihnen eine Anwältin lieber? Unsere Frauen sind sehr emanzipiert. Vigdís Finnbogadóttir zum Beispiel war die erste demokratisch gewählte Präsidentin eines Landes. Und das als alleinerziehende Mutter einer adoptierten Tochter. Die Frauen erhielten in Island schon 1908 das Wahlrecht auf Kommunalebene. Macht Ihnen das keine Angst? Solche Frauen lassen sich nicht so leicht erwürgen.«

»Ihr seid ja verrückt! Ich habe doch keine Frau erwürgt! Das war eine Puppe. Eine Gummipuppe. Sonja, jetzt sag doch mal was!«

Aber die schwieg.

»Eine schöne Geschichte«, sagte der Polizist nur und stieß Sven vor sich her.

Inzwischen waren sie an der Stelle angelangt, die man großspurig als Zentrum der Insel hätte bezeichnen können. Plötzlich kam Katla auf Sonja zugestürzt. Sie nahm Sonja in den Arm, die ihren Tränen wieder freien Lauf ließ. Katla suchte den Blick ihres alten Freundes. Der nickte ihr unmerklich zu.

»Kannst du das Mädchen auf dem regulären Linienflug zurückbegleiten?«, fragte Guðmundur. »Wir sammeln die Siebensachen des Herrn hier zusammen und nehmen ihn im Hubschrauber mit.«

Katla nickte. »Na klar, mache ich.«

Noch eine ganze Weile wurde Sonja von Schluchzern geschüttelt. Dann zog Katla einen Flachmann mit Brennivín heraus. Schon wieder gab es einen Grund, dem Leben Brennivín entgegenzustemmen. Sonja trank und schluckte so gehorsam, als flöße ihr die Oma Rizinusöl ein.

Wenig später standen Katla und Sonja am Flughafen von Grímsey und sahen den Hubschrauber abheben. Langsam gingen sie zum Flugfeld. Eine bunte Schar Inseltouristen wartete auf den Abflug. Alle bekamen ein Zertifikat, weil sie den Polarkreis überschritten hätten. Der scharfe Wind zerriss die Worte, die in vielen Sprachen umherflogen und aufstiegen wie Drachen.

Es war ein normaler Sommertag auf Grímsey, und niemand hatte mitbekommen, dass die Polizei gerade einen Frauenmörder abtransportiert hatte.

Während des Fluges schwiegen Katla und Sonja. Nach der Landung auf der Piste von Akureyri wurden sie von einer blassen Torunn erwartet, der man ansah, dass sie diese ganze lange Wartezeit durch die Hölle gegangen war. Und wieder zurück. Sie umarmte Sonja, die dastand wie eine Salzsäule, aus der jegliches Leben gewichen zu sein schien. Torunn ließ von ihr ab und wandte sich Katla zu. Sie flüsterten ein wenig miteinander.

»Sonja?«, sagte Katla dann.

Keine Antwort.

»Sonja?«

»Ja.« Sonja schrak auf. War sie gemeint?

»Guðmundur, einer der Polizisten, ist ein alter Schulfreund von mir. Er würde dir gerne ein paar Fragen stellen. Meinst du, das ginge?«

»Ja.«

Katla und Torunn warfen sich Blicke zu, sagten aber nichts. Auf der Polizeistation kam Guðmundur ihnen schon entgegen. Er sah mitgenommen aus und schüttelte unentwegt den Kopf.

»Und? Hat er alles zugegeben? Was ist mit der Frau vom Strand?«, platzte Katla heraus.

»Du hast Sendepause, Katla! Sende-Pause! Verstanden? Ich brauche dich und Torunn später noch. Kaffee steht auf dem Tisch. Geht bitte da rein und bewegt euch nicht vom Fleck!« Er wandte sich an Sonja. »Würden Sie bitte mitkommen?«

Sonja folgte ihm.

Während Katla wartete, schleppten sich die Zeiger an der Uhr vorwärts, und je öfter sie hinsah, desto langsamer wurden sie. Nach vierzig Minuten kam Guðmundur und bat Torunn zu sich herein. Nun saß Katla allein im Raum und sah sich vorsichtig um. Dann nahm sie rasch zwei kleine gelbe Tabletten ein, die sie mit Kaffee hinunterschluckte. Sie schloss die Augen und rutschte bis an die Stuhlkante. Legte den Kopf auf die Lehne, streckte die Beine von sich. Als ihr Körper sich wieder straffte und sie zur Uhr sah, waren wieder dreißig Minuten vergangen. Es vergingen weitere zehn, bis Guðmundur kam und sich zu ihr setzte.

»So, Katla, und jetzt du. Erzähl mir die ganze Geschichte, wie du Sonja kennengelernt hast. Und zwar ab Sigruns Pension in Hafnarfjörður.« Er zögerte. »Wie geht's Sigrun eigentlich?«

»Gut geht es ihr. Ich soll dich von ihr grüßen. Sigrun gehört zu den Menschen, denen es gut geht, weil sie eine gute Seele ist. Weil sie dem Glück einen weiten Landeplatz schafft.«

Guðmundur lächelte müde. »Für solche Sätze hab ich dich geliebt, Katla. Für andere nicht. Tja, das Glück scheint deinem Gast Sonja ja wohl nicht so hold zu sein, oder?«

»Ja, sie errichtet Mauern um sich herum. Sie kam mir vom ersten Moment an irgendwie zerbrochen vor. Wie eine Keramiktasse, die jede Menge Macken und Sprünge hat. Eine robuste Tasse, die ebendeshalb so rüde auf den Tisch gesetzt wird, weil sie robust wirkt.« Katla lächelte ihn an und begann ihre Geschichte. Sie war eine präzise Erzählerin, die von ihrer Reise mit Sonja um die halbe Insel nichts ausließ.

»Als Torunn dir schließlich die Aufzeichnung auf der Speicherkarte gezeigt hat – warst du da wirklich überzeugt, einen Mord gesehen zu haben?«

»Ja, du doch auch!«, rief Katla.

»Ja, ich auch. Weil es echt aussieht. Weil wir ein Unterbewusstsein haben. Weil ich die Frau am Strand gesehen habe. Weil ich Polizist bin. Weil ich deiner Macht noch nie etwas entgegenzusetzen hatte. Weil Fárviðri eben Fárviðri ist.«

Katla sah ihn überrascht an. Fárviðri, Orkan – das war Guðmundurs Spitzname für Katla gewesen. Schon lange hatte er sie nicht mehr so genannt. Eigentlich seit sie damals sein Kind abgetrieben hatte. Seither hatte vieles zwischen ihnen geruht.

Katla legte ihm die Hand auf den Arm. »Du willst sagen, er hat wirklich eine Puppe gewürgt? Nur eine Puppe?«

»Ja. Wir sind alle Opfer unseres Kopfkinos. Unserer Vorurteile. Unserer Leben. Komm mit.«

Katla folgte ihm in einen Raum, in dem Sven, Torunn, Sonja und eine andere Frau saßen, die, wie sich herausstellte, tatsächlich Anwältin war. Alle redeten durcheinander, bis Guðmundur über alle Köpfe hinweg rief:

»Ich mach jetzt Feierabend. Nächster Halt: Götubarinn. Ohne Bier sterbe ich auf der Stelle.«

»Und das wäre unverzeihlich«, sagte Katla und hakte ihn unter.

»Ihr seid euch sicher, dass ich nicht mehr verhaftet bin?«, fragte Sven vorsichtshalber nach.

»Ja, nennen Sie es einen polaren Justizirrtum«, sagte die junge Anwältin.

Und so zog eine seltsame Meute durch die Stadt, die Hafnarstræti hinauf und hinein in die Bar, in der Guðmundur eine Runde Víking orderte. Das erste Glas drückte er Sven in die Hand.

»Wir brauen gutes Bier. Der Hopfen kommt zwar aus Bayern oder Tschechien, das Malz aus Dänemark und Großbritannien, aber das Wasser, das ist unser Geheimnis! Pures isländisches Quellwasser, durch die Gesteine gefiltert, das ergibt den besonderen Geschmack. Im Namen der Polizei von Akureyri entschuldige ich mich mit diesem Gebräu für den, wie unsere Anwältin so schön gesagt hat, polaren Justizirrtum.«

Guðmundur prostete Sven zu, dann fing er an zu lachen. Er lachte, bis die Kneipe bebte. Auch andere Gäste wurden von seinem Lachen angesteckt. Was immer da drüben los war, es musste ein großes Ereignis sein.

Als sich alle ein wenig beruhigt hatten, sagte Sonja: »Es tut mir so wahnsinnig leid. Ich habe euch alle … ich … ich bin so eine Idiotin … ich …« Die Tränen begannen wieder zu fließen.

Guðmundur schenkte ihr nach. »Sonja, ich darf dich doch duzen? Du musst dringend Flüssigkeit nachfüllen. Du dehydrierst mir ja sonst. Sieh mich an!«

Sonja sah zu Boden.

»Sieh mich an!«

Zögerlich hob Sonja den Blick.

»Sehe ich aus wie einer, den man leicht umwirft?«

»Nein«, hauchte Sonja.

»Ich habe auch geglaubt, ich sehe da einen Mord. Weil es so echt aussah. So verdammt echt!«

»Das ist mein Markenzeichen«, sagte Sven mit einem Schmunzeln.

»Markenzeichen! Los, jetzt erzähl mal. Was machst du? Bist du wirklich Pornodekorateur?«, rief Torunn.

Und Sven erzählte. Von seiner ganz normalen Ausbildung zum Raumausstatter und wie er später auf Dekorateur umgesattelt hatte, weil die wenigsten Leute noch Stühle aufpolstern ließen oder großartige Vorhanginszenierungen wünschten. Lieber warfen sie das alte Zeug weg und bestellten sich neues im Internet. Sein wichtigster Arbeitgeber, eine Kaufhauskette, war insolvent geworden, und über einen Freund, der eben Sexspielzeug herstellte, war er ans Dekorieren von Erotikshops gekommen.

»Ich probiere die Dekorationen vorher zu Hause aus. Ich bekomme Prototypen, die ich in einem Gartenschuppen lagere.« Er stutzte. »Stimmt, Sonja hat mich mal mit so einer Kiste gesehen. Ich trag so was mit mir rum wie andere einen Wäschekorb.«

Sonja gab einen merkwürdigen Laut von sich.

»Und dann warst du in Reykjavík?«, fragte Katla weiter.

»Ja, bei dieser internationalen Porno-Convention.«

»Da war ich auch! Bei der Vernissage.«

»Schade, dass du mich da nicht getroffen hast, vielleicht hätte mein Image dann nicht so gelitten. Sven Neidhardt aus dem schlichten und langweiligen Mering bei Augsburg. Sven, der international gesuchte Frauenmörder!« Er warf Sonja einen amüsierten Blick zu. »Ehrlich, Sonja, ich bin dir nicht böse. Denn diese Geschichte kann ich noch mit neunzig im Altersheim erzählen. Falls ich so alt werde. Das wird die Story meines Lebens! Was ihr mir alle zutraut!«

»Na ja, ganz so harmlos bist du ja auch wieder nicht«, rief Katla. »Da gibt es schließlich eine Sequenz auf der Speicherkarte, in der du definitiv eine echte Frau …«

»Katla!«, wurde sie mehrstimmig unterbrochen.

»Stimmt doch!«

»Ja, stimmt«, erwiderte Sven. »Der Kamera der Katze entgeht nichts. Das war meine Exfreundin. Sex mit der Ex. Schlechte Idee. Und es war definitiv das letzte Mal. Sonst noch Fragen zu meinem Sexleben?« Er grinste Katla frech an.

»Nein, und ich werde mich nun in Schweigen hüllen«, konterte Katla grinsend. »Sag mal, Guðmundur, was ist denn nun mit der Leiche am Strand?«

»Sie ist nicht mehr am Strand.«

Katla stieß ihren Jugendfreund in die Seite. »Das weiß ich auch. Aber wie geht es weiter? Sven war es ja wohl doch nicht!«

»Daran arbeiten die Kollegen in Reykjavík. Die Frau kam aus Holland und war allein auf der Insel. Sie verschwand, nachdem sie am Gullfoss in einen Bus oder Transporter eingestiegen war. Die Zeugin ist eine andere Touristin, die sie wohl in Reykjavík getroffen hatte und die mit ihr diesen organisierten Ausflug gemacht hat. Angeblich war der Bus oder Transporter blau oder schwarz oder doch grün. Das ist die Krux bei Zeugen, dass man sich auf gar nichts verlassen kann. Wahrscheinlich war es am Ende ein roter Kleinwagen.«

»Ja, das Bewusstsein spielt uns oft Streiche«, meinte Katla und zwinkerte Sven zu.

»Auf der Tür des Busses, oder was auch immer das war,

sei eine Muschel gewesen und ein Schriftzug, hat die Zeugin gesagt. Alle Fischer, Fischläden und Vergleichbares sind im Fokus. Aber auch diese Spur ist bisher im Sande verlaufen. Die Zeugen merken sich ja nie die Kennzeichen«, brummte Guðmundur, bevor er fortfuhr: »Zumindest hat sie ausgesagt, dass Eve, also diese Holländerin, mehrmals telefoniert hätte. Sie war wohl sehr aufgeregt. Die Zeugin hat nichts vom Gespräch verstanden, aber sie meinte, es hätte mit dem Freund von Eve zu tun. Den wollte sie wohl in Island treffen.«

»Die hat mit ihrem Mörder telefoniert!«, rief Katla.

»Katla, möchtest du auf deine alten Tage noch zur Kripo? Ich kann dir kein Empfehlungsschreiben geben.« Guðmundur grinste. »Bei der Leiche wurde kein Handy gefunden, sondern nur ein kleines Stück Band in den isländischen Nationalfarben. Das hielt diese Eve in der Hand. So steht es übrigens auch in der Zeitung. Es ist eine Art Geschenkband für Dekorationszwecke, mit dem zum Beispiel auf Islandpferdeturnieren Schleifen gebunden werden. Es gibt solche Bänder überall zu kaufen. Und damit würde ich gerne zu angenehmeren Dingen übergehen.« Er holte eine neue Runde Bier.

Es entspann sich ein intensives Gespräch über die Katze. Alle stellten Theorien auf, wie und wo man die Katze auffinden könne. Sonja war wieder so gerührt, dass alle ihre Hilfe anboten. Sogar Guðmundur wollte die Polizeikanäle für die Suche nutzen. Irgendwann fiel Sven ein, dass er im Guesthouse gar nicht Bescheid gesagt hatte. Guðmundur rief für ihn an und erfuhr, dass die geschäftstüchtige Herbergsmutter das Zimmer jemand anderem gegeben hatte.

»Du bist natürlich Gast in meinem Haus, bevor du für ein Zimmer noch mordest!«, meinte Katla grinsend. »Natürlich nur, wenn du magst.«

»Gerne, wenn ihr euch nicht vor mir fürchtet. Aber der internationale Haftbefehl ist ja aufgehoben. Die NSA hat mich aus ihrem Suchfokus entlassen«, witzelte Sven zurück.

Gegen ein Uhr nachts brachen sie auf. Draußen verbreitete die Sonne, die nur ganz kurz den Horizont zu berühren gedachte, ein sphärisches Licht. Sven folgte mit seinem Bus den Frauen. Auf einer Anhöhe über dem Fjord hielt Katla an. Sie stiegen aus. Über den Gebirgszug waberte mystisches Licht. Es waren keine Nebel, es waren aber auch keine Sonnenstrahlen, die sich in Wolken brachen, verzweigten und Strahlen zur Erde sandten. Es waren Lichterscheinungen, die Sonja noch nie gesehen hatte. Sie hatten ein Eigenleben, schwanden, bauten sich neu auf. Schön und verwirrend.

»Das sind die Berggeister. Sie haben gewusst, dass alles gut wird«, sagte Katla nur und stieg wieder ein.

Sven lächelte Sonja an. »Ich glaube das auch.« Dann stieg er wieder in seinen Bus.

Sven bekam ein Zimmer im Guesthouse, Torunn auch. Katla zog sich schnell zurück, und am Ende waren Sven und Sonja allein.

»Es tut mir so leid. Wirklich!«, sagte Sonja erneut.

»Mir nicht«, sagte er. »So was passiert einem nur sehr selten. Der Unterhaltungswert so einer polaren Verhaftung ist unbezahlbar.« Er gab Sonja einen gehauchten Kuss auf die Wange. »Jetzt schlaf mal, der Frauenmörder wacht über dich.«

»Du Spinner, sei mal ernst!«

»Ungern!«

Sonja verzog den Mund, lächelte dann aber doch. »Gute Nacht, Pornoprinz.«

»Gute Nacht, kleine Spannerin.«

12

Grindavík, Island

Sonja erwachte, weil wieder jemand wild gegen ihre Tür klopfte. Der Blick auf die Uhr machte klar: Auch diese Nacht war es ihr nicht vergönnt, genug Schlaf zu bekommen. Diese Isländer dachten in dieser Hinsicht völlig anders: Schlaf tankten sie in den melancholischen Wintermonaten und lebten dann entfesselte kurze Sommer fast ohne Ruhe. Und ohne Reue.

Sonja sprang aus dem Bett und sah an sich hinunter: ein langes T-Shirt, das über den Knien aufhörte. Sie hasste ihre Knie, die sie wie alles an sich zu üppig fand – schwäbische Knödel statt spitzer Hexenknie. Dennoch öffnete sie die Tür. Da stand Einar.

»Sonja! Was hast du erlebt! Katla hat mir die ganze Geschichte erzählt. Warum bist du denn nicht zu mir gekommen? Ich hätte dir doch geholfen!«

Sonja war völlig überfahren. Warum? Ja, warum?

Weil du mich wie deine Pferdepflegerin behandelst?, dachte sie. Weil du blonde Schwedinnen vernaschst, die so viel schöner sind als ich. Weil ich dich am allerwenigsten sehen wollte – den Mann, der mir den ersten Filmriss meines Lebens beschert hat.

»Ich … ich …«

»Sonja.« Seine Stimme wurde ganz eindringlich, und sein Gesicht war jetzt dicht vor ihrem. »Wir sind doch Freunde.«

Waren sie das? »Es war doch meine Geschichte. Ich …« Sie hasste ihn, weil sie sich neben ihm noch dümmer benahm, als sie es eh schon tat und immer getan hatte.

»Und meine Geschichte!«, kam es von irgendwoher.

Einar fuhr herum, und Sonja sah in die Richtung, aus der die Stimme kam. Da stand Sven im Türrahmen seines Zimmers. Er war barfuß und oben ohne, der oberste Knopf seiner Jeans war offen.

Die beiden Männer maßen sich mit Blicken. Sie waren fast gleich groß, Sven war deutlich schmaler, aber durchtrainiert – ohne die gewaltigen Muskeln von Einar. Auf seiner Brust sprießten nur ein paar blonde Härchen, auf dem linken Oberarm war ein kleines Tattoo zu sehen. Eine Katze. Auf Einars Rücken kämpften hingegen ausufernde Fabelwesen. In Sonja kämpfte die Übelkeit. Die Luft war aufgeladen.

»Sven«, sagte der Blonde.

»Einar«, kam es vom Wikinger.

Sven verschränkte die Arme vor der Brust. Einar machte einen Schritt nach vorne.

»Du bist der mit den Pornospielzeugen?«

»Und du bist hier der Einreiter?«

Beide standen einfach nur da. Lange. Niemand spielte das Lied vom Tod. Keine Dornenbüsche wehten durch diese Geisterstadt. Aber Sven hatte die Augen zusammengekniffen. Einars Oberarm zuckte. Sekunden verstrichen.

»Na dann«, sagte Einar schließlich. »Wenn du meine Hilfe brauchst, bin ich für dich da, Sonja.«

Sonja war nahe dran, hinter ihm herzulaufen. Was sie aber nicht tat und was ihr auch nicht gelungen wäre, denn Katla stand im Weg. Sie zwinkerte Sven zu. »Diese Runde ging an dich. Respekt.« Sie wandte sich an Sonja. »Wenn du schon wach bist, hilfst du mir? Mittags kommt eine Busgruppe zum Essen, die später nach Hrísey übersetzt. Ich organisiere eine Elfenbegegnung.« Sie zwinkerte Sven noch einmal zu und ging.

»Also, ich wollte diesen Wikinger jetzt nicht vertreiben!«, sagte Sven.

»Ach, du … du …« Sonja wandte sich um und stürmte in ihr Zimmer. Was dachte sich dieser Pornoprinz denn eigentlich! Und Einar war so fürsorglich gewesen! Er mochte sie eben doch. Oder mehr als das? Und sie – sie benahm sich so ungeschickt und tollpatschig wie immer! Sonja zog sich an und ging in die Küche, wo seltsame Musik lief.

»Das ist die dänische Sängerin Misen, ich mag ihre Stimme so gern«, sagte Katla leichthin. Sie schnitt Zwiebeln und machte daraus unförmige Brocken. Mit den Fitzelchen, die Gourmetköche in den TV-Kochsendungen schufen, hatten die nichts gemein.

»Was soll ich an Küchendiensten tun?«

»So patzig, meine Liebe?«

»Ich bin nicht deine Liebe«, entfuhr es Sonja.

»Stimmt. Meine Liebe ist tot. Aber du solltest dennoch beschwingt sein. Zwei Männer deinetwegen im Hahnenkampf. Auf wen soll ich wetten? Auf den schwerblütigen

Wikinger mit dem Stahlhammer oder den pfiffigen Deutschen mit dem … na ja … Pornotick?«

»Was soll das, Katla?«

»Was das soll? Das musst du die beiden Herren fragen. Das war Hass auf den ersten Blick. Und du mittendrin. Findest du das nicht romantisch? Oder abenteuerlich? Ich würde Sven nehmen. Knackiges Kerlchen – und klug. Mir leider zu jung. Entscheide dich: Wem gibst du die letzte Rose?«

»Ich muss mich nicht entscheiden!«

»Nein? Hast du dich schon entschieden?«

»Es gibt nichts zu entscheiden!«

»Aha. Na dann. Eine gute Entscheidung wäre, mal die Kartoffeln zu schälen!«

Katla war unerträglich! Um Sonja hatten sich noch nie irgendwelche Männer gestritten. Warum auch? Sie war froh gewesen und dankbar, als Marc sie damals erwählt hatte. Sie hatte ihn kennengelernt, als ein paar Betrunkene das Kinderheim belagert hatten und Sonja allein Nachtdienst gehabt hatte. Sie hatte die Polizei gerufen, und da war Marc gekommen, der Ritter in der grünen Rüstung. Er war in der Nacht eine Weile geblieben, und er war eine Weile in Sonjas Leben geblieben. Bis zu seiner Selbstverwirklichungsarie, die letztlich dazu geführt hatte, dass er den Polizeidienst aufgegeben hatte. Nach seiner Rückkehr aus Australien hatte er übrigens hingeschmissen. Er hatte wirklich unter dem Job gelitten. Sonja verstand ihn ja. Das war generell ihr Problem. Sie verstand alle – nur sich selbst nicht.

Sie setzte sich auf einen Schemel und schälte mit gesenktem Kopf Kartoffeln.

Katla konnte es natürlich nicht lassen. Nach einer Weile fing sie wieder an: »Fühl dich doch geschmeichelt!«

»Weil Sven Einar den Einreiter nennt? Soll mich das freuen?«

»Der war gut! Richtig gut! Ein Volltreffer!« Katla lachte und heulte gleichzeitig. Das Heulen kam von den Zwiebeln. »Ich habe Einar selten so ausgeknockt gesehen. Sven hat wirklich Potenzial. Und er ist hübsch. Und er hat sicher keinen solchen Verschleiß wie Einar, der Sexgott.«

»Jetzt wechsel mal das Thema. Musst du immer über Sex reden?«

»Natürlich. Das ist ja mein Job. Ich bin die Sexversteherin. Vielleicht sollte ich doch mal wieder ins Geschehen eingreifen. Vielleicht ist Sven ja gar nicht so jung.« Sie lachte dieses helle Elfenlachen.

»Ja, mach das. Dabei könnt ihr euch sicher gut über Dildos austauschen.« Sonja war eine Kartoffel aus der Hand gefallen und rollte auf Katla zu. Die fing die Ausreißerin ein und gab sie Sonja zurück.

»Es ist wirklich schwer, dich aus der Reserve zu locken, Sonja! Raste doch einfach mal aus. Bist du zu Hause auch so, dass alles von dir abprallt?«

Ja, das war sie. Es prallte nur nicht an ihr ab. Es fraß sich in ihre Gedärme und ihr Herz. Und wieder setzte Katla ihre seherischen Fähigkeiten ein.

»Das ist die Falle. Deine Falle. Du bist Erzieherin, du gehörst zu den Guten. Aber deine Chefin und deine Kollegen wissen, wie gutmütig du bist. Und wie mutlos, stimmt's? Du machst die unangenehmen Arbeiten und übernimmst die Dienste, die keiner haben will. Und du hältst deinen Mund wegen der Kinder. Weil die dich lieben. Weil du sie liebst. Weil sie ohne dich verloren sind. Weil sie doch nur dich haben. Das denkst du, und damit spielen die anderen. Sie erpressen dich mit deiner Loyalität.«

Sonja war betroffen. So wenige Worte benötigte Katla, um ihren Werdegang zusammenzufassen. Sonja hatte länger gebraucht. Sie wusste, in welcher Falle sie steckte, aber sie kam nicht hinaus. Zu tief war das Loch. Zu schwer die Ketten. Zu eng die Fußfesseln.

»Ja, so bin ich. Blöd und dumm, und über Sex rede ich auch ungern. Schon gar nicht mit dir, wo du doch allwissend bist.«

»Bin ich nicht. Es ist nur leichter, von außen auf Menschen zu schauen. Du bist wunderbar, Sonja aus Deutschland. Du bist mutig! Du hast diese Reise unternommen. Du hast dich Sven gestellt, einem Mörder. Ich will doch nur, dass du dich mal anders siehst.«

»Da hast du aber eine komische Art …«

»Ja, geschenkt! So bin ich nun mal. Der Orkan. Weiß ich alles. Aber ich will, dass du den Sex mit Einar nicht so bedeutsam findest. Sei doch lässiger. Nimm es als das, was es war. Mach es wie ich. Nimm es als Lockerungsübung.«

»Lockerungsübung. Sport? Aerobic? Zumba?«

»Nein, ich meine eher geistig. Mir fallen beim Sex wirklich immer die besten Dinge ein. Ich kann da über so viel nachdenken.«

»Das ist … das ist aber …«

»Unromantisch? Du meinst, man müsse voll bei der Sache sein? Fokussiert auf den einen Moment, wo sich die

Erde öffnet? Wo zwei Körper verschmelzen im Universum der Lust? Träum weiter!«

»Ach, Katla, du taugst wirklich nicht dazu, jemanden aufzubauen. Falls das wirklich dein Plan war.«

»Ich fordere doch nur Realismus. Zeig mir eine Frau, die beim Sex nur an ihren Typen denkt. Die meisten überlegen sich, was noch zu tun ist, was sie einkaufen müssen und dass das Katzenklo noch geputzt werden muss.«

Sonja schüttelte den Kopf.

»Kennst du denn keine Frau, die den Liebsten einfach mal machen lässt? Die eigentlich was anderes vorhatte, aber denkt: Komm, zieh es durch, dann ist wieder eine Weile Ruhe. Das ist schlichter Realismus!«

»Vielleicht will ich den aber nicht!«, konterte Sonja.

»Gutes Argument. Ihr wollt die Entzauberung nicht.«

»Genau – wen immer du mit ›ihr‹ meinst. Warum lässt du den Menschen nicht ihre zauberhaften Momente?«

»Um die Entzauberung geht es mir doch gar nicht. Ich rede nur davon, dass man aus unterschiedlichen Positionen ganz unterschiedliche Dinge sieht. Schau dir Einar an. Wenn du auf einem Dach stehst, dann siehst du ihn anders.«

Tolle Idee. Sollte sie nun auf ein Dach klettern? Damit er kleiner würde? Dabei wusste sie nicht einmal, was genau passiert war. Hatte Einar sie nicht auch einfach nur benutzt?

»Gut«, sagte Katla. »Ich will auch gar nicht weiter herumphilosophieren. Nimm die Schwere aus den Dingen, dann ist Sex eine wunderbare Zäsur. Man kann Gedanken ordnen, den restlichen Tag strukturieren. Man ist quasi gezwungen innezuhalten. Wann kann man das sonst schon? Mein Tag hat doch nur vierundzwanzig Stunden. Die reichen mir nie. Und wenn du zu denen gehörst, die beim Sex nicht an ihre Katzenklos denken, umso besser. Totales Abschalten ist auch gut!« Sie lachte, schien sich über Sonjas Gesichtsausdruck zu freuen und nahm ihr die Schüssel mit den geschälten Kartoffeln aus der Hand. »Danke!«

Danke! Damit bügelte Katla die hohen Wellen, die sich in Sonjas Innerem aufgetürmt hatten, einfach nieder. Vom aufgepeitschten Ozean zu glatter See in wenigen Sekunden. Das konnte nur Katla.

Sonja versuchte ebenso abgeklärt zu klingen. »Wer kommt denn zum Essen?«

»Ach, nur ein paar Menschen von der World Peace Prayer Society. Wir wollen auf Hrísey einen Friedenspfahl setzen. Dazu möchte ich aber die Anderen fragen, wo es ihnen gefällt und wo wir stören würden. Keine große Sache.« Katla war zum Schrank gegangen, holte Tellerstapel heraus und begann den Tisch zu decken.

Keine große Sache, dachte Sonja. Ach, Katla, deine Welt ist so anders als meine.

Einar kam herein. »Ich reite mit den Hausgästen noch eine Runde. Kommst du mit, Sonja? Porno-Sven habe ich schon gefragt. Er freut sich.« Einar grinste diabolisch und stapfte wieder hinaus.

Katla sah ihm nach. »Oje. Das wird unfair. Es sei denn, Sven Neidhardt war mal Turnierreiter. Einar hat ihm leider nicht die Wahl der Waffen überlassen.«

Wie recht Katla hatte, wurde Sonja am Stall klar. Einar hatte für Sven den Wallach Áfram gesattelt, der seinen

Namen »Vorwärts« nicht umsonst trug. Mit von der Partie war noch ein Pärchen, das gestern angekommen war. Die beiden hatten zu Hause in Österreich selber Isländer, sie konnten sicher reiten.

Sven grinste Sonja an. Er stieg durchaus elastisch auf, man konnte ja nie wissen. Sie ritten vom Hof, und sofort drängte sich Áfram vor und wollte Einars Pferd überrunden.

»Der Einreiter ist hier die Tete. Nur der!«, herrschte ihn Einar an.

Sven erwiderte nichts, er hatte genug damit zu tun, den Wallach mit dem starken Hals zu maßregeln. Für einen Nichtreiter schlug er sich tapfer, vielleicht hatte er ja doch Erfahrung? Sonja war für einen Moment erleichtert. Áfram war angesichts der kurzen Zügel ungehalten und begann im Seitengang zu steppen. Die Österreicherin namens Marie ritt neben Sven und gab ihm Tipps. Einar blickte stur geradeaus. Schließlich bog er ab. Sonja kannte die Strecke. Er würde den Steilhang hinunterreiten, die schwierigste Tour. Tom, der Freund von Marie, ritt neben Sonja.

»Warum gibt er deinem Freund so ein schwieriges Pferd? Er hat doch sicher auch Touristenschleudern und nicht so einen Turnierkracher.«

»Sven ist nicht ... ist nicht ...«

Sonja brach ab, weil Einar vorne zu tölten begonnen hatte. Marie hatte ihr Pferd vor Áfram gesetzt und hielt den Wallach so in Schach. Im Tölt ging es besser, weil Áfram nun etwas zu tun bekam. Sven hielt sich sehr wacker. Auch den Steilhang hinunter blieb er gut sitzen. Sie waren kaum am Strand, als Einar ohne Vorwarnung davonsprengte. Er preschte auf den steinernen Naturtorbogen zu, er und sein Pferd verschmolzen. Ein Zentaur, der über einen Goldstrand flog.

Áfram nahm das als Aufforderung, Sven war chancenlos. Marie schrie noch etwas, doch der Wallach schloss auf und hielt mit Einars Pferd Kopf an Kopf auf den Torbogen zu. Für zwei war der Torbogen zu eng, viel zu eng. Einar hatte etwas Vorsprung, und nun schien auch Áfram zu merken, dass es knapp werden würde, und machte einen jähen Satz zur Seite, um den Felsbogen zu umrunden. Sven flog vom Pferd, durchpflügte die Luft und traf mit dem Rücken auf den Boden. Reglos blieb er liegen.

Marie war sofort bei ihm, auch Einar. Sonja stand wie gelähmt da. Sven sah tot aus. Es verging eine endlose Zeit, es rauschte in Sonjas Ohren, kein anderes Geräusch war mehr zu hören. Nicht die Wellen, nicht die Möwen. Es dauerte ewig, bis Sven sich aufgesetzt hatte. Marie und Tom stützten ihn. Einar reichte ihm eine Flasche Wasser. In das Rauschen mengten sich nun doch Worte.

»Das ist ein Land, da bleibt einem echt die Luft weg.« Es war Svens Stimme. Auferstanden von den Toten.

Tom lachte polternd. »Ich dachte immer, die Piefkes hätten keinen Humor. Chapeau! Kannst du aufstehen?«

Sven nickte. »Alles noch dran. Ich mache Karate, ich kenn das Gefühl. Die Fallhöhe war nur etwas höher heute.«

»Beweg mal alles«, befahl Marie und befand ihn nach einer Weile für transportfähig.

Einar hatte Áfram eingefangen. »Besser, du nimmst ihn, Marie«, sagte er.

Ist das alles, was du zu sagen hast?, dachte Sonja wütend, aber sie schwieg.

Im Schritt ritten sie zurück. Am Guesthouse waren Katlas Leute bereits eingetroffen. Ein Mann kam auf Einar zu, ein Gespräch entspann sich. Marie machte eine unwirsche Handbewegung und signalisierte Einar, dass er abziehen solle. Sie begann die Pferde abzusatteln. Tom manövrierte Sven auf eine Kiste und zwang ihn, sich hinzusetzen. Drückte ihm – die Trolle mochten wissen, woher er es hatte – ein österreichisches Gösser-Bier in die Hand.

»Steirerblut gegen Schwabenbrummschädel.« Die beiden redeten leise miteinander, während Marie zusammen mit Sonja die Pferde versorgte.

»Was ist nur in Einar gefahren?«, schimpfte Marie. »Man könnte grad meinen, er wollte deinen Freund …«

»Sven ist nicht mein Freund. Er ist mein Nachbar. Wir haben uns hier …«

»Ich kenne die Geschichte«, unterbrach Marie sie. »Katla hat uns eine Kurzversion erzählt. Starke Nummer. Aber Einar? Wir kaufen seit Jahren Pferde bei ihm, wir züchten Isländer in der Steiermark. Er ist kein Sensibelchen, aber er ist normalerweise sehr umsichtig mit Ross und Reiter. Das war ja fast ein Mordanschlag. Welches Kraut hat ihm Sven denn ausgeschüttet?«

»Ich weiß es auch nicht«, sagte Sonja, während Katlas Worte in ihr nachhallten: Einar hat ihm leider nicht die Wahl der Waffen überlassen. Wollte Einar Sven wirklich ausstechen? Sie beeindrucken? Führte er das alles ihretwegen auf?

Sven und Tom waren aufgestanden und gingen aufs Guesthouse zu. Sven drehte sich um und suchte Sonjas Blick. Sie sah weg.

»Fährst du nachher mit nach Hrísey?«, fragte Marie. »Ich möchte gerne dabei sein, wenn sie diesen Friedenspfahl errichten. Ich stelle mir das schön vor.«

»Ähm, nein, ich glaub nicht. Mal sehen«, erwiderte Sonja und war froh, als Marie die Hand hob.

»Ja dann. Servus, bis später.«

Sonja drückte sich noch etwas am Stall herum, aber Einar redete immer noch mit dem anderen Mann, und es schien, als drehe er ihr absichtlich den Rücken zu. Also machte auch Sonja sich auf zum Guesthouse, wo eine ältere weißhaarige Frau mit Marie sprach und ihr gerade erzählte, dass die World Peace Prayer Society 1955 vom japanischen Lehrer und Dichter Masahisa Goi gegründet worden sei, der tief erschüttert von Hiroshima sein Leben dem Weltfrieden gewidmet habe.

Katla war hinzugekommen. Sie wirkte anders als sonst. Zerbrechlicher, sphärischer. »Goi war vor allem Dichter. Als solcher war er davon überzeugt, dass Worte Kraft besitzen und der einfache Satz ›Möge Friede auf Erden sein‹ die Menschen berührt. Er glaubte, dass eine friedliche Welt alle Kulturen, Bräuche, Religionen und alle Lebensformen respektieren kann. Ich glaube das auch. Worte haben diese Kraft!«

Sie erklärte den Peace Prayers den Ablauf des Tages, bat zu Tisch, und als alle nach dem Essen loszogen, um ihre Rucksäcke und Jacken zu holen, hielt sie Sonja am Arm fest.

»Worte können heilen. Worte können tiefe Wunden schlagen. Worte können töten. Aber Einar setzt nicht auf Worte. Seine Wut ist eine Wut der Taten. Er hat es jetzt schon überreizt. Sven hätte tot sein können. Oder im Rollstuhl enden. Verlass dieses Schlachtfeld, Sonja. Sofort! Hör auf meine Worte. Ich habe nicht mehr so viele.«

Sonja war beeindruckt von der Eindringlichkeit, mit der sie gesprochen hatte. »Ich lege mich ein bisschen hin«, sagte sie. »Mir ist das alles zu viel. Und morgen will ich endlich weiter nach Lady Goggo suchen.«

»Gut«, sagte Katla nur.

Sonja hörte die Stimmen draußen, sie hörte Svens Tür klappen. Würde er bei ihr klopfen? Nein, das tat er nicht. Ein Auto fuhr vom Hof, noch eins. Es wurde still. Sonja nickte ein wenig ein, ihr ganzer Schlaf-Wach-Rhythmus war seit Tagen durcheinander.

Einige Zeit später erwachte sie, ohne sich erholt zu fühlen. Sie ging nach draußen und setzte sich auf den Pferdezaun. Das monotone Kaugeräusch der Tiere lullte sie ein. Zwei von Katlas Katzen sonnten sich auf einem Stuhl, der Geruch nach Meer und Fisch und Weite wehte herüber. Sonja hatte die Augen geschlossen und wäre fast vom Zaun gestürzt, als sie ein Geräusch hinter sich vernahm. Sie konnte sich gar nicht mehr umdrehen, denn von hinten hatten Arme sie umschlossen.

»Sonja. Bist du nicht mit den anderen für den Weltfrieden unterwegs?«

Einar klang nicht bösartig, es klang auch nicht zynisch, aber die aufgestaute Wut brach aus Sonja heraus.

»Mir würde ja der Friede hier schon reichen. Warum

hast du Sven dieses Pferd gegeben? Das war gemein. Und gefährlich.«

»Er hat das Maul etwas voll genommen. Das ist nicht gut.«

»Es ist auch nicht gut, deine Sorgfaltspflicht zu verletzen.«

»Darum bin ich hier. Es geht nicht um Sven. Ich habe dir gegenüber eine Sorgfaltspflicht.«

Sonjas Widerstand schmolz wie ein Gletscher in der stechenden Sonne. Wie Gummis Sprungschanze im Hafen.

»Warum bleibst du nicht hier? Du kannst bei mir wohnen. Mit den Pferden arbeiten. Du kannst gut mit Pferden umgehen.«

Ganze Eisabbrüche kalbten von Sonjas Herz ins offene Meer. Einar flüsterte in ihr Ohr, strich eine Haarsträhne zur Seite.

»Komm, wir rauchen eine Friedenspfeife.«

Sie gingen hinauf ins Atelier, wo Einar einen dicken Joint anzündete.

»Ich mag so was aber nicht.«

»Nur ein Zug. Sonst ist das kein echter Friede.«

Schließlich zog sie. Und gleich noch mal. Plötzlich kicherte sie. Alle Geräusche waren so laut geworden. Im Raum gab es so viele Gegenstände, die sie vorher nie wahrgenommen hatte. Es wurde warm. Einar hatte sein Shirt ausgezogen und zog ihr ihres über den Kopf. Er versetzte Sonja einen ganz leichten Schubs, und sie fiel rücklings aufs Bett. Als die Handschellen klickten, regte sich etwas Wehrhaftes in ihrem Körper.

»Was machst du da?«

»Lass dich treiben. Lass dich gehen. Sie sind doch so weich.«

Sonja sah die Handschellen, die innen mit rosa Fleece gepolstert waren, und auf einmal musste sie wieder kichern.

Einar hatte sich über sie gehockt, und auf einmal hatte er eine Schere in der Hand. Kühles Metall zog eine Spur, die an ihrem Bauchnabel begann, bis hinauf zur Brust. Das Metall klaffte auf, der Druck auf ihr Brustbein verstärkte sich. Schnipp, der BH war geteilt, die Schere schob die Schalen zur Seite. Eiskaltes Metall verharrte auf ihren Brustwarzen.

»Einar, lass das. Ich will das nicht.«

Er ignorierte sie und hatte von irgendwoher eine Feder genommen. Sie war groß und weich und umrundete ihre Brüste. Die Brustwarzen, diese Verräter, richteten sich auf. Dann war sein Mund überall. Er zog ihr die Jeans aus, seine Finger fanden routiniert den Weg, die Feder tanzte. Diesmal hatte Sonja keinen Filmriss, auch die Wirkung des Dopes hatte nachgelassen. Einar war ein großer Mann, und er hatte viel Zeit für mehr Finger- und Zungenfertigkeit. Sonja schämte sich der Explosion in ihr. Irgendwann löste er die Handschellen. Er sah zufrieden aus.

»Überleg es dir, ob du bleiben willst«, sagte er. Dann sprang er in seine Jeans, warf sein Shirt über und ging. Ohne sich umzudrehen. Er ließ sie einfach hier so zurück!

Sonja war zu entsetzt, um zu weinen. Zu aufgewühlt und zu beschämt. Sie zog sich an, rannte fast hinüber ins Guesthouse. Duschte ewig. So viele Worte stiegen aus ihrer Erinnerung hoch. Katlas Worte. *Ich will, dass du den Sex mit Einar nicht so bedeutsam findest. Sei doch lässiger. – Ich rede davon, dass man aus unterschiedlichen Positionen ganz unterschiedliche Dinge sieht. – Nimm die Schwere aus den Dingen, dann ist Sex eine wunderbare Zäsur.* Das Wasser gurgelte in den Boden. *Verlass dieses Schlachtfeld, Sonja. Sofort! Hör auf meine Worte. Ich habe nicht mehr so viele.*

Ich kann das nicht, Katla, dachte sie. Es *ist* schwer. Es *ist* bedeutsam für mich. Er hat sogar gesagt, ich soll bleiben.

Aber wollte sie das? Wollte sie Handschellen und Scheren? Im Grunde ihres Herzens war sie eine kleine Spießerin, die vor Einar mit einem einzigen Mann Sex gehabt hatte, und zwar Blümchensex. Vielleicht öffnete Einar ihr ja nur ein Tor?

Die kleine Katze kratzte an der Tür. Sonja lag lange mit ihr auf dem Bett, bis sie die Stimmen der Gäste hörte. Sie musste hinausgehen, sie durfte sich nichts anmerken lassen.

Es gab ein Abendessen am Lagerfeuer. Das Licht verzerrte die Gesichter und machte sie milde. Sven, der mit Tom redete, sah hin und wieder zu ihr herüber. Einar hatte den Arm um eine Frau gelegt, die exotisch aussah.

Katla kam von irgendwoher. »Du hast nicht auf meine Worte gehört.«

Was sollte Sonja sagen? Nur die Tränen liefen wieder. Katla tippte sie ganz leicht an die Schulter und gab ihr zu verstehen, dass sie ihr in die Küche folgen solle. Katla drückte ihr eine Tasse Tee in die Hand. Tee, der seltsam schmeckte, süß und bitter zugleich.

»Du bist nicht die Richtige für seine Show. Ich bezweifle

überhaupt, dass es die richtige Frau dafür gibt. Und wenn es sie gäbe, wäre sie bald langweilig für Einar. Seine Show ist nur deshalb so elektrisierend, weil er mit der Angst spielt. Und der Macht. Hat er keine Macht, wird es ihn langweilen. Du bist für ihn ein gutes Objekt. Aber er ist keines für dich!«

Wusste Katla immer alles? Hatte sie auch seine Show – wie sie das nannte – genossen? Bestimmt früher, als Katla Sex noch erstrebenswert gefunden hatte.

»Er hat mich gefragt, ob ich bleibe.« Sonja sagte das trotzig, und sie wusste gar nicht, warum sie das tat.

»Das tut er immer. Er füttert an. Er ködert. Er fängt. Und wirft weg. Catch and release.«

»Ich bin kein Fisch!«

»Nein, du bist ein sensibler Mensch, das weiß ich, und es gibt hier noch einen, der sensibel ist. Ihr musstet bis Island reisen, um euch kennenzulernen, dabei ist er dein Nachbar.«

»Sven? Sven ist ein Kasper.«

»Nein, ist er nicht. Man kann viel hinter den Witzen verbergen, aber nicht alles. Und er misst seinen Pornoutensilien keinerlei Bedeutung bei. Einar hingegen braucht und missbraucht sie.«

Katla wusste alles! Es war Sonja mehr als peinlich. Vielleicht erzählte Einar auch von seinen Heldentaten im Atelier. Bestimmt tat er das. So unter Nachbarn in den langen Wintern …

»Liebe Sonja aus Deutschland, kannst du dich erinnern, was ich dir ganz am Anfang in Sigruns Frühstücksraum gesagt habe?«

»In etwa.«

»Ich wiederhole es gerne: Du glaubst, dass du die Erste bist, der es gelingen wird, seine Bastion zu stürmen. Aber das haben auch schon die zehn anderen Frauen vor dir geglaubt und eine steile Lernkurve erleben müssen, um letztlich aus der Erniedrigung zu entfliehen.«

»Du hast damals bei Sigrun Einar beschrieben?«

»Es gibt viele Einars! Einar ist nur der Meister im Erniedrigen. Dabei ist er ein guter Kerl, aber nicht für dich. Er wird sich nie ändern – weder für dich noch für eine andere Frau. Man muss jedes Individuum so lassen, wie es ist. Warum suchst du dir keinen Mann, der zu dir passt? Einen wie Sven? Ich warne dich zum letzten Mal vor Einar. Ich habe nicht mehr so viel Zeit.«

Natürlich, du hast keine Zeit, dachte Sonja. Weil du so ungeduldig lebst. Weil du deine Umgebung einfach über den Haufen rennst.

Katla stand auf und ließ Sonja allein zurück. Auf einmal hatte sie das Gefühl, als verließe mit Katla auch die Wärme den Raum. Sonja fröstelte und ging zu Bett.

Am nächsten Morgen hatte sie das Gefühl, als wäre in der Nacht jemand in ihrem Zimmer gewesen. Sie lag unter einer Wolldecke, die sie selbst ganz sicher nicht ausgebreitet hatte.

Es war Mittag, und sie hatte lange geschlafen.

Tief und traumlos.

13

Sprengisandur, Island

Als Sonja sich angezogen und in Richtung Küche aufgemacht hatte, hörte sie von dort leise Stimmen. Als sie im Türrahmen stand, verstummten alle Gespräche. Torunn war merkwürdigerweise wieder da, obgleich sie doch eigentlich abgefahren war. Sven sah Sonja so seltsam an. Katla war aufgestanden.

»Was ist los?«, fragte Sonja.

»Magst du dich setzen?«, fragte Katla sehr sanft.

Sonja nahm Platz, Sigrun schob ihr eine volle Kaffeetasse hin.

»Was ist los?«, fragte Sonja noch einmal, diesmal mit zittriger Stimme.

Katla nickte Torunn zu, und die begann leise zu erzählen. Gummi ließe sie ganz herzlich grüßen, dass er intensiv nach der Katze gesucht habe.

»Ja und?«, fragte Sonja mit weit aufgerissenen Augen.

»Er hat eine Katze gefunden. Im Hafen. Sie war tot und hatte die Farbe deiner Katze. Sonja, es tut mir so leid!«, presste Torunn unter Tränen heraus. Sie verzichtete auf die genaue Beschreibung, die Gummi ihr gegeben hatte. Dass die Katze schon leicht verwest gewesen sei, aber eindeutig eine Schildpattfärbung gehabt habe.

In Sonjas Innerem explodierte etwas. Eine Kapsel, die den Schmerz umschlossen hatte, brach auf. Der Schmerz überflutete alles. Einige Sekunden sah Sonja in die Gesichter all der Menschen hier, als sähe sie diese zum ersten Mal, und dann rannte sie los. Aus dem Haus, an Einar vorbei, der noch irgendetwas sagte. Sie rannte den Berg hinauf, bis sie das Blut in ihrer Kehle schmecken konnte.

Lady Goggo war tot. Und es war ihre Schuld. Sie hatte nicht aufgepasst. Sie hatte versagt. Sie hatte diejenige nicht schützen können, die des Schutzes bedurfte. Allein und einsam war ihre Katze in einem isländischen Hafen gestorben. Voller Angst. Wie sollte sie selbst jetzt weiterleben? Lady Goggo war ihre einzige Freundin gewesen. Zwischen ihnen hatte es für eine kurze Zeitspanne eine ganz besondere Bindung gegeben – jenseits aller zwischenmenschlichen Beziehungen und jenseits dessen, was die Welt als seriös oder fassbar ansah.

Sonja konnte nicht mehr weinen, nur hinausstarren in den Himmel, über den wieder Wolken jagten. Sie hatte ein Stöckchen in der Hand und malte mechanisch Kringel ins Erdreich.

Dann sah sie Katla den Berg heraufkommen. Behände und leichtfüßig.

»Hier bist du«, sagte sie und atmete nicht einmal sonderlich schwer.

Sonja zeichnete weiter mit dem Stöckchen Kreise auf den Boden.

»Ich habe eben das Bärchen gesehen, den Hengst, du weißt schon. Er kam mir größer vor. Ich glaube, er wächst mit seinen Aufgaben. Das gilt für jedes Lebewesen«, fuhr Katla fort.

»Soll das eine deiner schrägen Philosophien werden? Soll ich daran wachsen, dass Lady Goggo tot ist?«, schrie Sonja.

In Katlas Augen lag so viel Melancholie. »Wenn das der Plan ist, ja.«

»Der Plan? Von wem? Von dir? Von Gott? Von Thor? Vom Universum? Von deinen Anderen? Deine dämlichen Anderen haben gelogen. Es gibt keine guten Elfen, die uns Menschen helfen.«

»Ach, Sonja …«

»Das ist alles, was du zu sagen hast? Du weißt doch sonst immer alles! Du hast doch sonst immer das letzte Wort. Oder besser gesagt den letzten Satz. Mit einem Wort begnügst du dich ja nicht!« Die Berge fingen Sonjas Brüllen auf und warfen es zurück.

»Du gefällst mir, Sonja aus Deutschland. Du bist wütend. Das ist gut.«

»Nichts ist gut! Meine Katze ist tot! Gestorben auf deiner dämlichen Insel. Trotz deiner blöden Anderen. Alles war umsonst«, sagte Sonja schluchzend.

»Es war nicht umsonst. Nichts ist umsonst.«

»Doch! Ich bin auf diese verdammte Insel am Ende der Welt gefahren, um meine Katze zu finden. Nicht wegen der schönen Aussicht. Oder wegen Einar. Oder wegen dir.«

Sonja hielt inne. Stimmte das denn? Wie konnte sie auf einmal so unfair werden? Woher nahm sie diese ganzen Worte? Und diese Wut, die unbändige Wut, die so ganz ohne Vorwarnung mitten in den Schmerz hineinplatzte?

Katla lächelte. »Ich weiß, ich habe dein Leben durch einen riesigen Mixer gedreht wie Erdbeeren zu Erdbeermilch. Die Masse verwirbelt und bläht sich auf, die Stückchen wehren sich dagegen zu verflachen. Aber irgendwann werden die Umdrehungen langsamer, und am Ende ist da eine glatte Fläche. Und der Geschmack ist süß. Und weich. Und angenehm am Gaumen.«

»Das Leben ist wie Erdbeermilch? So was kann nur dir einfallen. Mein Leben ist aber nicht süß. Lady Goggo ist tot. Da wird mein Leben nie mehr gut sein.«

»Gut? Was heißt schon gut? Gut ist wie nett.«

»Ja, und nett ist die kleine Schwester von Scheiße. Ich weiß auch das. Die kleine, dumme Schwester von Scheiße!«

Katla nahm auf einmal Sonjas Hand. »Ein schöner Schlusssatz, findest du nicht? Mit dem Reden ist es wie mit dem Sport und dem Sex. Auch hier habe ich das obere Limit erreicht. Ich will nicht mehr den letzten Satz haben. Nimm du dir in Zukunft die letzten Worte.«

Aber Sonja schwieg. Mit den Blicken folgte sie Katla, die einfach aufstand und bergabwärts stieg. Ihre Bewegungen waren elastisch, sie ging wie jemand, der zeit seines Lebens mit den Bergen auf Du und Du gewesen war. Auf dem Weg nach unten blieb sie an einem Felsen hängen und wäre fast gestürzt. Gerade noch rechtzeitig fing sie sich und ging weiter.

Sonja blieb einfach sitzen. Ihr Kopf war leer. Sie würde keine »famous last words« sprechen. Sie war keine Frau der großen Worte und würde es auch nie werden. Sie wusste nicht, wie es weitergehen sollte. Das Leben geht weiter, pflegte man zu sagen. Stimmte das? Und war es normal, dass der Schmerz schlimmer war als der beim Tod ihrer Oma?

Diese Insel hatte Lady Goggo getötet. Sie musste weg von hier, so schnell wie möglich. Sven hatte ihr angeboten, sie mitzunehmen. Sie war sich nicht sicher, ob sie das wollte. Eigentlich wollte sie allein sein mit dem Schmerz. Sie wollte keinen Trost, weil es in ihrer Untröstlichkeit keinen gab. Sie wollte nicht tagelang neben einem Mann sitzen, den sie des Mordes verdächtigt hatte.

Langsam stieg auch sie zu Tale. Sie sah Einar an der Koppel den Zaun reparieren. Mit einem gewaltigen Hammer hieb er neue Pfähle in den harten und steinigen Boden. Einar stand mit nacktem Oberkörper da, das Fabelwesen auf seinem Rücken wand sich, es zuckte und bebte mit. Sonja blieb stehen und sah hinunter zur Koppel. Auf einmal wurde ihr warm, obwohl wieder ein kühler Wind die Wolken über Hrísey peitschte. Ein paar Steinchen hinter ihr rollten, trudelten und blieben dann liegen. Sonja sah sich um. Sie hatte die Steinchen nicht losgetreten. Die Pferde waren auch nirgends zu sehen.

Ihr Blick wurde wieder von Einar angezogen, der auf die Pfähle einhieb, als wollte er sie bis zum Mittelpunkt der Erde treiben. Und sie fand ihn auf einmal gar nicht mehr attraktiv. Gar nicht mehr so mysteriös. Plötzlich empfand sie Mitleid für ihn. Hier würde sie nicht bleiben. Das wusste sie auf einmal ganz glasklar.

Die Wärme blieb, und ein winziges Lächeln schlich sich auf ihre Lippen. Sie wollte das Lächeln gar nicht. Es passte nicht zu ihrer abgrundtiefen Trauer. Sie ging in ihr Zimmer, legte sich auf den Rücken und schloss die Augen. Sie hörte, wie Katlas Wagen den Hof verließ. Sie sollte lieber nicht mehr Auto fahren, wenn sie schon so schlecht sah, dass sie lauter Dinge umfuhr und beinahe vom Berg fiel, dachte Sonja.

Auf einmal war sie unglaublich erschöpft. Sie schlief ein und träumte, dass jemand eine Decke über sie ausbreitete. Das war gut. Und es blieb so warm in ihr.

Als sie aufwachte, war es mitten in der Nacht. Sie würde gehen, sie hatte hier nichts mehr verloren. Und sie musste sicher keine letzten bedeutungsvollen Worte sprechen. Sonja packte ihre Sachen zusammen und schlich hinaus. In der Küche suchte sie nach einem Stift und Papier. Auf die Rückseite von einem der Flyer von Einars Reitbetrieb schrieb sie:

Liebe Katla,
ich danke Dir von Herzen für alles. Ich muss jetzt allein sein.
Ich melde mich.
Sonja aus Deutschland

Sollte sie Einar grüßen oder Sven? Sie tat es nicht. Stattdessen schloss sie leise die Tür und war froh, dass keiner der Hunde bellte. Dann lief sie die Bucht entlang durch das Dorf und immer weiter. Das Licht lag fahl und schwer über ihr, es würde kein sonniger Tag werden. Die tief hängenden Wolken passten zu ihrem toten Herzen.

Schließlich kam sie zur Ringstraße. Um die Zeit fuhr kein Bus. Als ein Auto vorbeikam, streckte sie ihren Arm mit erhobenem Daumen hinaus. Sonja war noch nie in ihrem fast dreißigjährigen Leben getrampt. Aber es war sowieso alles egal. Ein dunkelblauer Kleintransporter hielt an. Auf der Tür war ein Hufeisen, und daneben stand irgendeine Adresse. Ein Mann Mitte dreißig saß im Auto. Ihr war alles egal, auch wenn der Typ nach Knoblauch stinken oder ein Wüstling sein sollte. Er sprach ein bedächtiges Englisch, das Sonja gut verstand, überhaupt war sie die letzten Tage ganz unmerklich in die Sprache hineingeglitten. Der Mann stellte sich als Ólafur vor.

»Wohin willst du eigentlich?«

»Letztlich nach Reykjavík«, sagte Sonja. »Wenn du nach Akureyri fährst, lass mich einfach irgendwo raus.«

»Ich fahre durchs Hochland in Richtung Süden. Eine Gruppe Reiter ist auf der Sprengisandur unterwegs, der Hochlandpiste. Sie hatten ein paar Pannen und brauchen neue Eisen und verschiedenes Equipment.«

Ólafur war Vertreter für landwirtschaftlichen Bedarf, für Pferdezubehör, ein fliegender Händler, der die entlegenen Höfe ansteuerte, erfuhr Sonja. Selbst im Fußraum des Beifahrersitzes stand eine Kiste mit Hufeisen und einer großen Feile.

»Interessant«, sagte Sonja lahm.

»Na ja!« Er lachte. »Warst du schon mal im Hochland?«

»Nein, ich … ich war nur bei Freunden zu Besuch.«

Aber waren das eigentlich Freunde?, dachte sie. Ich habe meine Katze gesucht, ich war im Fernsehen, ich habe mich überall zum Affen gemacht. Ich habe zweimal mit einem Riesen geschlafen, wobei ich beim ersten Mal nicht einmal etwas davon mitbekommen habe. Nein, im Hochland war ich noch nicht, aber da soll es einsam sein und kalt. Das wäre schön.

Weil Ólafur auf irgendwas zu warten schien und sie nicht ganz so einsilbig wirken wollte, sagte Sonja: »Ich habe nur gehört, dass es drei klassische Routen durchs Hochland gibt. Die Goden sind zu Pferde oft wochenlang zum Versammlungsplatz im Süden geritten, dem Althing.«

»Ja, das stimmt, und die Sprengisandur ist zweifellos die spektakulärste der drei. Eines der berühmtesten Volkslieder Islands handelt von der beschwerlichen Reise über diese Route, von Geistern und Trollen, von Angst und Verzweiflung und der gnadenlosen Einsamkeit. Die Bischöfe von Skálholt ritten über diese Route in den Nordosten des Landes – eine ungewisse Reise, denn wegen der Trockenheit und der Vegetationslosigkeit mussten solche Trips genau kalkuliert werden. Wenn wegen der Wetterbedingungen mehr Tage benötigt wurden als geplant, hatten die Pferde zu wenig Wasser und kein Futter. Dann blieb so manches auf der Strecke. Auch bei den Schaftreibern war der Weg gefürchtet – zu viele böse Geister lauerten hier, zu oft kamen Schneestürme und gefährliche Nebel auf.«

»Aber dann ist so eine Reittour doch gefährlich, oder?«

»Nein, das ist bloß Abenteuertourismus. Eigentlich reiten die Tourorganisatoren auf der Kjölur, das ist auch eine alte Nord-Süd-Verbindung. Im Gegensatz zur Sprengisandur finden die Pferde dort genug Wasser und auch ein wenig Vegetation entlang von Flüssen oder Thermalgebieten. Hochland light sozusagen! Auf der Kjölur sind die Flüsse inzwischen alle überbrückt, da fährt sogar ein Linienbus. Ich bin sie vor ein paar Tagen erst gefahren, nordwärts.« Er brach abrupt ab und wirkte auf einmal fahrig.

Na, hoffentlich fuhr der nicht ähnlich Auto wie Katla. Vielleicht war dieser chaotische Fahrstil typisch für die Polarkreisbewohner?

»Und auf deiner ... äh ... unserer heutigen Route?«

»Da gibt es Furten. Wenn wir sie denn finden! Sonst spült es uns weg.« Er lachte polternd. Als er Sonjas aufgerissene Augen sah, beeilte er sich hinzuzufügen: »Keine Angst, mein Auto hat Allradantrieb. Und ich mach das ja nicht zum ersten Mal. Deshalb bin ich so früh unterwegs, denn tagsüber wird es wärmer, und da fließt auch mehr Schmelzwasser in die Wasserarme. Keine Angst!«

Hatte sie nun doch Angst um ihr kleines Leben? Selbst für den heroischen Tod war sie zu feige, dabei war die Aussicht, im isländischen Hochland einfach wegzugurgeln, sehr verlockend. Aller Schmerz wäre mit einem Schlag vorbei.

Weil Sonja schwieg, fuhr Ólafur fort: »Im Jahr 1933 wagten drei Männer die erste Fahrt mit einem Auto. Es hatte keine Sitze, dafür aber Essensboxen und Tankkanister an Bord. Die drei tollkühnen Recken mussten das Auto mehrmals mit selbst gebauten Fähren über Flussarme übersetzen. Nach sieben Tagen kamen sie an. Heute schafft man es an einem Tag von Hrauneyjar nach Mýri. In Hrauneyjar gibt es die letzte Tankstelle, das letzte Café und ein paar Zimmer. Wir fahren aber in die andere Richtung, von Nord nach Süd.«

Das Auto brummte durch ein verschlafenes Akureyri und weiter auf der Ringstraße, bis Ólafur schließlich auf ein Sträßchen abbog, dessen Schlaglöcher den schlecht gefederten Transporter zum Hüpfen brachten. Irgendwo mitten in der Pampa lag ein Bauernhof.

»Das ist Mýri. Ich gebe nur schnell was ab«, sagte Ólafur und fuhr auf den Hof. Eine Frau in Gummistiefeln und einer dicken Schaffellweste kam heraus, sie lachten und gestikulierten. Dann drückte die Frau Ólafur noch eine Tüte in die Hand.

»Mit besten Grüßen. Unser Frühstück«, sagte er, als er wieder einstieg.

Aus der Tüte zauberte er schmalzgebackene Teilchen. Sie schmeckten köstlich, und erst jetzt merkte Sonja, wie hungrig sie war. Ólafur öffnete und schloss ein Tor.

»So, nun wird es ernst.«

Von Anfang an war die Landschaft karg, kleine Wasserlöcher lagen wie schwarze Opale in der Geröllava. Das Öffnen des Tors markierte die Pforte in eine andere Welt. Die Straße stieg an, irgendwo am Horizont reckte sich ein Gletscher aus dem Schwarz. Eine Mondlandschaft von tiefschwarzer Lava, grauem Sander, anthrazitfarbenen steilen Hängen. Giftgrüne Moose zeigten an, dass das Grundwasser sehr nah sein musste, und wo das Flusstal vom Rinnsal zum Bach wurde, sah man die letzten Schafe. Die letzten Boten der Zivilisation tauchten auf, die Höfe von Isholsvatn.

Danach war nichts als Stille und Gleichförmigkeit. Aus dem Nichts kamen Nebelschwaden, die sich auf dem Boden duckten. Es war Ólafur anzusehen, dass er voll konzentriert war. Die Welt war weggerückt. Katla war so weit weg, ihrer aller Leben sowieso. Ólafur stoppte, stieg aus. Er blickte zu Boden und dann Richtung Horizont. Sonja stieg ebenfalls aus. Wasser lag vor ihnen, verästelte Arme verschwanden irgendwo im Nebel.

»Wir warten kurz. Es macht gleich wieder auf«, sagte Ólafur.

In Sonja wehrte sich irgendetwas. Diese Isländer! Dieser Fatalismus! Hier ging gerade die Welt unter, so dunkel war es.

Doch zehn Minuten später verflüchtigten sich die Nebel tatsächlich wie Feenschleier. Zwar blieben die Wolken, aber es gab Kontraste. Ólafur lief ein kleines Stückchen auf und ab.

»Komm!«

Sie stiegen wieder ein. Ólafur fuhr los. Gab ordentlich Gas. Er lenkte ein wenig nach rechts, beschleunigte, und mit einem Ruck tauchte die Schnauze des Wagens nach unten und kam wieder hoch. Wasser gischtete über die Motorhaube. Noch ein Ruck, und sie waren auf der anderen Seite.

»Das war eine kleine Furt. Die große kommt vor Nýidalur.«

Die Sonne versuchte sich durch die Wolken zu bohren, ab und zu sandte sie einen Lichtspot bis auf die Erde. Permafrostböden überzogen die endlose Fläche, das Auto röhrte, die Hufeisen klirrten. Zeit und Raum zerflossen zu Wackelpudding. Irgendwann stoppte Ólafur erneut. Er stieg aus, die Thermoskanne in der Hand, schenkte bedächtig ein und reichte Sonja den Becher.

»So«, sagte er und wies geradeaus auf die andere Seite des Flusses. Ein Stück entfernt stand eine Hütte. »Da wollen wir hin. Nýidalur. Zivilisation. Eine Hütte des isländischen Alpenvereins. Wenn wir hier absaufen, ist sogar jemand da, der uns rauszieht. Vielleicht.«

Sie standen da und starrten auf das Wasser. Es schoss in drei Flussarmen vorbei, dazwischen blickten kleine Inseln aus dem strudelnden Wasser.

Ólafur lächelte. »Was meinst du?«

Sonja zuckte zusammen. Warum wollten alle immer etwas von ihr hören? Aber bitte schön, dann redete sie eben. »Da weiter unten durch den ersten Strudel, dann auf die Insel, dann beim zweiten Arm leicht links halten, die zweite Insel und dann mit viel Schwung ans Ufer.«

»Okay, versuchen wir es«, sagte er nur und ließ sein Auto wieder an.

Durch den ersten Flussarm ging es gut, das Wasser schlug gar nicht sonderlich hoch. Die Insel war so fest, dass der Allradantrieb griff. Aber der zweite Flussarm war tiefer als erwartet, und das Wasser schlug über dem Kühler zusammen. Sonja starrte in die Fontäne. Gib doch Gas!, dachte sie. Das Auto ruckelte, ächzte, gewann Bodenhaftung und hüpfte wasserspeiend auf die nächste Insel. Noch ein Arm, dann waren sie auf der anderen Flussseite angekommen.

»Gut«, sagte Ólafur.

Er fuhr langsam die letzten Meter zur Hütte. Sonja spürte, wie das Adrenalin sie verließ und Erleichterung einflutete.

Ólafur wurde schon erwartet. Vor der Hütte standen fünfzehn Pferde und zwei Busse. Der eine gehörte den Veranstaltern der Reittour, der andere einer Wandergruppe, die schon aufgebrochen war, um die Ausläufer des Tungnafellsjökull zu umrunden, wie Sonja erfuhr. Zwei Männer mit Fahrrädern machten sich gerade fertig. Wie wollten die denn durch das tosende Wasser kommen? Wieder einmal spürte Sonja, wie klein ihr Dasein bisher gewesen war. Wie eng, wie unbeweglich.

Sonja bekam Kaffee und Rühreier angeboten. Während sie aß, saß sie auf einer Bank und verfolgte das Geschehen. Fünf Pferde hatten wohl mehr oder weniger gleichzeitig ihre Hufeisen verloren, und so viele Ersatzeisen hatten die Veranstalter nicht dabeigehabt. Ólafur half beim Beschlagen.

Sonja spähte auf ihr Handy. Sie hatte keinen Empfang, und das war gut so, denn bestimmt hatten Katla und die anderen ihre Nachricht längst gefunden. Sie wollte sich nicht erklären müssen.

Es war kühl, und Sonja schlenderte ein wenig herum, streichelte eine Fuchsstute und lehnte sich an Ólafurs Auto. Es stand offen, und sie staunte, was der Mann alles mit sich führte! Arbeitshandschuhe, Plastikpfähle, Spaten, Isolatoren, Mistgabeln, Zaunlitzen. Ihr Blick fiel auf ein buntes Band in den Farben der isländischen Fahne. Die Rolle war angebrochen. Von irgendwoher hallte Guðmundurs Stimme: *Bei der Leiche wurde nur ein kleines Stück Band in den isländischen Nationalfarben gefunden. Es ist eine Art Geschenkband für Dekorationszwecke, mit dem zum Beispiel auf Islandpferdeturnieren Schleifen gebunden werden. Es gibt solche Bänder überall zu kaufen.*

Genau das hatte Guðmundur gesagt. Dieses Band hier war ausgefranst. Sonjas Blick glitt zu dem Hufeisen, zum Logo von Ólafurs mobilem Unternehmen. Ein Hufeisen, ein Halbmond, eine Muschel? Wenn man nur flüchtig hinsah, konnte man auch denken, es sei eine Muschel.

Angeblich war der Bus oder Transporter blau oder schwarz

oder doch grün. Das ist die Krux bei Zeugen, dass man sich auf gar nichts verlassen kann. Wahrscheinlich war es am Ende ein roter Kleinwagen. Da war wieder Guðmundurs Stimme.

Es war kein Kleinwagen. Es war ein dunkelblauer Transporter. Keine Muschel, aber ein Hufeisen. Das Band. Alles passte. Was, wenn Ólafur der gesuchte Frauenmörder war? Sonja sah verstohlen zu den Männern hinüber, die die Pferde beschlugen. Satte gleichmäßige Schläge hallten durch die Stille. Aber Ólafur war doch nett, hilfsbereit, liebenswürdig. So einer war doch kein Mörder. Warum sah sie überhaupt immer und überall Mörder?

Sie war paranoid, das war es. Sie war eine Spannerin, deren eigenes Leben so langweilig war, dass sie überall Mörder sah. Sven war ja auch keiner gewesen. Sie hatte einen gefährlichen Gummipuppenwürger gejagt. Sogar Guðmundur hatte ihn am Ende gejagt. Alles wegen einer Gummipuppe! Ja, das Bewusstsein spielt uns oft Streiche – das hatte Katla gesagt.

Doch dann erinnerte sich Sonja daran, dass Ólafur erzählt hatte, er sei neulich erst über die Kjölur gefahren. Die startete am Gullfoss, wo die Holländerin verschwunden war. Alles passte wie die Hufnägel in die Eisen. Aber bei Sven hätte auch alles perfekt gepasst.

Sie musste sich wirklich mal zusammenreißen. Vielleicht sollte sie zu Hause mal eine Therapie machen. Du bist doch komplett gaga, Sonja Weber, sagte sie sich.

In diesem Moment rief Ólafur ihr zu, ob sie aus dem Wagen noch eine kleine Schachtel mit Hufnägeln holen könne. Die sei in der Holzkiste. Sonja nickte und stieg auf die Ladefläche. Sie wühlte, bis sie auf die Hufnägel stieß –

und ein Handy. Es war pink und sah aus wie das von Lorelai. Ein Frauenhandy. Es war ausgeschaltet. Sonja ließ es in ihre Tasche gleiten.

Langsam ging sie auf die Männer zu, vorsichtig reichte sie die Nägel an.

»Danke!« Ólafur lächelte wieder so nett. So lächelte doch kein Mörder. Und wer wäre denn so dumm, das Handy des Mordopfers zu behalten?

Sonjas Gedanken liefen wieder Amok, und sie versuchte vergeblich, sich selbst zu beruhigen. Schließlich entschied sie, einfach mal Guðmundur anzurufen und ihn um Rat zu fragen.

Sie ging in die Hütte, die komplett ausgestorben war. Die Wanderer waren alle unterwegs, die Reiter standen draußen bei den Pferden. Auch drinnen hatte sie kein Netz. Sie umrundete das Haus, aber nirgends war Empfang. Sie wurde zunehmend konfuser und spürte, dass diese Welle aus Panik all ihr Handeln zu ertränken drohte.

Draußen wurden die Pferde gesattelt, die Männer waren offenbar fertig. Der Anführer winkte kurz, und schon töltete die Gruppe vom Hof. Nur noch Sonja und Ólafur waren da.

»Alles gut?«, fragte Sonja.

»Ja, sie können weiterreiten. Gott sei Dank hatte sich kein Pferd einen Nagel eingetreten oder ging lahm.«

»Prima«, presste Sonja heraus.

Ólafur sah sie prüfend an. »Was ist los mit dir? Hast du das Essen nicht vertragen? Du siehst ganz grün aus.«

Sonja starrte ihn an. Von irgendwoher kam diese merkwürdige Wärme wieder, und auf einmal packte Sonja eine unglaubliche Wut. Warum sah man ihr jede Emotion an? Warum nur wurde sie immer grün im Gesicht? Sie hasste diese Farbe! Und was dachten sich Gott oder Thor oder diese blöden Trolle eigentlich, ihr ständig neue vermeintliche Mörder zu präsentieren? Das war nicht witzig! Sie nahm das Handy aus der Tasche und hielt es Ólafur vor die Nase.

»Was ist das?«

Sein Blick verriet ihn. Diesmal hatte sie recht. Das Handy gehörte der Holländerin. Diesmal stand sie vor einem echten Mörder. Und war allein mit ihm im Hochland, wo man nach Jahrzehnten ihre Leiche nicht mehr finden würde. In dieser kargen Welt zwischen Feuer und Eis würde sie ewig ruhen, die Trolle würden tanzen und sie auslachen. Dabei hatte sie sich den Tod doch eigentlich herbeigewünscht.

»Woher hast du das?«, fragte er tonlos.

»Aus der Holzkiste. Es gehört einer toten Frau.«

Ólafur gab ein merkwürdiges Geräusch von sich und machte einen Schritt auf sie zu. »Sonja, ich …«

Sie wollte rennen, aber bis zum Haus hätte sie es nie geschafft. Sie war keine Sprinterin. In einer plötzlichen Eingebung drehte sie sich zum Wagen um, riss die große Feile aus der Kiste und zog sie dem völlig überraschten Ólafur über den Kopf. Der sank augenblicklich zusammen und stürzte wie ein gefällter Baum zu Boden.

Sonja hatte keine Ahnung, woher sie den Mut nahm, aber sie ertastete seine Halsschlagader und stellte fest, dass sie eindeutig pulsierte. Aus einer Kopfwunde rann Blut, aber nicht sehr viel.

Noch immer war diese ungewohnte Wut da. Warum

geriet sie in solche Situationen? Welche Macht mit derartig schrägem Humor hatte sich so was für sie ausgedacht? Sonja nahm die Zaunlitzen und begann Ólafur zu fesseln. Sie verschnürte ihn wie ein Überseepaket. Aber was, wenn er zu sich kam? Oder doch verblutete? Sie war ganz allein mitten im Hochland. Auf die Idee, dass jemand von den Wanderern, Reitern oder Radlern heute Abend zur Hütte zurückkehren könnte, kam sie gar nicht.

Plötzlich fiel ihr ein, dass Ólafur vorhin telefoniert hatte. Ob er mit seinem Handy auf ein anderes Netz Zugriff hatte? Unter äußerster Überwindung griff Sonja in seine Tasche und stieß auf ein Satellitentelefon. Es dauerte, bis sie die Funktionsweise begriffen hatte. Aber sie schaffte es irgendwie, Guðmundurs Nummer zu wählen, die in ihrem Handy abgespeichert war, seitdem er ihr vor einigen Tagen seine Visitenkarte gegeben hatte.

Zum Glück erreichte sie ihn. Guðmundur unterbrach ihren wirren Redefluss mit sehr klaren, sehr bedächtig ausgesprochenen Fragen. Sonja fühlte sich etwas besser, denn dieses Telefon verband sie mit der restlichen Welt und hielt sie davon ab, auf der Stelle wahnsinnig zu werden.

Guðmundur fragte mehrmals nach, wo genau sie sich gerade aufhielt. Am Ende schärfte er ihr ein, in die Hütte zu gehen und sich in einem Raum einzusperren. »Lauf, Sonja«, sagte er noch.

Und sie lief. Rannte hektisch durch die Räume. Die Schlaflager hatten alle lächerliche Türen, die einer wie Ólafur leicht eintreten würde. Und was, wenn er doch tot war? Oder völlig harmlos? Dann hätte sie einen harmlosen Vertreter getötet.

Sonja sperrte sich in der Küche ein, schob einen Tisch vor die Tür und kauerte sich auf den Boden vor der Küchenzeile.

Die bleierne isländische Zeit begann zu laufen. Sonja hätte gerne noch einmal bei Guðmundur angerufen, aber sie war zu schwach, um zu wählen.

Irgendwann hörte sie den Hubschrauber, sie vernahm Lärm und Stimmen und dann Guðmundur, der nach ihr rief. Er stand vor der Küchentür.

»Sonja, bitte mach auf!«

Doch sie konnte sich einfach nicht rühren. Als die Tür barst, hatte sie das Gefühl, als würde ein Vulkan ausbrechen, als würde ganz Island explodieren. Guðmundur stand im Raum und kam langsam auf sie zu. Reichte ihr die Hand. Zog sie hoch. Legte eine Wolldecke um ihre Schultern. Zwei seiner Kollegen kamen auf sie zugerannt, stützten sie auf dem Weg zum Hubschrauber. Sonja stellte noch fest, dass es zwei Hubschrauber waren. Dann verlor sie das Bewusstsein.

Als sie wieder erwachte, bemerkte sie als Erstes den typischen Krankenhausgeruch. Sie lag in einem weiß bezogenen Bett, und eine Frau im weißen Kittel sah sie lächelnd an. »Hello back«, sagte sie und reichte Sonja etwas zu trinken. »Können Sie sich erinnern, was passiert ist?«

O ja, das konnte sie. Sie hatte einem Mann den Schädel gespalten. Sie war in eine Hütte geflüchtet. Guðmundur war von irgendwoher gekommen.

»Ja, ich glaube …«

»Warten Sie bitte kurz«, sagte die Frau und machte eine

Handbewegung zu einem grünlichen Vorhang, hinter dem Guðmundur hervorkam, als hätte er schon länger gewartet. Er setzte sich an ihr Bett und nahm ihre Hand.

»Ich glaube, ich muss bald in den Ruhestand gehen, Sonja. So viel Aufregung vertrage ich nicht mehr.«

»Ich … habe ich …?«

»Du bist eine Heldin! Mensch, Mädchen, die werden eine Straße nach dir benennen.«

Und dann begann er zu erzählen. Nach Sonjas Anruf hatte er den Polizei- und den Sanitätshubschrauber alarmiert. Die Wetterlage war kritisch gewesen – Nebel, Wolken, Turbulenzen –, aber Guðmundur war bereit gewesen, die Aktion auf seine Kappe zu nehmen. Als sie eingeschwebt waren, hatten sie Ólafur neben seinem Wagen vorgefunden, gut verschnürt und inzwischen wieder bei Bewusstsein.

»Er lebt?«, flüsterte Sonja.

»Natürlich. So viel Kraft hast du dann doch nicht. Er wird einen Brummschädel haben, eine leichte Gehirnerschütterung. Das heilt.«

»Aber ist er … ich meine …«

»Ólafur Breidalsson hat gestanden. Er hatte Eve in einem Urlaub auf den Kanaren kennengelernt. Sie hatten eine heiße Affäre, aber das alles war nur ein Urlaubsflirt, zumindest für Ólafur, denn er ist verheiratet und hat zwei kleine Töchter. Eve hat wohl in ihm ihre ganz große Liebe gesehen und hat begonnen, Ólafur zu stalken. Sie hat ihn ständig angerufen und Briefe geschrieben. Sogar nachts hat sie angerufen und wieder aufgelegt, und Ólafurs Frau wurde natürlich immer misstrauischer. Dann kam Eve nach Island und wollte sich unbedingt mit Ólafur treffen.«

»Und dann hat er sie …?«

Sonja gelangen einfach keine ganzen Sätze.

»Sie hat sich mit ihm am Gullfoss verabredet«, fuhr Guðmundur fort. »Ólafur musste ja sowieso zurück in den Norden und hat sich gedacht, er würde Zeit gewinnen, wenn er sie mitnähme. Er hat die ganze Fahrt versucht, ihr zu erklären, dass er sie nicht liebe. Dass sie aufhören müsse, ihn zu terrorisieren. Da sei sie, das sagt er zumindest, völlig hysterisch geworden. Sie habe etwas von dem Dekoband abgewickelt und es mitten während der Fahrt um seinen Hals geworfen. Dann habe sie ihn gewürgt und ihn angeschrien, dass sie dann eben gemeinsam in den Tod fahren würden. Er konnte das Auto offenbar irgendwie anhalten und den Würgegriff abwehren. Dann ist sie anscheinend weggerannt, bis zum Strand. Er sei hinterhergelaufen, sagt er, um sie aufzuhalten. Ólafur beteuert, immer noch geglaubt zu haben, man könne mit ihr reden. Er habe ihr klarmachen wollen, dass man Liebe einfach nicht erzwingen kann. Sie hat wohl auf seine Brust eingetrommelt, und er hat sie weggestoßen. Sie ist gestürzt und auf einen Stein gefallen. Sie sei sofort tot gewesen, sagt er. Ihr Handy war aus der Tasche gefallen, und er hat es im Schock aufgehoben. Dann ist er weggefahren und nach Hause zu seiner Familie. Dort hat ihn jeder Mut verlassen, die Polizei zu informieren.« Guðmundur atmete schwer aus.

Es war still. Die Infusion über Sonjas Bett tropfte. Gleichmäßig und ohne Unterlass.

»Glaubst du ihm?«, fragte Sonja leise.

»Ja, ich glaube ihm. Er wird gute Anwälte brauchen. Die Beweislast liegt bei ihm. Man wird feststellen können, wie schnell sie tot war. Vielleicht wird man Staubpartikel des Steines finden. Es wird auf die Richter ankommen, ob das ein Unfall war oder Totschlag.« Guðmundur verstärkte den Druck seiner Hand. »Und ich soll dir von ihm ausrichten, dass es ihm so leidtut, dass er dir so einen Schrecken eingejagt hat.«

Es tat ihm leid? Und sie hatte ihm eine Hufschmiedfeile auf den Kopf gehauen. Sonja schwieg.

»Ist alles etwas viel, hm?«, fragte Guðmundur. »Geht's dir gut?«

»Ja. Weißt du, ich … ich war auf einmal so wütend. Ich …« Sonja sah den großen Polizisten an, der lächelte und weiterhin ihre Hand drückte. Er saß einfach so da. Es tat gut. Lange Zeit verstrich.

»Kann ich jetzt die Meute reinlassen?«, fragte Guðmundur schließlich.

»Meute?«

»Na ja, Katla, Torunn, Sven, ein Tom, eine Marie. Sie stehen sich seit gestern die Füße in den Bauch. Ähm … und da wäre noch was …« Er grinste schief.

»Was?«

»Das isländische Fernsehen ist auch da. Sie wollen dich interviewen. Man redet in ganz Island über dich.«

»Das Fernsehen? Jetzt? Hier?«

»Ja, die Ärztin hat ihr Okay gegeben. Sie hat mir auch das mitgegeben.« Guðmundur reichte ihr einen grobzinkigen Kamm, eine Puderdose mit Spiegel und einen Lipgloss. »Aber nur, wenn du willst.«

»Kann zuerst Katla reinkommen?«, fragte Sonja nach einem langen Zögern.

»Klar. Ich hol sie.«

Zum ersten Mal, seit Sonja sie kannte, sah Katla wirklich schlecht aus. Und sie schien geweint zu haben. Sie betrat den Raum ungewohnt langsam, beugte sich über Sonja und gab ihr einen Kuss auf die Stirn. Dann zog sie einen Stuhl heran.

»Mit den letzten Worten habe ich nicht gemeint, dass du in ganz Island in den Zeitungen stehst«, sagte sie dann.

»Das war auch nicht meine Absicht. Ich wollte nur weg. Es war so … ich …«

»Du hast ein schlechtes Karma, was Männer in Bussen betrifft, Sonja. Bitte steig in Zukunft nur noch in Kleinwagen ein. Oder in Cabrios.« In Katlas Augen standen tatsächlich Tränen.

»Es tut mir …«, setzte Sonja an.

»Dir muss nichts leidtun! Ich weiß, dass ich immer so übergriffig bin. Jeder muss sein eigenes Tempo finden. Es ist nur so, dass die Zeit … ach … Ich hatte Angst um dich. Echte, nackte Angst. Und alle anderen auch. Die brennen darauf, sich zu vergewissern, dass es dir gut geht.«

»Ich würde gerne …« Sie hielt Katla die Puderdose entgegen.

Katla öffnete sie und hielt sie Sonja vors Gesicht. Notdürftig kämmte sie sich die Haare, legte Puder auf und etwas rosa Lipgloss.

»Na dann, das Covergirl ist fertig«, meinte Katla lächelnd.

Dann stürmte eine schnatternde Schar das Zimmer. Einar war nicht darunter. Sie redeten alle durcheinander, fragten, lachten, bis die Ärztin um etwas mehr Ruhe bat. Dann scheuchte sie alle hinaus, drapierte Sonjas Kissen zurecht, rückte die Blumen auf dem Nachttischchen noch ins richtige Licht, und dann kam das Kamerateam.

Sonjas zweiter isländischer Fernsehauftritt kam nun also aus dem Krankenhaus in Akureyri. Katla durfte bleiben und übersetzen, denn Sonja war sich gar nicht darüber klar gewesen, dass live gesendet wurde. Katla rollte noch mal die Geschichte auf, warum Sonja überhaupt in Island war. Nun wusste also die ganze Insel, wie es war, wenn man von einer Katzensucherin zur Männerschlägerin wurde.

Irgendwann zog das Team wieder ab, und die Lichter gingen aus. Die Ärztin untersuchte Sonja und beschloss, dass sie noch eine Nacht bleiben musste. Sie akzeptierte keinerlei Widerrede. Die Meute verabschiedete sich, und es wurde still um Sonja.

Wenige Minuten später kam die Ärztin wieder herein. Ein Lächeln umspielte ihre Lippen.

»Der da weigert sich zu gehen. Bevor der auf dem Gang herumlungert wie ein Landstreicher …« Sie machte eine Bewegung in Richtung Tür. Da stand Sven. Er sah wirklich etwas ramponiert aus. Die Ärztin ging, und Sven setzte sich auf den Stuhl.

»Du machst Sachen!«

»Ich habe wohl wirklich ein schlechtes Karma. Ständig treffe ich auf Frauenmörder.«

»Ich war doch gar keiner. Und dieser Ólafur anscheinend auch nicht. Da hatte ich aber ganz schön Glück, dass du bei mir in der Dusche keine Waffe dabeihattest. Sonst hätte ich nun auch ein Loch im Kopf.«

»Du bist … du bist unmöglich!«

»Ich bin so froh, dass es dir gut geht.« Er schluckte. »So sehr froh. Darf ich ein bisschen hierbleiben?«

»Natürlich«, sagte Sonja. Dann schloss sie die Augen und nickte ein.

Als sie wieder aufwachte, hing Sven schief auf dem Stuhl. Sein Kopf lag auf ihrem Bett, und er schnarchte leicht. Sonja berührte ganz vorsichtig seine Schläfe. Was hatte sie zu Ólafur gesagt? Sie habe nur Freunde besucht? Und sie hatte daran gezweifelt, ob es überhaupt ihre Freunde waren. Jetzt wusste sie es besser: Das waren die besten Freunde, die sie je gehabt hatte.

Die Ärztin schickte Sven nun doch hinaus, gestattete ihm aber, dass er Sonja morgen abholen dürfe.

Am nächsten Tag tauchte Sven mit drei Zeitungen unter dem Arm auf. Alle thematisierten Sonjas heldenhaften Einsatz. Im *Morgunblaðið* hatte sie es sogar auf die Titelseite geschafft. Sie saß in ihrem Krankenbett, und eigentlich sah sie auf dem Bild gar nicht so schlecht aus.

»Und was steht da so?«, fragte Sonja.

»Na ja, ich kann ja auch nicht fließend Isländisch, aber es steht drin, dass du messerscharf kombiniert hast. Und viel von Zivilcourage und so und dass du ein Vorbild bist.«

Sie, der ewige Angsthase, sollte ein Vorbild sein?

»Na ja …«, meinte sie zögernd.

»Nix na ja. Lass uns fahren.«

Es war ein sonniger Tag mit einem Wind, der alle schlechten Gedanken fortblasen konnte.

»Wie geht's dir denn eigentlich?«, fragte Sven nach einer Weile. »Ich meine, wegen der Katze?«

Sonja zögerte. »Ich weiß nicht. Es ist so viel passiert. Ich glaube, ich bin irgendwie in Trance. Oder stehe unter Schock. Das ist alles so irreal. Es tut weh. Ja, es tut weh, aber …«

»Wenn ich dir irgendwie helfen kann, dann sag es. Wenn du reden magst …«

»Danke«, sagte Sonja und sah aus dem Fenster.

Wie oft war sie nun schon diese Strecke gefahren. Als Sven abbog, war es, als käme sie nach Hause. Die anderen hatten anscheinend auf sie gewartet und kamen nun aus dem Guesthouse gestürmt. Tom entrollte einen fleckigen roten Teppich und rief: »Leider hab ich auf die Schnelle keinen sauberen gefunden.«

Sonja war beschämt. Sie hatte es all diesen Menschen sicher nicht leicht gemacht, und jetzt wurde sie von ihnen wie ein Superstar gefeiert. Marie hatte Linzer Torte gebacken und reichte allen ein Stück davon. Als sie alle gerade die Willkommensfestivität in die Küche verlegen wollten, kam Einar.

»Wir gehen hinein«, sagte Katla in einem Ton, der keinen Widerspruch zuließ. Sie trollten sich alle. Sven bekam von Katla einen Schubs und stolperte die Treppe hinauf.

Da stand Sonja nun. Allein mit Einar. Sie stand auf der untersten Treppenstufe und war dadurch fast so groß wie er. Sie standen auf Augenhöhe.

»Ich war in Sorge«, sagte Einar nur und umarmte sie. Sonja blieb stocksteif. Seine Bartstoppeln kratzten, und er roch nach Leder, ein wenig nach Pferd und nach einem

Rasierwasser. Sie stellte fest, dass ihr Herz diesmal keineswegs wie ein Hammer zu schlagen begann, und entwand sich seinen Armen.

»Es ist alles gut gegangen«, sagte sie.

»Wenn dir etwas passiert wäre! Ich wüsste nicht …«

Das klang zu theatralisch. Irgendwie eingeübt. Ihre Knie sackten nicht weg. Sie stand ihm aufrecht gegenüber.

»Lass uns reingehen. Es gibt Kuchen«, sagte sie ruhig.

Tatsächlich folgte er ihr und nahm genau gegenüber von Sven Platz. Torunn hatte einen Laptop auf den Tisch gestellt.

»Wahnsinn! Der TV-Sender hat uns lauter E-Mails und Tweets weitergeleitet. So viele Menschen, die dir danken. Die dir Glück wünschen. Die mit dir mitfühlen wegen deiner Katze.«

Katla und Torunn übersetzten abwechselnd. Es war eine gewaltige Welle von Mitgefühl. Die beiden Männer schwiegen, bis Tom seine Wunderwaffe holte. Gösser – das Bier aus seiner Heimat. Die Flaschen klirrten aneinander. Als Einar die von Sven touchierte, fehlte nicht viel, dass sie zerborsten wäre.

Sie blieben lange sitzen. Katla trug Kartoffelsalat auf und Tomaten. Es gab Sandwiches und mehr Bier. Irgendwann verabschiedeten sich Tom und Marie, und auch Torunn fuhr nach Hause. Sven und Einar belauerten sich.

»So, meine Herrschaften!« Katla war aufgestanden. »Sonja geht ins Bett, und wir haben von der Klinik die Weisung, dass sie sich schonen soll. Und ihr beiden verschwindet! Und wagt es nicht, heute noch mal aufzutauchen.«

Sie schien das ernst zu meinen. Sven verschwand in seinem Zimmer. Einar polterte hinaus. Katla lächelte Sonja an und nahm ihre Hand. »Schlaf gut, Sonja aus Deutschland. Ich werde immer bei dir sein.«

»Wenn ich nicht gerade wieder in irgendeinen Schlamassel gerate«, murmelte Sonja in einem Versuch, witzig zu sein.

Katla umarmte Sonja ganz kurz, winkte ihr zu und verschwand. Diesmal blieb die Wärme im Raum zurück. Sonja zog sich in ihrem Zimmer langsam aus und trat ans Fenster.

Katla und Einar standen im Hof. Sie konnte nicht hören, was geredet wurde. Dann lehnte Katla ihren Kopf an seine Brust, und er legte seine Pranken ganz leicht auf ihre Schultern. Es war eine merkwürdige Szene, und zum ersten Mal stieg in Sonja ein Gedanke auf. Liebte Einar Katla? War sie die Einzige, und all die anderen Frauen waren nur Ablenkung? Ablenkung, die er brauchte, weil Katla sich ihm entzog?

Plötzlich sank er zu Boden und umklammerte ihre Knie. Katla stand da wie eine Priesterin, sie hielt ihre Hände schützend über seinen Kopf. Es war, als segnete sie ihn. Sonja war verwirrt, sie fühlte Beklemmung und auch eine große Demut. Nach einer Weile gingen beide in verschiedene Richtungen davon.

Sonja hatte in den Tagen, in denen sie hier gewesen war, mehr erlebt als in ihrem ganzen Leben davor. Die Szene, die sie eben beobachtet hatte, sagte ihr, dass es zwischen den Ebenen so viel mehr gab als das, was man greifen und begreifen konnte.

Es lag an dieser Insel.

14

Grindavík, Island

Am nächsten Morgen erwachte Sonja erst um halb zehn. Sie versuchte den Schlaf abzuschütteln, ging ins Bad und zog langsam ihren Schlafanzug aus. Plötzlich fielen ihr ihre Hüftknochen und Rippen auf. Und ein Gesicht, das schmaler war als jenes, das ihr in Mering aus Omas altem Allibert entgegengeblickt hatte. Die Islanddiät hatte sie schmaler gemacht. Doch was hätte sie darum gegeben, so dick zu bleiben wie vorher und dafür ihre Katze behalten zu dürfen …

Sie zog eine neue Jeans an, die letzte saubere, und benutzte ein gänzlich jungfräuliches Loch an ihrem Gürtel. Dann ging sie in die Küche, wo Sven saß und eine Frau, die Sonja nicht kannte, die ihr aber dennoch bekannt vorkam.

Sven schenkte Sonja Kaffee ein. Er sah schlecht aus – als hätte er Gespenster gesehen und könne sie nicht aus seinem Blickfeld verbannen. Die Frau lächelte Sonja an.

»Hallo, ich bin Karen. Ich bin Katlas Schwester.«

Daher die Ähnlichkeit. Karen war sicher zehn Jahre jünger als Katla, sie war größer, aber dennoch unverkennbar ihre Schwester. Karen war eine jüngere, zivilisierte Katla. Sie trug Jeans, einen Blazer, war dezent geschminkt.

Das also war die Business-Schwester, die am Weltmarkt agierte.

»Hallo«, sagte Sonja.

Eine unangenehme, bleierne Schwere lag plötzlich über dem Raum.

»Magst du?«, fragte Karen und reichte Sonja einen Brotkorb.

Sonja nickte, obwohl sie keinen Hunger hatte.

»Wo ist Katla?«

»Sie ist nach Snæfellsnes abgereist«, sagte Karen mit äußerster Beherrschung.

Sonja versuchte zu verstehen. Barður? Die Reise zum Mittelpunkt der Erde? War nicht Katlas Mutter …?

»Aber …«

»Katla ist in den Gletscher gegangen. Sie musste das tun.«

Außer dass Sonja den großen Kaffeebecher umkippte, passierte nichts. Die heiße Flüssigkeit mäanderte über den Tisch, schoss über die Kante und fiel wie ein isländischer Wasserfall in die Tiefe.

Irgendwann stand Sven auf und holte einen Lappen.

»Katla war sehr krank. Deshalb ist ihre Sehkraft auch immer mehr geschwunden. Katla kannte ihren Weg. Ich habe das lange nicht akzeptiert. Ich habe ihr Kliniktermine in den USA organisiert. Ein paar davon hat sie sogar wahrgenommen, doch das Ergebnis war immer dasselbe. Inoperabel. Katla ist ihren Weg dann ohne die Schulmedizin gegangen. Ich glaube, sie hatte recht. Es hat ihr drei Jahre geschenkt. Aber nun musste sie gehen. Wie Mutter. Sie hätte so gern noch deine Katze gefunden, das musst du mir glauben, Sonja.«

»Aber … aber …« Mehr bekam Sonja nicht heraus.

»Katla war in Reykjavík nicht nur beim Elfenkongress, sondern auch, um ihren Job zu kündigen. Sie hat auf andere so locker gewirkt, so entspannt, als lebe sie einfach in den Tag hinein. Irgendwie hat sie das ja auch. Obwohl ich ihre Schwester bin, habe ich sie nie ganz verstanden. Denn andererseits hat sie nie etwas dem Zufall überlassen. Sie hatte die Zügel immer in der Hand. Zwar hat sie ihr Leben und andere Menschen durchaus an der langen Leine laufen lassen, aber sie hatte immer einen Plan. Auch jetzt.« In Karens Augen standen Tränen.

Sven schenkte ihr Kaffee nach.

Karen lächelte ihn dankbar an. »Katla hat gesagt, wenn du älter wärst, hätte sie es sich fast noch mal überlegt.«

»Ich fühle mich geehrt. Sie war großartig. Umwerfend«, sagte Sven sehr leise.

»Warum redet ihr von ihr in der Vergangenheit?«, brach es aus Sonja hervor.

»Sie ist in den Gletscher gegangen. Niemand hätte sie aufhalten können. Ich habe mich damals bei meiner Mutter dagegengestemmt. Ein zweites Mal tue ich das nicht, und ein zweites Mal überlebe ich das auch nicht.«

»Sie hat sich umgebracht?« Alles an Sonja zitterte. Sie hatte das Gefühl, als zerfalle ihr Körper wie eine Tonfigur.

»So würde ich das nicht sagen. Es gibt Menschen, die in den Gletscher gehen können.«

»Man kann nicht in einen Gletscher gehen!«, schrie Sonja.

»Katla schon«, sagte Sven ganz sanft und legte seine Hand auf ihre. Sonja ließ es geschehen.

»Katla wusste das alles schon sehr lange. Sie war vorbereitet. Sie hat auch mich vorbereitet. Sie hat mir die Chance gegeben, dabei zu sein. Dafür bin ich ihr unendlich dankbar. Bei meiner Mutter hat es mich getroffen wie ein Speer, der mein Herz durchbohrt. Ich wollte so sehr, dass der Schmerz aufhört, aber ich stand monatelang da mit meinem durchbohrten Herzen. Ohne Linderung. Diesmal werde ich auf Katlas Weise trauern. Und ich werde ihr Andenken bewahren. Meine Familie und ich werden in Katlas Haus ziehen. Ich vermiete mein Haus in Akureyri. Guðmundur, du hast ihn kennengelernt, sucht gerade was Neues. Vielleicht wird er dort einziehen. Wir werden Katlas Tiere hüten, und meine Kinder werden Tante Katlas Welt erobern. Sie hat das alles vorher so bestimmt.«

Drinnen war es totenstill. Von draußen drangen dumpfe Geräusche herein.

»Der gute Einar«, sagte Karen. »Was wird er tun, wenn er alle Pfähle neu eingeschlagen hat? Wohin geht er dann mit seinem Schmerz?«

»Einar hat das gewusst?«, flüsterte Sonja.

»Ja, sie waren Freunde. Katla hat ihn durchschaut, und deshalb konnte er ihr gegenüber ganz klein sein. Er konnte seine Machoallüren wegpacken. Er hat sie immer geliebt, und während der langen Winter haben sie sich beide erholt von den entfesselten Sommern. Einar wird über Katla nie hinwegkommen. Auch deshalb wollte Katla, dass wir hier leben. Wir haben ein Auge auf Einar. Sie hat all ihre Lieben untergebracht. Sie hat einen Schutzschild gespannt über ihre Menschen und Tiere. Deshalb auch das große Fest vor einigen Tagen. Es war ihr Abschiedsfest.

Ich konnte nicht kommen, das hätte ich nicht durchgestanden. Es war ihr Abschiedsfest, ohne dass das jemand zu wissen brauchte.«

Der Druck von Svens Hand verstärkte sich.

»Sie hat mir einen Brief für dich gegeben.« Karen reichte Sonja ein gefaltetes Blatt und stand langsam auf. So als bereite ihr jede Bewegung größte Mühe. Sven drückte noch mal Sonjas Hand und ging dann mit Karen hinaus.

Sonja starrte auf das Blatt. Sie wagte nicht, es zu lesen. Sie stand auf. Ging zur Küchenzeile. Kam zurück. Starrte das Blatt an. Setzte sich wieder. Sie drehte es um. Und dann faltete sie es auseinander. Katlas Schrift war schwungvoll und groß.

Meine liebe Sonja aus Deutschland!
Ich würde so gerne sagen, dass ich mein Leben dafür gegeben hätte, dass Deine Katze gesund und munter wiedergefunden wird. Das hat leider nicht geklappt. Aber Du darfst nicht verzweifeln, denn sie hatte ein reiches Leben. Und auch wenn Du mir das nicht glaubst: Sie spricht zu mir. Sie wird sich auch Dir zeigen.

Alles ist endlich. Nun ist wieder Sommer, das Leben wird immer ein Kommen und Gehen bleiben. Triumphale Ankünfte, wehklagende Abschiede. Verhaltene Anfänge, jubelnde Folgen. Teilstrecken, meine Liebe. Wer im Hier und Jetzt lebt, der lebt.

Du hast gesagt, ich sei cool und allwissend. War ich aber nicht. Ich habe sehr viel falsch gemacht, und einmal habe ich sogar falsch über ein ganzes Leben entschieden, das war, als ich das Kind von Guðmundur abgetrieben hatte. Das hat er mir nie verziehen, und ich habe keinen zweiten Versuch unternommen. Wäre dieses Kind geboren, wäre es vielleicht eine Tochter geworden, die heute ein wenig älter wäre als Du. Ich weiß, Du hast gedacht, dass ich als Mutter eine Katastrophe wäre. Besser keine Mutter als eine wie mich.

Aber ich kann Dir sagen, Sonja aus Deutschland: Ich wäre stolz, eine Tochter wie Dich zu haben. Weil Du besonnen bist, weil Du zögerst. Weil Du höflich bist und Dich zurücknimmst. Das alles kann ich nicht. Du musst nur ein wenig an der Dosierung und an der Rezeptur arbeiten. Gib einen Schuss Mut dazu! Streu etwas Kühnheit darüber! Wage eine Zugabe von Widerspruch, Du wirst Dich wundern, was ein überzeugtes »Nein« oft für einen himmlischen Geschmack bringt. Du glaubst, mit einem »Nein« würde die Welt untergehen. Du befürchtest, es würden Wälle aus Ablehnung und Streit wachsen. Aber das stimmt nicht! Probier es aus, und Du wirst sehen, dass man Dich anders wahrnimmt. Ernster nimmt.

Du hast es ja schon einmal getan. Du bist die Heldin von Island! Du hast etwas gewagt, was kaum einer getan hätte. Ich bin wahnsinnig stolz auf Dich. Ich gehe mit Stolz. Und ich glaube, Du hättest einen Begleiter an Deiner Seite, jetzt wo ich Dich nicht mehr traktieren kann mit meinen schrägen Philosophien. Geh einen Schritt zurück, schau ihn an, schau in sein Herz. Sven ist der Mann, mit dem Du lachen und weinen kannst. Glaub einer alten Frau! Und lass Einar so sein, wie er ist. Einar passt in sein Leben, aber Du nicht in seins. Geh jetzt nach Hause zu und mit Sven. Holt Euch irgendwann einmal eine neue Katze, denn immer wenn ein

Lebewesen geht, macht es Platz für neues Leben und neue Liebe. Nicht für Düsternis.

Und lerne, Dir die letzten Worte zu nehmen.

Alles Gute, Sonja, meine Tochter

Die Tränen, die nun auf das Geschriebene tropften, waren nicht diese schweren Tränen der Verzweiflung. Es waren Seelentränen. Irgendetwas verlangsamte den Lauf der Welt. Sonja las den Brief viele Male, und am Ende stand die Zeit ganz still.

Sie wusste nicht, wie viel Zeit vergangen war, als Sven hereinkam.

»Kommst du mit mir an den Strand?«

Sonja stand auf, und schweigend folgten sie dem Pfad, den sie auch schon mit den Pferden genommen hatten. Das Meer war vergleichsweise ruhig, es plätscherte sacht an den Strand. Schwemmholz türmte sich auf wie ein Haufen verblichener Dinosaurierknochen. Ein Bauer lud es auf einen verrosteten Anhänger und tuckerte mit einem altersschwachen Traktor über den Strand. Als er weg war, war da nichts mehr, woran sich das Auge hätte festhalten können. Es gab nur Sand und Wasser und weit draußen Hrísey.

»Inseln sind betörend«, sagte Sven. »Was würdest du auf eine Insel mitnehmen?«

Meine Katze, dachte Sonja. Aber die war ja tot. Katla? Die war auch tot. Sonja schwieg.

Sven sah sie an. »Ein gutes Buch? Eins, das man immer wieder lesen kann? Ich habe neulich in Reykjavík eine Handschrift gesehen, die Ende des 14. Jahrhunderts entstanden ist. Sie heißt Flateyjarbók, eine bunte, opulente, von Illustrationen und Kalligraphien überbordende Handschrift. Sie ist so bunt, so schön, ein Comic der Frühzeit.«

»So etwas interessiert dich?«, fragte Sonja, die froh war, dass Sven es ihr mit seinen Erzählungen leicht machte. Sie konnte zuhören. Sie musste nichts offenlegen.

»Ja, sehr. Ich weiß, du hältst mich für einen oberflächlichen Deppen.«

»Nein, tue ich nicht!«

»Doch. Es ist ja auch schwer, hinter die Fassaden zu sehen. Ein Dildoprinz wie ich, der kann ja nur oberflächlich sein. Und mein Humor ist eben schräg. Ich weiß das.« Er kokettierte nicht, sondern meinte es ernst.

»Nein, das stimmt nicht. Ich bin es doch, die zu dumm ist. Ich habe nicht bemerkt, dass Katla sterben muss. Ich habe dich für einen Mörder gehalten. *Ich* bin oberflächlich.«

»Nein, du warst in einer Ausnahmesituation. Da ist es schwer, links und rechts zu sehen. Guðmundur hat es ja auch geglaubt. Und der ist wirklich erfahren. Sogar Guðmundur hat sich blenden lassen.«

»Ja, vom Kopfkino. Ich weiß, aber das entschuldigt nicht, dass man nur an sich selber denkt.«

»Sonja, du denkst eher zu wenig an dich selbst, glaube ich. Warum hältst du so wenig von dir? Warum nur?«

»Weil an mir alles unterdurchschnittlich ist. Grottig.«

Sven runzelte die Stirn. »Du bist überdurchschnittlich mutig. Du hast einen Mörder gejagt.« Er lächelte sie an. »Außerdem bist du hübsch!«

»Klar, der Moppel aus Mering.«

»Warum finden sich Frauen eigentlich immer zu dick?

Selbst wenn sie Gerippe sind, halten sie sich für zu fett. Ich kenne genug Mädels, die würden morden für deinen Busen. Ich auch.« Er stutzte. »Also, nicht, dass du jetzt denkst … äh …«

»Du bist mal sprachlos?« Sonja musste lachen. Es war ein leichtes Lachen, das hinaufflog in den Himmel. Ihre Welt war voller Todesnachrichten – und sie lachte? Weil jeder Tod Platz für neues Leben schuf?

»Hast du den Eindruck, ich bin eine Plaudertasche? Bestimmt!«

»Nein. Du bist mit Worten einfach besser als ich. Und besser als viele andere. Ich wäre froh, mir würden so gute Sachen einfallen. Mir fällt was Gutes erst ein, wenn der Gesprächspartner schon draußen ist. Oder nie.« Sonja zuckte die Schultern.

»Und dann ist der Dummschwätzer auch noch ein Pornoprinz!«

»Es war nur eben so … na ja … Die ganzen Dildos. Die auf der Wäscheleine. Du mit einem Korb voller Sexspielzeug. Da …«

»Da dachtest du, ich sei ein Wüstling. Ich weiß.« Sven lächelte sie an, und Sonjas Herz machte einen kleinen Hüpfer.

Sein Lächeln veränderte sich und wurde nun mehr zu einem Lausbubengrinsen. Wenn die Isländer viele Worte für Schnee hatten, hätte man für Svens Lachen auch viele Worte finden müssen.

»Aber mit Verlaub, Frau Nachbarin, es ist ja auch nicht normal, seine Katze …«

Sonja zuckte innerlich zusammen. Klar war das nicht

normal. Aber anstatt sich wieder in ihr Schneckenhaus zurückzuziehen, sagte sie leise:

»Normal nicht. Ich war mir auch immer dessen bewusst, dass es unrecht war. Aber ich konnte nicht anders. Ich hatte auf einmal Wissen über die Nachbarn, und das hat mich stärker gemacht. Dass die Habersetzer säuft und der alte Gartenfetischist es an der Prostata hat, das hat mir geholfen, die beiden besser zu ertragen. Niedere Motive, ich weiß.«

Sven lächelte. »Ich versteh dich, das sind Zombienachbarn. Aber ich süßes Kerlchen …«

»Ja, es war unrecht. Und du hast mir nie was getan. Ich kannte dich ja nicht mal. Es tut mir alles so leid.«

»Muss es nicht. Nur schade, dass du so einen Pornoeindruck von mir hattest.« Er lachte. Dann schwieg er.

Sie sahen beide aufs Wasser, ein Boot durchschnitt das Blau. Plötzlich schien ein Ruck durch Sven zu gehen. Sein Ton wurde ernster.

»Ich würde gern irgendwann mal mit dir zurück nach Grímsey kommen. Und zwar ohne dass ich verhaftet werde. Der Teil könnte einmalig bleiben.«

»Ja, ich weiß, das erzählst du dann mal im Altersheim. Als einmalige Geschichte.«

»Ja, genau, und weil ich so gerne rumlabere, würde ich auch noch die Entstehungsgeschichte von Grímsey erzählen. Kennst du die?«

»Nein.«

»Es waren einmal drei Nachttrolle, die beschlossen, die Westfjorde durch einen Graben von der restlichen Welt abzuschneiden. Zwei der Trolle arbeiteten im Südwesten und schufen aus den anfallenden Erdmassen die Inseln im Breiðafjörður. Die dritte Trollfrau hingegen arbeitete weiter östlich und hatte weitaus mehr zu tun. Doch alle buddelten verbissen und waren so vertieft, dass sie den Sonnenaufgang verpassten. Zwei der Trolle eilten in den Kollafjörður, um ein Versteck zu finden. Zu spät – sie erstarrten zu Stein, noch heute sichtbar in der Bucht von Drangsnes. Auch die Trollfrau wurde von der Sonne überrascht. Sie sprang nach Norden und betrachtete ihr Werk. Keine vernünftige Insel – das machte sie so wütend, dass sie mit ihrer Axt ein Stück von einer Klippe abhieb und ins Meer schleuderte: die heutige Insel Grímsey. Nur hatte sie ihr Wutausbruch zu viel Zeit gekostet – auch sie erstarrte zu Stein. Man lernt daraus: Trolle vertragen kein Licht.«

Sonja sagte nichts.

»Ich rede einfach zu viel, ich weiß. Ich bin ein Angstplapperer.«

»Nein, es ist schön, was du alles weißt. Und wovor hast du Angst? Du bist doch der Ritter ohne Furcht und Tadel.«

»Ich bin eher der Ritter der traurigen Gestalt.« Er stockte. »Sonja?«

»Ja?«

»Ich habe vor dir Angst.«

»Vor mir? Klar!«

Er atmete tief durch. »Ich mag dich sehr, Frau Nachbarin, und ich habe Angst, dass du bei Einar bleibst.«

Sonja war bestürzt. Sie löste in einem Mann solche Gefühle aus? »Ich … ich … also …«

»Du musst mir nichts erklären. Gehen wir zurück?«

Sie liefen wieder über den Strand, ihre Schultern berührten sich fast. Es war Sonja, die seine Hand nahm.

»Ich bleibe nicht bei Einar.«

»Nein? Aber jetzt, wo er Katla verloren hat, braucht er jemanden.«

»Nicht mich.« Auf einmal konnte sie das sagen – und sie sagte es nicht nur. Sie wusste es. Es war sonnenklar. Tränen liefen über ihr Gesicht. »Ich kann es nicht glauben, dass Katla tot ist. Jemand wie sie kann doch nicht sterben!«

»Ich wünschte, ich könnte dir helfen, was Katla angeht. Aber sie wollte es so. Und ich glaube ganz fest, dass ihre Energie bei uns bleibt.«

Sonja schniefte.

Da fasste Sven sie ganz sanft an den Schultern und drehte sie zu sich. Er küsste sie auf die Stirn, zarter als ein Windhauch. »Ich kann dir auch nicht helfen, was Lady Goggo betrifft. Ich kann dir nur sagen, dass es nicht unnormal ist, den Tod eines Tieres zu betrauern. Oder gar mehr zu betrauern als den eines Menschen. Bitte, Sonja. Rechne nicht die Trauer auf. Das kann und darf keiner. Ich war wochenlang wie gelähmt, als jemand meinen Kater Einstein getötet hatte. Irgendwann habe ich mir das Tattoo machen lassen. Es wird das einzige bleiben.« Er atmete tief durch. »Einstein war ein Herumtreiber. Anfangs habe ich alle zehn Minuten die Tür aufgerissen und nach ihm gebrüllt. Meistens kam er nicht, manchmal lag er am Morgen seelenruhig in meinem Bett. Kein schlechtes Gewissen. Warum auch, Gewissen ist eine Menschenerfindung. Selbstreflexion auch, Katzen müssen nicht über ihr Selbst reflektieren. Oft habe ich Einstein beim Joggen morgens irgendwo entdeckt, weit weg von meinem Haus, nahe an der Bundesstraße. Ich habe ihn heimgetragen und gedacht, er wird eines Tages überfahren. Als er eines Morgens schwer atmend auf der Terrasse lag, hab ich nicht an eine Vergiftung gedacht. Er starb beim Tierarzt. Ich war gebrochen, tief drinnen, da wo andere Menschen nicht hinsehen können. Meine damalige Freundin fand das irgendwann unnormal. Sie fand, es gäbe eine normale Trauerzeit für ein totes Tier und dass ich diese weit überreizt hätte. Wir haben uns getrennt. Und ich wurde zynischer und lakonischer und fatalistischer als je zuvor, und ich glaube, ich mache erst seit dieser Zeit so viele dumme Witze. Hinter Witzen kann man sich gut verstecken.«

»Du bist wenigstens witzig«, sagte Sonja. »Ich bin nie witzig, und irgendwie war mein Leben auch nie witzig. Alles ist so traurig. Meine Mutter wollte mich nicht, damit fing es an. Keine Sorge, ich stimme jetzt nicht die Leier von der schweren Kindheit an. Meine Oma zum Beispiel war sehr lieb zu mir. Aber meine Chefin ist eine böse Hexe, und ich kann mich einfach nicht wehren. Ich pack das nicht. Lady Goggo war meine einzige Freundin. Sie hätte doch noch so lange leben können.«

Sven drückte schweigend ihre Hand, während Sonja erzählte – von den Geschwistern Heureka und Paul, die Lady Goggo ursprünglich gehabt hatte, und von der Mutter der drei kleinen Kätzchen, die so schlecht behandelt worden war.

»Die Katzenmutter war scheu, abgemagert und ständig auf der Flucht vor den Menschen, in deren Scheune sie für die Geburt Zuflucht gesucht hatte. Sie war verwurmt und übersät von Flöhen. Sechs Wochen lang hat die Katzenmutter ihre Jungen versteckt, und als sie dann zum ersten Mal ins Freie tapsten, mussten sie ständig vor fliegenden Schuhen, vor Holzscheiten, vor Schreien fliehen. Warum sind Menschen so?«, fragte Sonja.

»Ich weiß es nicht. Warum vergiftet einer einen Kater, der ihm nichts getan hat?« Sven schluckte schwer. »Und wie ging es dann weiter?«

»Ihre Mutter hatte keine Milch mehr und war sehr schwach. Zwei Wochen später starb sie. Eine Frau aus der Nachbarschaft nahm die drei Kätzchen mit. Sie landeten bei meiner Chefin, die sie alle in Quarantäne gab. Die beiden älteren waren zu schwach, nur die ganz kleine überlebte. Die Katzenmutter hatte ihre Kleinen auf dem zerrissenen Sitz eines alten Goggomobils in der Scheune geboren. Drum habe ich die Kleine Lady Goggo getauft. Und nun musste sie in Island sterben.«

Noch nie hatte Sonja so viel geredet. Am Stück erzählt. Von tief drinnen.

»Vielleicht könnten wir uns ja doch ein wenig gegenseitig helfen«, sagte Sven und gab ihr einen weiteren federleichten Kuss – diesmal auf die Wange. Mehr nicht.

Sie gingen Hand in Hand zurück zum Hof. Einar, Magnus, Karens Mann Gunnar und ihr Sohn Tristan schichteten gerade einen riesigen Holzhaufen auf. Der Bauer mit dem Traktor brachte etwas vom Treibholz vorbei. Nachbarn kamen mit alten Stühlen und alten Holzbrettern. Es war schwer, auf einer fast baumlosen Insel ein großes Feuer zu entfachen. Die Männer stellten Tische und Bänke auf, ein Lastwagen fuhr vor, und ein Mann lud große Mengen Bier aus. Sven löste seine Hand und ging zu den Männern, um ihnen zu helfen. Sonja schritt langsam auf das Haus zu. In der Küche stand Karen und rührte in einem großen Topf. Es roch nach Gewürzen. In Karens Augen lag Melancholie.

»Ist der Lkw gekommen?«

Sonja nickte.

»Die Brauerei gibt eine Runde aus. Ihr Besitzer ist auch ein alter Freund von Katla. Es werden viele Menschen zur Beerdigung kommen«, sagte Karen. Sie sah müde aus, mitgenommen, ihre Haare klebten an ihren Schläfen.

Sonja reichte ihr ein Glas Wasser.

»Wie … wie …?«

»Du meinst, wie beerdigt man eine Frau, die keine Materie ist?«, fragte Karen.

»Ja, also …«

»Ich weiß. Kein Sarg. Keine Urne. Kein Pfarrer. Die isländische Staatskirche ist evangelisch-lutherisch. Katla hingegen hat mit der Ásatrú-Gemeinde sympathisiert. Es ist eine Heidenreligion. Passt zu Katla!« Karen lächelte müde. »Island hat sogar einen Heidentempel, was bemerkenswert ist, denn eigentlich wurde der letzte Heidentempel in Uppsala um 1088 zerstört. Aber Ásatrú ist seit 1972 sogar eine anerkannte Religionsgemeinschaft.«

»Ich habe davon noch nie gehört«, sagte Sonja.

»Es geht darum, die Tradition der Wikinger wiederzubeleben. Es geht um Respekt für die Natur und darum, dass jeder Mensch für seine Taten selbst verantwortlich ist.« Karen lächelte erneut, und sie sah Katla dabei sehr ähnlich. »Es gibt im Ásatrú kein Leben nach dem Tod, da war sich Katla aber nicht so sicher. Sie hat sich einfach das herausgepickt, was ihr gefallen hat.«

»Sie hat mir einmal gesagt, sie hätte gerne ein Wikingerbegräbnis«, flüsterte Sonja.

»*Rocket Gibraltar*. Sonjas Lieblingsfilm. Schon damals waren wir uns uneins. Ich fand es unrecht von den Kindern, den Opa in einen Teppich zu rollen und aufs Meer hinausgleiten zu lassen. Katla hat Eigenmächtigkeit hingegen über alles gestellt.«

»Katla hat gesagt, sie werde nicht darauf vertrauen, dass man ihr ein Wikingerbegräbnis ermöglicht. Das war eine Anspielung, die ich nicht begriffen habe«, sagte Sonja leise. »So wie ich alle ihre Abschiedssätze nicht begriffen habe. Auch nicht den, dass sie immer bei mir sein wird.«

»Wie hättest du das auch begreifen sollen, Sonja! So war sie, voller Mysterien, voller Brüche. Sie hat ihren Weg gefunden. Selbst ihr letzter Weg ist einer, der sie unabhängig macht. Sie hat mich gebeten, alle einzuladen, egal welcher Religion sie angehören. Sie mochte die überschaubaren Ásatrú-Rituale: Sommersonnenwende im Juni, Wintersonnenwende im Dezember. Dazwischen gibt es Feste, bei denen vor allem gut und viel gegessen und getrunken wird. Katla wollte ein rauschendes Fest.«

»Das klingt vernünftig«, sagte Sven, der hereingekommen war. »Ich bin aus der Kirche ausgetreten.«

»Der Ásatrú hat keine Bibel, aber man richtet sich nach einer Sammlung von Versen aus der Zeit der Wikinger. Ehrlich gesagt, sind das oft sehr banale Lebensrezepte. Katla kennt den Gründer der Religion und war dabei, als er einen Pfeiler in die geologische Mitte der Insel eingehauen hat, irgendwo im Hochland. Katla hat die Elfen befragt, und die hatten wohl nichts gegen einen spirituellen Bezugspunkt. Katla meinte, das sei wie Rom für die Katholiken, Jerusalem für die Juden oder Mekka für die Muslime. Etwas hoch gegriffen, aber genau so war auch Katlas Stil. Sie liebte Übertreibungen.« Karen lächelte. »Katla hat immer gesagt, dass die Wikinger abenteuerlustig waren, aber doch sehr genau wussten, dass man Maß halten muss. Die modernen Isländer hätten das allerdings vergessen. Mit ein paar Wikingertugenden wäre nicht die halbe Insel verschuldet.« Sie seufzte. »Wir werden jedenfalls wie bei meinen Eltern eine Symbolfigur beisetzen. Und jeder, der kommt, soll trauern oder feiern, wie er mag. Es beginnt um drei. Habt ihr bitte ein Auge auf die Küche?«

Sie ging hinaus, etwas an ihren Bewegungen war verzögert. Es war offensichtlich, dass sie irgendwelche Medikamente genommen hatte. Sven trat an den Herd und rührte weiter um. Sonja begann, Brot zu schneiden.

Karen kam mit ihrer Tochter zurück, die sich als Thelma vorstellte. Sie war etwa sechzehn und sah aus wie eine elfenhafte Reinkarnation von Katla. Sie arbeiteten schweigend, trugen Essen hinaus auf die Tische. Immer mehr Menschen kamen, und um halb drei verließen sie den Hof.

Der Friedhof war klein, die Gräber versprengt. Sonja wusste, dass die Isländer eine Vorliebe für Lichterketten hatten. Nicht nur Autos und Häuser wurden im Winter illuminiert, aber nun war Sommer, und es war ungewöhnlich warm für einen nordischen Tag. Das Thermometer war auf zweiundzwanzig Grad geklettert, die Sonne hatte heute eine fast südliche Kraft. Es war kein Tag für eine

Beerdigung – oder gerade! Katlas strahlendes Wesen sollte doch nicht an einem Nebeltag verabschiedet werden.

Das Grab der Eltern trug ein großes Holzkreuz. Zu ihren Namen kam der von Katla dazu. Erst als Sonja das Geburtsjahr von Katla las, machte sie sich bewusst, dass Katla fast sechzig gewesen war. Für sie war sie immer alterslos gewesen.

Eine schier endlose Schlange an Autos parkte an der Straße, immer mehr Menschen kamen den Hügel herauf. Unter den Gästen waren Magnus und Guðmundur mit seiner Familie. Torunn hatte Kristin an ihrer Hand. Karen stützte sich auf ihren Mann und ihre Tochter. Da war der Fernsehmoderator, den Sonja von ihrem TV-Auftritt kannte. Manfred kam in Begleitung seiner Frau Sigrun, die ein Taschentuch nach dem anderen hervornestelte. Das Dorf war da und wahrscheinlich halb Akureyri.

Die Menschen formierten sich wie bei einer eingeübten Choreografie zu einem Kreis, der das Grab umschloss. Ein Song von Misen schallte über den Berghang. Während diese sphärische Musik abebbte, trugen vier Männer ein weißes Piano heran und stellten es vor dem Grab ab. Eine Elfe in einem langen weißen Kleid setzte sich auf den Stuhl, der aus Einars Schnitzkollektion stammte, und begann zu spielen. Dann sang sie ein Lied von Birdy, und es klang so intensiv, als wäre die Sängerin leibhaftig da.

People help the people,
And if you're homesick,
Give me your hand and I'll hold it.

God knows what is hiding,
In this world of little consequence.
Behind the tears, inside the lies,
A thousand slowly dying sunsets.

God knows what is hiding,
In those weak and drunken hearts.
Guess the loneliness came knocking,
No one needs to be alone, o save me.

Die Musik wurde leiser, und dann trat Einar aus dem Ring der Menschen hervor. Er trug ein Samtkissen, auf dem eine geschnitzte Figur lag. In Zeitlupe kam er näher, seine Bewegungen waren die eines Roboters. Er sank auf die Knie und legte das Kissen vorsichtig in eine kleine Erdhöhle. Mit einer kleinen Schaufel häufte er Erde auf. Seine gewaltigen Oberarme fielen herab. Er saß nur da, und seine Schultern zuckten. Dann schrie er gen Himmel wie ein Tier, dem jemand den Todesstoß versetzt hatte. Eine Gasse teilte sich und entließ Einar, der hinausging wie ein Gladiator. Er war am Leben und hatte doch alles verloren.

Sven hatte Sonja den Arm um die Schulter gelegt und zog sie fester an sich. Aber Sonja wäre Einar nicht gefolgt, sosehr er ihr leidtat. Auch für ihn gab es keinen Trost, weil er immer untröstlich bleiben würde.

Immer neue Menschen traten vor Katlas Grab. Die einen sangen, die anderen standen nur da. Zwei Frauen der Peace Prayer Society sprachen tonlose Worte. Kristin legte einen Plüschhund auf das Grab. Irgendwann trat Sonja vor.

»Ich übe das mit den letzten Worten. Das verspreche ich dir«, flüsterte sie und legte eine Rose aufs Grab.

Nach und nach versammelten sich die Menschen am Hof. Gunnar entzündete das Feuer, das bald schon in den Himmel loderte, in eine weitere Nacht, die nicht dunkel werden würde. Sie tranken viel, sie redeten viel, sie lachten. Sie feierten Katla. Sie ließen sie hochleben. Sonja saß bei Sigrun, die immer nur den Kopf schüttelte. »Wenn ich denke, wie das alles begonnen hat bei uns. Was für eine Geschichte.«

Sigrun und Guðmundur tanzten zu David Bowie. »Heroes« schallte über den Hof und »Ground Control to Major Tom«. Sigrun heulte Wasserfälle, Torunn auch. Sonja hatte Kristin an der Hand und lief mit ihr immer wieder ums Feuer.

»Wir müssen schneller laufen. Dann wird Katla schneller ein Engel«, sagte Kristin sehr ernst.

Sie liefen, bis ihnen schwindlig war und bis Torunn Kristin ins Bett brachte. Die Menschen verschwanden nach und nach, und es war schon fünf Uhr morgens, als Sonja sich in ihr Bett legte.

Morgens um zehn erwachte sie von den Geräuschen draußen. Tom, Sven, Magnus, Karen und Gunnar räumten auf. Sonja ging hinaus und sammelte Pappteller ein.

Es war zwölf, als sie alle miteinander in der Küche saßen. Erschöpft. Die überlebenden Schiffbrüchigen, die ihren Kapitän verloren hatten.

Sven suchte Sonjas Blick. »Ich habe die Fähre gebucht. Ich fahre heim. Kommst du mit?«

»Ja.«

Es gab tränenreiche Abschiede mit langen Listen von E-Mail-Adressen und Telefonnummern. Ganz am Schluss ging Sonja zu den Pferden, die Marie versorgt hatte. Einar war verschwunden.

»Kommt er wieder?«, fragte Sonja.

»Natürlich. Er lässt seine Tiere doch nicht im Stich. Wir bleiben so lange, bis er wieder da ist.« Marie lächelte Sonja an. »Ich wünsch dir alles Gute. Wir sehen uns, ja?«

Ja, das würden sie tun. Sonja würde Marie in der Steiermark besuchen. Vielleicht würde Sven ja mitkommen.

Sie und Sven übernachteten noch einmal bei Torunn in Seyðisfjörður. Sonja entzündete eine Grabkerze und stellte sie auf die Hafenmauer. Gummi war da und versprach ihr, die Kerze immer wieder zu erneuern.

Schließlich reisten sie ab. Der Ozean war zornig und grollte. Bei dem hohen Seegang war Sonja elend zumute, es ließ sich am besten noch an Deck aushalten. Sven schien gegen Seekrankheit völlig gefeit zu sein.

15

Tórshavn, Färöer

Ziemlich angeschlagen kamen sie dann auf den Färöer-Inseln an, dem Zwischenstopp ihrer Reise. Sie hatten sechs Stunden Aufenthalt, waren todmüde und wie gelähmt. Mit dem Rücken saßen sie an ein Bootshaus gelehnt. Es war warm. Sven reichte Sonja ein Brot, das mit Käse belegt war. Er lächelte sie an, und Sonja wusste, dass er ihre Gedanken mitdachte und mitlebte.

Sie hatte so lange gesucht. Sie hatte alles versucht. Sie hatte nie aufgeben wollen, sie, die Zögerliche, hatte durchgehalten und immer versucht sich einzureden, dass es ein Morgen gab. Dass es immer eine Chance gab. Katla hatte ihr eingeschärft: Gib niemals auf. Du darfst dich nicht umdrehen, wenn du vor verschlossenen Türen stehst. Irgendwo ist der Schlüssel. Und wenn es keinen gibt, darf man Türen auch eintreten.

Doch nun war Katla tot. Sie war in den Gletscher gegangen wie ihre Mutter. Und heute, hier im weichen Licht des Nordens, erschien es Sonja nur logisch. Katla hatte nie Schlüssel gebraucht, sie hatte immer Türen eingetreten, auch die, die in die Unterwelt eines Gletschers führten. Katla hatte das Unbequeme und das Unbezwingbare in sich getragen.

Die Sonja, die jetzt nach Deutschland zurückreiste, hatte sich verändert. Sie war über so viele Schattengestalten gesprungen. Sie hatte sich selbst Dinge tun sehen, die sie besser vergessen wollte. Oder auch nicht. Sie hatte auch Dinge getan, auf die sie ein klein wenig stolz war. Sie war doch kein so verschrecktes Häschen, wie sie immer von sich gedacht hatte. Aber es lag auch an Island. Die Kraft, die Luft, das Licht machten vieles einfacher, als es zu Hause gewesen wäre.

Die Fähre würde nun bald kommen. Es war vorbei. Und es war doch ein Anfang. Mit Sven.

Sonja biss in das Käsebrot, als sie im Augenwinkel eine Bewegung registrierte. Und weg war das Brot. Es wurde von einem Tier gierig verschlungen. Tigerstreifen, zerfledderte Ohren, abgemagert.

»Hey, der hat mein Brot geklaut!«

»Sieht aus, als könnte er es brauchen«, sagte Sven.

»Der Arme. Der hat sicher kein Zuhause.« Sonja traten nun doch Tränen in die Augen. Ausgerechnet jetzt kam dieser arme Kater vorbei. Warum gönnte ihr das Leben so gar keine Pause?

»Aber der wird hier am Hafen sicherlich öfter Fischabfälle und so finden. Katzen sind schlau, und dieser Kater sieht nicht so aus, als käme er nicht durch. Das ist doch ein Kater, oder?«, fragte Sven.

Sonja nickte. Die Mannespracht des Tiers war zwischen den Hinterbeinen deutlich zu sehen. Der Kater fraß genüsslich den Käse vom Brot und leckte mit Hingabe die Butter ab. Eine Scheibe Käse war noch übrig. Und das Brot. Dann sah er Sonja an, als wolle er sagen: Den Rest kannst du wiederhaben. Und er setzte sich neben sie, so eng, dass sie ihn fast hätte berühren können. Er blickte zum Meer hinaus, dorthin, wo die Fähre gleich kommen würde. Sie waren ein seltsames Trio, das da zum Horizont blickte. Ein paar Möwen kreischten in der Luft, Wasser schlug an die Mole, sonst war es still.

Dann wehte von irgendwoher ein Geräusch heran, es war monoton, leise, steigerte sich, ebbte ab. Sonja hatte die Augen geschlossen, und plötzlich durchzuckte sie etwas. Sie riss die Augen auf, horchte dem Geräusch hinterher. Sven, der die Augen ebenfalls zugemacht und das Gesicht in die Sonne gehalten hatte, fragte träge:

»Schnurrt der Hafenkater so?«

Sonja war aufgesprungen. »Still!« Sie horchte. Da war es wieder, und dann überschlug sich das Brummen zum Gurren einer Taube. Sonja rannte um den Bootsschuppen herum, die Tür war verschlossen. Es gab immer Schlüssel, immer! Unter einer Rolle mit Tauen entdeckte sie ihn. Sie sperrte auf. Dämmriges Licht fiel auf ein paar umgedrehte Kähne. Taubengurren.

Sonja stolperte vorwärts in den hinteren Teil des Schuppens. Da lag sie, sah zu ihr auf, und ihr Blick war eindeutig. *Na, du hast dir aber Zeit gelassen.* Sonja war auf die Knie gesunken, ihre Tränen tropften auf Lady Goggo. Und auf drei kleine Kätzchen, die an ihrer Mama saugten. Die Lady war rappeldürr, die Kleinen hatten die Augen gerade so offen. Es raschelte, und unter einem der Boote kam der Kater hervor. Hatte Käse im Maul und legte ihn vor der Lady ab.

»Ich fass es nicht!«, flüsterte Sven, der sich neben sie gestellt hatte. »Ist das etwa Lady Goggo? Klar ist sie das, ich hab sie oft genug in meinem Garten gesehen.« Er wischte sich hektisch die Tränen von den Wangen.

Sonja begann die Katze zu streicheln, ganz vorsichtig unterm Kinn. Dann berührte sie die Kleinen. Die waren im Gegensatz zu ihrer Mutter kugelrund.

»Aber Lady Goggo liegt doch tot in Island!«

»Irgendwie nicht. Sie ist hier. Ich habe bei der Hinreise eine Weile den Bus offen stehen lassen, da muss sie entwischt sein. Sie ist im Hafen geblieben, wo hätte sie auch hingehen sollen? Den Kater hat sie bestimmt auch hier kennengelernt. Wobei sie ja schon in Mering schwanger gewesen sein muss. Wenn sie jetzt Junge bekommen hat, meine ich.«

»Aber sie ist sterilisiert!«

»Na, da ist etwas gründlich schiefgelaufen«, sagte Sven. Plötzlich rief er: »Warte!« Und eilte hinaus.

Sonja streichelte die Katze, die die Augen geschlossen hatte, während ihr Taubengurren immer lauter wurde. Der Kater hatte sich danebengelegt und behielt Sonja im Blick. Die Tränen tropften auf eines der Kleinen, das sich schüttelte. Und dann gähnte. Sonja verbarg ihren Kopf in der Armbeuge und heulte ganze Bergbäche.

Inzwischen war Sven zurückgekommen. Er hatte Aluschälchen mit Katzenfutter dabei. Der Kater war ebenso begeistert wie Lady Goggo. Die Kleinen waren zur Seite geplumpst. Es waren zwei kleine Tiger und ein dreifarbiges Kätzchen, das ganz extravagant ein rotes und ein schwarzes Ohr hatte. Der Winzling versuchte auf den interessanten Geruch zuzurobben.

Da zerschnitt ein Geräusch die Stille: Das Schiff hupte. Sie zuckten alle zusammen, und der Kater verschwand mit der Anmut und Schnelligkeit eines Raubtiers unter einem der Boote.

»Was machen wir jetzt?«, fragte Sonja.

»Wir fahren heim«, sagte Sven und förderte einen Korb zutage, in den er eines der Badehandtücher gelegt hatte.

»Aber der Zoll? Wir können doch nicht einfach ein paar Katzen ausführen? Ganz ohne Papiere. Wie soll ich beweisen, dass das meine Katze ist?«

»Sonja, ganz ruhig. Wir fahren einen Bus. Bisher hat noch nie jemand vom Zoll in den Bus geschaut. Nicht hier in Tórshavn. Wir sind ein harmloses Touristenpärchen.«

Er lächelte Sonja auf diese ganz besondere Weise an, die sie zur Ruhe brachte und ihr das Wissen gab, nicht allein zu sein. Sven war da, Sven hatte Ideen. Sonja war es nur nicht gewöhnt, jemandem zu vertrauen.

»Sind wir denn ein Paar?«, fragte sie leise.

Sein Lächeln wurde anders. »Nein.«

Rums, der Schlag in die Magengrube. Das Herz, das keine weiteren Furchen mehr ertragen wollte.

»Sonja, alles gut! Wir sind kein Paar, wir sind mehr! Wir sind eine Familie. Wir haben hier nämlich ein paar neue Familienmitglieder.«

Sonja sah ihn schweigend an.

»Tut mir leid, ich glaube, mein Humor ist etwas gewöhnungsbedürftig!«, sagte Sven und nahm Sonjas Hand. »Paar, Familie, was du magst.«

»Du bist so ein Idiot!«

»Das hab ich schon öfter gehört. Jetzt aber los und aufs Schiff. In Dänemark sehen wir weiter. Eins nach dem anderen. Komm.« Vorsichtig setzte er die Lady und die kleinen Kätzchen in den Korb, den er in die Hand nahm. Mit der anderen griff er nach Sonjas Hand und zog sie nach draußen auf den Parkplatz, der sich inzwischen gefüllt hatte. Die Fähre war riesig.

»Sonja, wir kommen durch. Was soll denn jetzt noch passieren?« Sven sah Sonja an und dann zu Boden. »Oder hättest du lieber doch den Isländer … Ich meine, wärst du lieber bei Einar geblieben?«

Sonja schüttelte den Kopf. »Nein, Sven, ich wäre nie geblieben. Auch nicht, wenn du nicht, also …«

»Okay, ich arbeite an meinem Humor. Und du an deinem Satzbau. Alles wird gut.«

»Aber der arme Kater«, flüsterte Sonja. »Er war so lieb zu seiner kleinen Adoptivfamilie. Ungewöhnlich für Katzen. Und nun muss er allein hier im Hafen überleben.« Schon wieder drängten Tränen heran.

»Nicht unbedingt«, sagte Sven und wies auf einen Tiger, der gerade den Hinterreifen des Busses markierte und dann elegant in den Bus hineinsprang. Er kreiselte mehrfach und ließ sich dann auf Svens Jacke nieder, die er achtlos auf den Boden geworfen hatte.

»Tor, ich warne dich! Wenn du meinen Bus markierst, setz ich dich in Dänemark aus!«

»Tor?«

»Na, dieser Kater heißt Tórshavn, wie denn sonst? Seine Freunde dürfen Tor zu ihm sagen. Los jetzt, Türen zu, rauf auf die Fähre.« Sven beäugte nochmals den Kater. »Ich hab euch einen Karton mit Sand unter den Tisch gestellt. Ich hoffe, ihr kapiert, dass das ein Klo ist.«

Er zog Sonja am Ärmel aus dem Bus und warf die Seitentür zu. »Los geht's. Und du bist dir wirklich sicher? Dass du nicht doch Einar …?«

»Ich bin mir sicher. Mir reicht ein Hafenkater von den Färöern.« Sonja lachte befreit.

Langsam tuckerten sie auf die Fähre und gingen an Deck. Sven hatte Sonja ganz leicht umfasst, als wollte er nur sagen: Ich bin da.

»Es ist schade, dass Katla das nicht erleben darf«, murmelte Sonja. »Sie fehlt mir so. Diese unmögliche Frau fehlt mir so.«

»So wie ich Katla kenne, ist sie bei uns. Sie lässt es sich doch nicht nehmen, sich einzumischen.«

Die Fähre zog eine weite Kurve, und der Blick der beiden ging zurück an Land. Über der Insel zog ein Drache über den Himmel, eine Wolke, die in betörendem Orange schimmerte, Lila dazumengte und immer mehr die Drachengestalt annahm. Sven deutete zum Himmel.

»Da ist sie. Die Berggeister.« Und plötzlich rief er nach oben in den Himmel: »War ja klar, dass du die Gestalt eines Drachen annimmst, Katla. Ein Lamm oder Elefant hätte dir nie gereicht.«

Sonja küsste ihn. Eigentlich hatte sie das noch nie getan. Sie hatte sich immer nur küssen lassen. Die beiden schlichen sich aufs Autodeck, ihre kleine Katzenfamilie schlief.

»Und du glaubst wirklich, die kontrollieren uns in Dänemark nicht?«

»Diesen Korb mit der hochwohlgeborenen Lady werde

ich hinter eine Kiste voller besonders exotischer Dildos stellen. Ich schwöre dir beim Leben meiner Großmutter, dass kein Zöllner weiterwühlt. Das ist denen allen viel zu peinlich.« Sven lachte lauthals. »Und die Kleinen taufen wir dann Dildo, Vibratoria …«

»Hör sofort auf!«

Und Sven hielt tatsächlich seinen Mund.

Sonja hatte das letzte Wort gehabt.

Danke, Katla!, dachte sie.

Eine Kugel für den Querulanten

© Cover- und Preisänderungen vorbehalten

Nicola Förg

Tod auf der Piste

Ein Alpen-Krimi

Piper Taschenbuch, 240 Seiten
€ 8,99 [D], € 9,30 [A], sFr 13,50*
ISBN 978-3-492-25389-5

Die Garmischer Kommissarin Irmi Mangold, die gerne mit der Motorsäge ins Holz fährt und auch mal im Stall mithilft, und ihre junge alleinerziehende Kollegin Kathi Reindl haben diesmal eine besonders harte Nuss zu knacken. Auf der Kandahar-Piste wird ein Toter gefunden, ermordet per Kopfschuss. Das Merkwürdige: Der Mann trägt ein Skioutfit mit einer WM-Startnummer von 1978. Weshalb musste er sterben? Und was hat es mit der seltsamen Montur auf sich? Ausgerechnet beim Dirndlkauf stößt Irmi auf eine heiße Spur …

Leseproben, E-Books und mehr unter **www.piper.de**